吉本芭娜娜作品集⑧⓪②

甘露

吉本芭娜娜＝著
劉慕沙＝譯

甘露

甘露

憂鬱症

我是個相當程度的夜貓子，多數時候天亮才上床；基本上不過中午不起床。

因此，這天可以說是例外中的例外。我說的這天，即是龍一郎第一次用快遞送來郵包的那天。

對了，那天早晨，小弟貿然撞開我的房門，狠狠將我搖醒。

「起來啦，阿朔，有人寄東西來！」

我搖搖晃晃地起身：「什麼事嘛？」

「有人給妳寄好大一包東西來喔！」

小傢伙樂得又蹦又跳，你要想裝孬繼續睡，保不住他會跳上床來鬧到你起床爲止。沒辦法，只得硬撐著清醒過來，決定到樓下去看個究竟。弟弟也纏著我跟著下樓。

推開廚房的門，母親正在早餐桌上吃麵包。咖啡的芳香撲鼻而來。

「早安。」我說。

「早。咦？怎麼回事兒？幹嗎起這麼早？」

母親一臉的訝異。

「小不點硬把我拖起來的。這傢伙今天怎麼沒有上幼稚園？」

「人家有點發燒嘛。」

弟弟穩穩地盤據椅子裏，邊抓麵包邊說。

「怪不得樂成那樣。」

我算是明白過來了。

「妳小時候也這樣哪，又蹦又跳，心想怎麼歡成這個樣兒，原來是發燒啦。」母親說。

「其他的人呢？」

「都還在睡呢。」

「可不是麼？也才九點半嘛。」我歎口氣說。

五點鐘上的床，貿貿然給喊醒，腦子有點昏昏沉沉的。

「阿朔要不要也來杯咖啡？」

「嗯，好。」

我坐到椅子上。陽光從正面的窗子直射進來，難得承受的朝陽，暖暖的泌入身體裏來。而清晨廚房裏的母親那個背影，看起來好生嬌小，簡直像個正在玩蜜月遊戲的高校生。

母親實際上還很年輕，十九歲生的我，也就是說母親在我這個年紀的時候，已經有兩個孩子。眞恐怖。

「喏，這是妳的咖啡。麵包呢，要不要來一點？」

遞出杯子的那隻手也是相當優美，根本不像操作了二十幾年家事的手。我喜歡這樣的母親，心裏可又有點毛毛的，總覺她是暗地裏做了什麼狡猾的勾當，才得以比別的人經老、倖免歲月在她身上留下痕跡。

長得也並不特別漂亮，就只是脫俗而又嬌艷魅人，非常討年長男人喜歡，每個班級總有個這樣的女孩，從前的母親想必正屬於這一型。和十九歲的母親結婚時候，父親已經四十歲，而生下我再生過妹妹眞由之後，遂以腦血栓一命歸西。

六年前母親再婚，生下了弟弟，卻於一年前離婚。

自從夫妻兒女核心家庭的這個定形瓦解之後，我家開始變成供食宿的家庭分租公寓。

目前住在這個家裏的除了母親、我、和弟弟以外，還有寄宿的表妹幹子、以及爲了某種緣由住進來的純子女士，總共五個人。純子女士是母親青梅竹馬的閨友。

奇怪的平衡關係，倒又像座婦女樂園那般圓融的統合在一起，我倒是滿喜歡這種形式。弟弟由於年幼，經常像個寵物也似的緩和大夥兒的心靈，或者使之合而爲一。

這回母親很難得的有了個比她年少的戀人，一則弟弟太小，再則不想重蹈婚姻挫敗的舊轍，看樣子暫時不打算結婚。她那位小情人時常到家裏來玩，和弟弟也混得不錯，想必有朝一日很可能住在一起。在那日降臨之前，眼前這種奇怪的平衡關係勢將持續下去。

人與人之間沒有血緣關係照樣可以共同生活下去。

繼父跟我們住在一起的時候，我也有過這種想法。他是個溫和內向的老好人，當他離開這個家時，我還眞感到寂寞；久久擺脫不掉家裏少掉了一個人那種說不出所以然的憂鬱、和那種凝重的氣氛。

因而我開始覺得，一個家裏只要有那麼幾個人，以及足以維持這幾個成員的秩序到某種程度的那麼個核心人物（那正是母親），則生活在一起的這干人便多半能夠逐漸成爲家屬。

我領悟到的還有一樁。

那就是如果不長年住在一個家裏，哪怕有血緣關係，也會像許多令人懷念的風景之一那樣漸行漸遠。

正如妹妹眞由。

我喝著咖啡，啃著硬梆梆的核桃麵包，不覺間思想著這一類的事情。

想必是餐桌和晨光這個組合，使我對家屬這玩意兒胡思亂想的。

「喏，小由睡覺去吧，感冒會加重的。」

母親想把弟弟推回屋裏。

「眞的有人用快遞寄給我東西？」我問。

「哎，就在玄關那兒。」

母親邊關門，邊回首說。

我起身走向玄關。

只見陽光下的白木地板上，一隻長方形大紙箱，白色雕像也似的豎立在那裏。

起初我還以爲是鮮花。

但拿起來又沉甸甸的。寄件人是「山崎龍一郎」，地址寫的是千葉的一家旅館。顯然是旅遊途中寄來的。

會是什麼東西呢？情急之下，我當場稀里嘩啦拆開紙箱。

裏面沒有附信。

箱子裏只有用塑膠膜牢牢包裹起來的一隻沉沉的百代商標狗。隔著塑膠膜都引人懷念的那隻狗，在我輕輕揭去塑膠膜的當兒，宛若從海中浮現那般逼近眼前。光溜、色彩古雅，永遠以悵然的角度微傾著腦袋的一隻狗。

「哇，好可愛喔。」

我說著，睡眼惺忪的兀立在那裏，任由那隻狗在破爛成一堆的塑膠膜和紙箱當中，對著它觀望半天。

在晨光與灰塵的氣味中，這狗潔淨如置身雪景裏。

爲什麼是百代商標狗？搞不懂，卻也彷彿能夠感受到寄件人旅途中那份迫切的心思——好比偶然在一家舊貨店門口發現了這麼個玩意兒，就愛不釋手了。

而顯然，這是擺明了那人有所表達。

他正透過這隻擺飾狗，傾述著我渴望聽到的某種什麼。

我幾與百代狗同等認眞的歪起頭傾耳諦聽，卻依然不明白。

龍一郎這個人曾是妹妹眞由的情人。

眞由已經死去。

半年前開車撞上電桿，就此撒手人寰。她是醉酒駕車，外加服下了大量的安眠藥。

眞由天生一張端整姣好的面孔，既不像父母，也不像我。這並不是說我們長得特別難看，只是也不知爲什麼，她就完全沒有我們三個人所共有的那種說好是冷漠，往壞處講是壞心眼的調調兒，孩提時候簡直就是個天使娃娃。

眞由的姿色令她沒能走普通一般的人生。從小就糊里糊塗給「挖角」去當童裝模特兒，也開始在電視劇裏演演配角什麼的，長大以後遂成為電影演員。由於這種關係，眞由很早就離家在外，以演藝界為家長大成人。因此，平日繁忙得難得碰面的她，變成神經衰弱突然引退的時候，我們著實吃了一驚。她看起來一點也不像事業上有什麼不順利，每次見面都是一副精神飽滿的模樣。

演藝界給予成長期少女的影響似乎相當酷烈，引退前夕的眞由，無論容貌、身材、化粧、和服飾，都像是將一個單身漢的妄想予以女形化了的那種情狀。即使是演藝人員，也有很多不會變成那樣的，想必眞由是本來就不適合走這一行。她始終用現成的木板東拼西湊的為自己的軟弱補強，加以掩飾，久而久之，遂形成一個滿是補釘的自我；神經衰弱原來是她生命力的嘶喊。

所以，引退後的眞由處理掉所有的男友關係，突然與龍一郎同居起來時候，我就心想，她是打算將自己的人生重新來過了。

龍一郎是個作家，據說剛剛認識眞由時候，還在當劇作家的捉刀人。眞由喜愛龍一郎所寫的劇本，不管他為誰捉刀，她都能夠認出來。兩個人便是這樣交上朋友的。

說是作家，其實他只在三年前出過那麼一本長篇，之後就沒有再出過書。不過，稀奇的是僅有的那本書對某些人來說就像是古典小說，至今還在細水長流的續賣著。

那部小說描寫一羣缺乏眞心的年輕人，極度抽象，內容又非常緊密，未見其人之前，眞由先就拿這部作品給我看，過目之後止不住心生恐懼，心想這麼可怕的人不見也罷。我懷疑這人會不會是個瘋子。但見了面卻發現是個極其普通的青年。我同時認為這人必定凝縮了大量的時間，才編織出這麼一部濃厚細緻的作品。他正是這種類型的才華。

引退之後眞由也沒有固定的工作，只管與他同居，一面打工。由於這種情形持續太久，我和母親甚至忘了他倆尚未成婚這事。我經常造訪他們的公寓，他倆也三天兩頭來家玩兒。兩個人看起來總是尋常的快樂，說實在的，眞搞不懂她竟然會沉溺於酗酒、服藥，且深陷到無以自拔，以致做出那種「糊塗事」。

說是睡不著而喝的酒和吃的藥，乃至日光亮麗的午後從冰箱取出的啤酒，並不讓你感覺有什麼不同尋常。不過，一經提起來，又覺得她好像經常在攝取這一類的東西。只因做得太過自然，以致我們都沒有覺察。

然而如今回想起來，眞由幼時天使一般的睡容、緊閉的兩扇長長的睫毛、還有潔白而嬌嫩得你無從保護的肌膚，在在都透露著紅顏薄命的徵兆，那是遠在進入演藝界或者邂逅龍一郎之先便已開始的。

其實，任誰也無從知道那種事始自哪兒，抵達何方。只曉得看似談笑自若的一個人，她身子裏邊，唯獨那顆心開始貧乏了，在無情的蟲蝕之下，勢將空洞而崩毀。

「會不會是單純的吃錯藥？」

當眞由給抬進醫院的時候，在走廊上龍一郎曾經這麼說。情況已經絕望。

「是啊……還這麼年輕。」

嘴裏雖然如此搭腔，但我自己和龍一郎，乃至在一旁聽到的母親，其實都不那麼想，事實非常明顯，只不過礙於太過輕率，不便說出口。

她這個人可能吃錯藥？

做事有條有理一絲不苟的眞由，每回出遠門，總不忘記將一些常備藥按照種類和每天的份量，分別裝進不同的小藥盒裏，這麼樣的一個人竟然會吃錯藥？

何況當時的她已似風燭餘燼，比實際年齡要蒼老許多，怎麼看怎麼不像前途大有可爲的青春年少。

「鐵定沒救。她本人也不會想活。」

儘管在場的都是親人，個個也都愛她，這個想法卻圍繞著我們所坐的這張冷涼的塑膠沙發，重複著大喊大叫那樣的響徹我們的心靈，並且迴響在醫院白而空蕩的牆壁上。

好一陣子，母親每天哭紅眼睛，我卻沒法好好地痛哭。

爲妹妹而哭泣，前前後後就只那麼一回。

那是「百代狗」送來兩三天之後的夜晚。弟弟同著表妹幹子到錄影帶店租來了「龍貓」。他倆特地跑到我屋裏來邀我同看，我遂下樓。他們毫無惡意，而我也對錄影帶內容毫無所知，還準備好咖啡和小餅乾，快快樂樂的窩進被爐裏一起看起了錄影帶。

看了約莫五分鐘，我就心想「這下子糟啦……」

那是有關一對姊妹的影片，濃濃的鄉愁以超越個人過往的普遍印象，洶湧的波濤一般強烈的襲向你，那影片將姊妹倆短暫的童稚時期映入眼簾的風與光至高幸福的色彩，原原本本的描繪了出來。

實際上，我當時並沒有想起眞由。

我腦海裏並沒有具體的在描繪孩提時候一家三口前往高原度假、蚊帳裏說鬼故事，嚇得兩個人緊偎在一起睡覺的種種，還有眞由細柔的一頭褐髮那股子嬰兒似的芳香……。然而，這一切所帶來的懷念之情，卻似一記重重的拳擊，打得我眼前發黑。

當然，作如是想法的只有我一個人。

弟弟也不說話，全神貫注在畫面上，幹子則一面寫報告，一面像是在用眼角掃瞄，並且一如平常開朗的找著我說話。

「阿朔，妳不覺得系井重里演的那個老爸角色很差？」

「欸。不過，滿適合不是？」

「對呀，這才叫味道哪。」

弟弟也插進嘴來。

因此，儘管三個人同在一起觀賞同一部影片，還又交換彼此的感覺，我卻獨自另有一番奇異的感受，只覺唯獨我一個人正在徐徐地向著超現實的另一空間分離而去。

而這一切只讓我止於明朗的凝視感，倖免於陷入鬱悶，想必是由於跟家人一同欣賞，而不是單獨觀看的緣故。影片結束，我走出房間預備如廁。起初所受到的衝擊已經消失，如常的想著「這影片眞好」，打開洗手間的門。

對了，那兒擱著那隻百代狗。我的屋裏沒處放，只好拿當樓下洗手間的擺飾。

坐在馬桶上望著百代狗腦袋那種悵然的傾斜法，我忽又想哭，回過神來，發現自己已經在哭。也不過短短五分鐘光景，但我哭得很厲害，哭到天旋地轉，什麼是什麼都分不清的地步。那種感覺跟嘔吐一模一樣。我憋住氣哭泣，不是爲經常酗酒服藥，喜怒哀樂俱已淡漠的晚年那個濃粧艷抹的眞由而哭，只爲了人世間所有的姊妹失去的時光而哭。

走出洗手間回到被爐裏，弟弟說：「阿朔，妳大好久喔。」

「是啊，不行麼？」我駁他。

幹子笑了。

總算哭了個痛快，從此我不再哭。

這就是百代狗要向我傾訴的麼？

龍一郎出外旅行前我只見過他一次，那是春日已近的一個夜晚。

不久之前我還是個上班族，與上司吵了架被革職，遂在騎著驢子找馬的前提之下，一週五天，先且在我常去的一家老舊酒吧打工。

這天晚上是個出奇的漫漫長夜。漫長得足以分成好幾個斷層，整體上可又維持著一個調調的印象良深的夜晚。

眼看著打工要遲到，我急步在傍晚的街頭，披頭散髮的往店裏趕。雨過初晴的站前猶如夜晚的水邊，四周全是湮濕的閃閃晶光，我疾步其間，感到刺眼幾至昏眩。

路邊有那麼一夥人，不住地攔住路人，一心一意詢以「請問您認爲幸福是什麼?」

我好幾次被叫住問以同樣的問題，聽到我回答「不知道」，他們就像倒片子那樣，高明地殷勤後退。

不過，託這干人的福，我雖急急趕路，短短的一瞬，心頭倒是飛快的迤邐過思索幸福的那麼一抹粉紅色的殘影。同時也覺得心頭彷佛接二連三流過謳歌幸福的若干名曲。

然而，我思索著。

總覺得在高不可攀的地方，有那麼一種更強大、更金碧輝煌的影像，人人所眞正渴望的正是這個影像；那是比希望啦、光芒啦全聚集起來都要強烈的一種東西。

當那一夥人在站前詢問路人何謂幸福的時候，這東西立時飛快地逃遠，在你喝多了酒的當兒便又陡地接近過來，彷若垂手可得。

想必這就是所以然罷。這倒使我想起眞由對幸福的貪而無饜，她這人懶惰、一無所成、虛僞、而又矯情。厲害的只有一點。

令你可以忘記一切而加以尊敬的一種才能，那便是她的笑容。

她那職業性的笑容具有一百種的多樣性，然而當她偶爾不帶任何目的與意圖無心而笑時候，那副天眞無邪的笑容，眞就能夠深深撞動人心，感動到將她所有的缺點一筆勾消。

嘴角上揚，眼角溫柔的搭拉下來，同時以同樣的快速，雲層唰的裂開，藍天白光乍現一般燦爛甜美的笑容。耀眼、聖潔、惱人欲泣、健康而又天然的笑容。

直到肝臟損壞殆盡、面色蒼白、皮膚也粗糙難看，那笑容的威力依然絲毫不減。

她終於把那副完美的笑容帶進了墳墓。

每當她展現那副笑容的時候，我該把內心的撞動告訴她的。我不該儘著屏息凝望，要是能夠把內心的感受說出來就好了。

趕死趕活搶到店裏，店裏卻一個顧客都沒有。櫃台裏邊，老闆和另一個打工的女孩正在百無聊賴的挑選著曲子。少了音樂，店裏就靜寂如海底，只覺一出聲會引起很大的迴響。

「怎麼會這麼冷清？星期五不是麼？」

聽到我這麼說，老闆倒是老神在在地回答：「下過雨嘛。」

我於是繫起圍裙，加入無所事事的一夥。我還是顧客身分時候，就喜歡光顧這家酒吧。

首先照明很暗，讓人頗感安穩。光線之暗幾乎不見手底下。店裏永遠給人時刻已然黃昏，卻刻意不亮燈以等候顧客上門的感覺。客人不多也是魅力之一。桌椅雜亂而種類繁多，每一種都已相當陳舊，各個醞釀出奇妙的風格。從前的中學教室般發散出油垢味的木質地板、以茶褐色作基調的老舊裝潢、用力一靠保不住要發出悲鳴的吧台。人多與安靜的時候，竟然能夠展現出迴然不同的兩種風貌；多奇異的酒吧，我茫然地望著這樣的店堂。

突然，門哐噹一聲打開，龍一郎匆匆走進來：「嗨。」

大夥兒都吃了一驚。好半天我才招呼：「歡迎光臨。」

龍一郎坐到吧台前問道：「你們這個店幹嗎顧客上門還要大吃一驚？」

「因爲大夥兒都認準今天不會有人來了。」我說。

「滿寬敞的空間，太可惜了。」

龍一郎環顧著四周。

「偶爾也會客滿的。而且人一多，這家店就變得不舒服。」

我笑笑。

「其他客人來以前，妳可以到櫃台外邊坐坐聊聊。」老闆對我說。

他是個前中年期的情趣人，店裏清閒時候最高興了，可以一遍又一遍的放他自己愛聽的音樂。

我走出櫃台，將圍裙擱到一旁，成了隨時待命的幫手兼喬裝的顧客。（結果這一夜再也沒有誰上門。）

總之，這一夜就在這種懶洋洋的氣氛中喝了起來，一邊聽著沒完沒了的同一捲爵士樂錄音帶。

閒聊中龍一郎忽然說：「那末，幸福究竟是什麼？」

雖是部分玩笑話，我還眞悚然一驚，忙問：「你今天晚上是不是也在站前碰上了問卷調查的？」

「爲什麼？什麼，那是？」

「一般人不常使用幸福這個詞彙不是？」我說。

杯子裏，隔著透明的冰塊，可以看到清澈的茶水慢慢地溶化開來。我定定地凝視著它。有些夜晚心靈的焦點就能夠奇妙的與任何事物對準得很好，這天晚上正是如此。人已經開始有幾分酒意，那股子凝聚力卻絲毫不分散。幽暗的店堂和規律如腳步聲一般自遠處傳來的鋼琴聲，變本加厲地使之益發凝注。

「可我覺得妳們姊妹倆使用這個詞彙的頻率比一般人要高。」龍一郎說：「記得妳到我們那兒去的時候，兩個人總是湊在一起小鳥兒一樣吱吱喳喳盡講些幸福不幸福的事情。」

「不虧是作家的表達方式。」我說。

「首先,妳們家目前的家庭結構簡直跟美國電影裏的一樣:年輕媽媽、幼小的弟弟、外加表妹?還有——?」

「媽媽的朋友。」

「可不是?當然要比別人有更多的機會去思考幸福這種東西了。一大把年紀還有個讀幼稚園的小弟弟,太稀罕了不是麼?」

「可是家裏有個小孩是很快樂的,大家都能夠返老還童,雖然有點煩人。每天每天看著他長大,好好玩喔。」

「不過,在一屋子年長女人環繞之下長大,只怕會變成個陰陽怪氣的男人哩。」

「要能長成個英俊的帥哥就好了。那樣等他高校生那麼大的時候……我嘛,已經三十出頭啦,好討厭。到時候我可要高跟鞋,再戴副墨鏡跟他約會,教那些小妞兒吃味兒。」

「哪那麼稱心如意呀,這種傢伙偏偏就會長成個帶有戀母情結的賴奶公哩。」

「不管將來會變成什麼樣,總教人期盼的。小孩子眞好,他們就是可能性的本身。」

「是啊,想想看,一切的一切都等著開始,入學典禮啦、初戀啦、情竇初開啦、還有畢業旅行啦……。」

「畢業旅行?」

「妳覺得很唐突?我高校畢業的時候發高燒沒有去成,所以一直都很嚮往。」

「想不想去旅行?」我問。

我自己也搞不清怎麼會提出這樣的問題,只是理所當然那樣,順口說出浮上心頭的意念罷了。

「旅行呀……太好了，我是隨時都可以走。」

龍一郎好一副心蕩神馳的模樣，彷彿他正在講的是有生以來初次領略的甜美單字。

「何況又好像不必像以前那麼樣的作窮兮兮的旅行了。窮酸旅行幾個月持續下來，是會傷身體的。」

我不由得點點頭。

龍一郎像是突然覺察到什麼那樣，變得既興奮又煥發。

他繼續說下去：「爲了打工給報章雜誌寫旅遊文章，我不是常跟一些編輯和攝影記者跑九州、關西那些地方麼？多半是夥著熟人一起打混的性質。不過，也不像單打獨鬥那樣茫然無事地走走看看，得一面旅行，一面收集資料摘要做記錄。在心神貫注的情形之下幾天跑下來，腦子會越來越清醒，變得不想回家，莫名奇妙而又很認眞地認爲繼續走下去才是順乎自然。沒什麼大不了的責任需要你來負，房租錢嘛，從哪兒都可以匯過去。爲了證明身分，護照之類的經常帶在身上，必要的時候甚至能夠到國外去。又有存款。回程的飛機或者新幹線火車上，一想到一直坐下去，在某個地方再換個交通工具，就能夠那麼樣地遠走高飛，我可是興奮得內心蹦蹦跳。總覺得從那個時刻、那個地方就要開始一個新的人生啦。添製一些必須品、就在旅館的浴室清洗衣物，稿子嘛，FAX過去就行了。對了，好像誰講過某某地方最棒、某某地區又是人間仙境什麼的，還有，某一城市的例行節祭到底是什麼時候啦……種種，想像是越來越細瑣。旅遊既然這麼快樂，我幹嗎不出去走走，這樣地想著想著，居然又回到了自己的家。也不曉得是不是想回家。」

「大概是因爲有眞由這個人的關係罷。」

「現在已經沒有了呀。」

「對呀。」

這時，我突然陷入黯淡的心境裏，彷彿正在為走上遙遠不歸路的人兒舉行歡送會。地點仍是我平日打工的酒吧，卻飄漾著一抹不安的陰暗。我害怕跌入苦惱和哀傷。想求助於別人，望望櫃台裏邊，卻見老闆和打工的女孩從剛才起就在認眞的談論著什麼，不大可能以諧趣的玩笑加入我們的談話。

「眞由這人動不動就愛出外旅行不是？」

龍一郎忽然這麼說，這還是這天晚上他第一次主動提起眞由。

「動不動就愛出外旅行這話怎麼說？是作家慣用的形容詞麼？」

我笑了。

「從現在開始我會形容得清楚一點。」龍一郎也笑笑說：「眞由出於工作上的倦怠和消極，對萬事萬物相當冷漠，可她沒法預測的奇怪部分正是她純粹的地方，也是她的魅力所在……。旅行這玩意兒實在很神奇……我並不是指『人生如客旅』啦、『旅伴』什麼的，跟同一夥人作兩三天的短程旅行，在不分男女也沒什麼工作的場合，也許是疲倦的關係，人不是會變得怪High的麼？回程的車子裏難分難捨，興高采烈地歡鬧個不停，無論瞎掰什麼都覺得有趣得要死，樂得教你禁不住錯覺自己的人生是虛假的。這種情形在你到家以後，使得那干人的存在跟視覺的殘像那樣陰魂不散地飄盪在四周，第二天早晨獨自醒來，不免昏頭脹腦地尋找——咦？那票人呢？哪兒去了？然後在晨曦底下悵然若失。不過，在一個成年人來講，這種情形很快就過去，而且能夠拿當美好的回憶鐫刻心版上繼續活下去。眞由可不同，她是一經感覺到這個，就認定有責任繼續持下去，她就有這麼笨拙的地方。要命的是偏偏她又認準了所有的好意當中這種感覺才屬於戀情。她為我的沒有固定職業操心，也把大半心思花在外界這個客觀上，我總覺得她把這種情形當成了戀情。她從不說我們結婚吧，或者很想兩個人攜手合作什麼事之類有關將來的事情；她心目中沒有未來，只有結夥同遊這回事。這樣反倒教人害怕。……好像連我自己都要給捲進她那『長生不老』似的洪流裏去。」

「那是因爲眞由好歹是個女演員。」我說。關於這一類的事情，眞由乍乍死掉的時候，我曾經想過很多。我於是接下去說：「導演、幕後工作人員、還有卡司，同樣的面孔在某種固定的期間，某種固定的目的底下天天摽在一起，不分晝夜的工作、精疲力竭、凝聚，無論物理上精神上，比自己的家屬、情人都要更深沉、更緊密地相貼合。可這只是爲了一部電影劇本聚集起來的團體，戲一拍完立即鳥獸散，各個回到自己的日常生活裏去，留下來的只有那段日子的殘影和映像。看試片時候，鐵定藉著每一個鏡頭去重溫舊夢一番。可是那段時光是不可能倒流了。這想必就是人生本身的縮影，你要是像一般人那樣過尋常日子，也就不至於那麼多愁善感。我猜眞由並不是酒精或者藥物中毒，是中了一再相遇分手、相遇分手，分分合合的輪迴之毒了。」

「這樣的？這麼說妳倆是屬於中毒系統的姊妹囉。」

龍一郎笑了。

「我可不一樣。」我驚訝地說：「我還沒有信那些信到非尋死不可的地步。」

「哦，哦，想必是這樣；妳們是很不相同的兩種類型，是不是？」

他是這麼說，我卻跌入沉思。

我眞的能夠斷言自己跟眞由不一樣麼？

拿海棉蛋糕沾紅茶吃，然後幻覺自己置身於過往至高的幸福裏，能說我不是這樣的一個人麼？能說我沒有把目前的生活當作一時的結夥旅遊、一屋子的同居人看作萍水相逢的露水旅伴？

我不很清楚，也覺得要試圖弄清楚是危險的。我害怕。

因爲如若一味的追究到底，只怕我和任何人都有可能變成眞由。

店裏於深夜兩點打烊，收拾好善後之後我們來到了外面。天已完全放晴，星辰露出臉來。春日淡淡的幽香浮動，是個冷颼颼的夜晚。輕柔的夜風透過薄薄的外套罩上身來。

大夥兒互道辛苦之後，解散各自回家，只剩我與龍一郎兩個人。

「搭計程車回家？」我問。

「只好這樣罷。」

「那就載我一程可好？」

「好啦，順路嘛……對了，我是不是有本書在妳家？」

「什麼？」

「昨天找了半天沒找到。不曉得爲什麼忽然很想讀那本書，到附近書店去買又說沒有。鐵是混進眞由的書裏跑到妳家去了。《盡情地流吧，我的眼淚，警官這麼說。》是菲利普・K・迪克的作品。袖珍本的比較沒關係，不過，要是在妳們那兒的話，我現在順道去拿比較快不是？」

「……曉不曉得故事的情節？」

我訝異地問他。

已然一片黑暗的大街上，深夜的計程車河流一般打著彎接二連三的駛過來。黑暗漾滿了季節變換時分那種幽暗的清新，吸入的大氣裏也飽含著透明如夢的芳香。

沒想到和我的預期相反的，他回答得很乾脆。

「不，老早以前讀的，和他其餘的作品攪混在一起，完全不記得了。妳知道情節麼？」

「不。」我說。

「哦。」他說著，攔下一部計程車。

家裏已經漆黑一片，我便領著龍一郎躡足登樓，直奔我的房間。

眞由遺下的書籍先且由我全部收下，至今還沒有動手整理。袖珍本的我將之集中到床邊攏成四堆，大多罩有書套。

「你等一等，我在這四堆裏好好兒找找看。」

「要不要幫忙？」

「行了，你就坐在那兒休息一下吧。」

我背對他，面向堆積如山的書這麼說。

「可不可以聽點什麼音樂？」

「可以呀。那兒不是有一堆CD和錄音帶麼？你就挑自己喜歡的聽好了。」

「OK。」

他就在我背後嘩啦嘩啦挑起了曲子。我安下心來逐本逐本掀開書套尋找。

其實，我讀過那本書，情節也記得很淸楚，就只是說不出口。那故事是說某一警官漂亮的妹妹嗑藥成癮，吸毒而涉案，末了悲慘地死去。書中人物給人的印象也與眞由一模一樣。

龍一郎要不是裝蒜（我知道不是這樣），便是想哭。

我思忖著。

他是想哭又無從哭起，潛意識裏遂在尋找、選擇著可以哭上一場的契機。

多辛酸啊。

儘管這樣，因爲那本書的內容太過露骨，說出來未免尷尬，是否還是該當作沒找到算了……爲舉棋不定苦惱中，背後的喇叭猛然傳來一陣雜音。

調弦的音響、人聲、BGM撕裂的音色、碰杯聲。（譯註：BGM爲爲了提高工作效率所播放的背景音樂。）

「什麼，那是？」

我大聲問他，沒有停止找書的動作。他不經意地唸出卡帶上的標題。

「唔——這兒只寫著『八八年四月，吹奏樂專集』。是現場錄音。當時我好想去聽，可惜錯過了機會。那場演奏會之後，那個叫做××的樂隊很快就解散了，我好喜歡。……」

他還在繼續往下講，我因被某種感慨分了心，已然聽不進他的聲音。

「認同了。或者是看出了。」

這當兒，錄音帶不停地播放下去，而我不成聲音的聲音使疑問一路膨脹下去。爲什麼？怎麼會發現這捲錄音帶的？就連我都忘記還有這玩意兒呢。
之後在內心掀起的天人交戰，我不知道能否巧妙地表現出來。不行，如果現在停掉的話還來得及瞞混過去，然而，無論是這本書也好，從一大堆錄音帶裏千不挑萬不挑，偏巧找出唯一的那麼一捲這點也好，在在都暗示著潛藏他心底的悲歎，既然如此，何妨讓他聽下去？這兩種矛盾在我內心裏錯綜複雜地閃動著。
錯亂如麻的好意惡意、比這更深一層的好意和惡意、劇情片和紀錄片，各種各樣的事物混亂成一團，令人不能動彈，末了終於浪漫的傾向任由他聽完那捲帶子。
這是個悲愴的決斷，自覺很像自天上俯視一對情侶撒手人寰的聖母瑪麗亞。
那捲錄音帶開始不多久，一片雜音當中忽然混進來一個熟悉的聲音。
「姊，這要怎麼弄才會錄音？這樣就行了？」
是眞由。
這天眞由突然把我叫出去，說原定要來的龍一郎沒法來了，要我借給她錄音機。沒辦法，我只好趕往演唱會場。兩年前，眞由還很好，起碼還會想到要把喜歡的音樂錄起來。而這竟成了錄有眞由些許聲音的唯一的帶子。
開演前一刻，眞由就這樣地跟我交談。全場照明已暗，燈光照亮舞台，聽眾唏唏嗦嗦的交頭接耳等候開演。
接下去是我的聲音。
「行啦行啦。那個標示著REC的紅燈不是亮了麼？就這樣就成了。」
「嗯，我看到了。謝啦。」眞由說。

好令人懷念的聲音，高亢而又透亮，宛若價值連城的什麼那樣的餘音繞樑。

「可是姊，錄音帶眞的在轉麼？」

「放心，妳最好不要再東摸西摸。」

「我就是愛操心是罷。」

眞由俯視著錄音機笑笑。幽暗裏儘管看不清，但我知道正是那副笑容：只爲微笑而微笑的美好的笑容。

「妳是遺傳了媽媽的愛操心憂慮。」我說。

眞由依舊俯著臉：「媽最近可好？」

一陣雷動的掌聲和歡呼。

「呀，要開始啦、要開始啦。」

這時，眞由如夢如幻慢慢地抬頭仰望舞台。

以較諸她所演出的任何一部電影都要高明的角度。

唯有那副側臉，猶如承受著陽光的月亮那般，蒼茫輝燦的浮現在黑暗裏。一雙眸子如夢的大張著，攏不住的鬢髮銀白地顫索個不停，尖尖的小耳朵，唯恐錯過任一音符這股淸純的願望而全神貫注的諦聽……。

不久，音樂開始了。我猛然回到「現在」。

龍一郎說：「好啊，妳讓我聽這個。」

回首，他並沒有哭，只是溫柔的瞇睫著眼睛苦笑。

「我不知道呀。」

這是我這天晚上第二次撒謊。不過，這麼一來，緊張的氣氛總算化開，時光之流又回到原來的模樣。我重又背向他，找起了書。

這天夜裏獨處以後，他也不曉得有沒有哭成？

終於找到了所要的書，我邀他喝杯茶再走，兩個人於是悄悄下樓。不料，輕輕推開廚房門，竟然發現母親和純子女士對坐桌前，在燈光下喝啤酒呢。

我嚇了一跳，忙問：「怎麼回事？妳們一直沒睡？」

「我們一直在這兒聊天，聊著聊著就忘了時間。」純子女士笑笑。

純子女士是母親的老朋友，性格和母親完全相反，雍容、悠閒、給人溫柔隨和的感覺。而深夜裏廚房燈光照射之下的她那張圓圓臉，流露出幼時所聽童話故事那種味道。

「我們也聽到了妳倆偷偷溜進來的動靜。勾頭看看，有雙男鞋，正在說要是過個兩小時不下樓，妳這一生就要改變啦，沒想到十五分鐘就下來啦，對手還是小龍呢，眞是無趣呀，毫無浪漫可言。」

母親很是她那種性格的說著笑笑。

「你們倆也坐到這兒來如何？光是啤酒就行麼？」

四個人於是圍桌喝起了啤酒。這眞是一種奇怪的感覺。

龍一郎說：「我是來拿書的，因爲馬上就要出去旅行。」

「旅行？」

母親反問，她很明白龍一郎失去了眞由這事。

「是的。我打算漫無目標的四處雲遊一陣。」龍一郎故作快活地這麼說。

「寫小說的人果然喜歡一個人到處走走，搜集各種各樣的題材是不是？」

純子女士好生佩服地說。

「就是這樣罷。」這是龍一郎說的。

我接著開口說下去，以便瞞混許許多多的事情。

「我倒是很好奇阿姨和媽媽三更半夜還在聊天，妳們到底在聊些什麼？」

「別拿我們尋開心好不好？我們正在嚴肅地討論往後的種種哩。」

純子女士平靜地微笑著說。

純子女士目前正在打離婚官司。她有個小女兒，眼前和丈夫以及丈夫的情人住在一起。她渴望和女兒同住，一直爲領養問題糾纏不休。做丈夫的不肯放棄女兒，又說單親媽媽經濟上不穩定，無論如何不能把女兒交給她；如此這般，叫小女兒夾在中間左右爲難。母親認爲在這種情況底下獨居只會令人鬱卒，索性要純子女士住到我們家來。龍一郎當然知道這些來龍去脈。

「對了，聊著聊著，居然變成戀愛不戀愛的，什麼要是有這樣的男人啦、甚至說什麼好想跟這種人結婚喔，眞是傻瓜一對。我們倆都一大把年紀了，講的話還跟高校時代毫釐不差，眞是的！我們談的就是這些呀。」

母親一面說，一面嗤嗤作笑。

「可不是麼？三天兩頭不是你住我家就是我住你家，跟現在一模一樣一聊就聊通宵，談論的也是同樣的話題，妳說是不是？」

純子女士也不勝好笑地說。

「所以，兩位都還這麼年輕。」

聽到龍一郎深切的感慨，兩位長輩異口同聲噲說：「嘴巴好甜呀，就會說恭維話！」然後重又嗤嗤笑將起來。

啊，這才叫作家的感受呢，我好生感佩地望著龍一郎的側臉和歡鬧成一團的那兩個中年女子。燈光底下那兩張光亮的笑臉迥然不同於日常所見的那種，眞就像超越時光置身於此那樣的年輕而又充滿了希望。深夜的廚房、隱密地交談。竊竊私語地談呀、笑呀，一同編織著夢想，一面返老還童的女媧們。而與她們同居一處的我此刻的座標又是什麼呢？簡直弄不清是個極美好的童話故事還是惡夢一場。

「那末，擺囉。」

龍一郎在門口向我們告別。

三個人一起相送。

「小心啊。」

「好走。」

「加油呀。」

三個人你一嘴我一舌揮手道別。

龍一郎也回應著向我們揮手，綠色的軍用手套黑暗裏很是顯眼，猶如螢火蟲。

看在龍一郎眼裏，我家大門不知是否如三枝花朵搖曳生姿那般的明亮？

不久，他就出遠門旅行去了。

打電話過去，只聽答錄機告以「旅行去了。請留話。」

那是眞由曾經帶著那副黃金笑容，以吃了藥神智越是不清，越是開朗的聲音問句「是阿朔麼？」的電話號碼。

醫院。藥品。藥房裏能買到的、以及買不到的貨色。酒，只要到酒店去，任何國家的任何酒都有的賣，要什麼有什麼。

不覺間我們已經習慣於眞由這種反應模式。

因爲她喝起酒來，著實教人看著也不知有多甘醇多好喝。

因爲她總是以那副姣好的側臉，急緩有致的嗚響著纖巧的喉嚨咕嘟咕嘟喝下去，只差沒有告訴你這一著很普通，同時也彷彿在作攝取精力的表演。

就在三天之前，蘋果寄來了。算是快遞系列第二彈。

到家拉開玄關門，劈臉看見弟弟在啃蘋果。一旁沉重的擱著一隻綠色厚紙箱，爆滿的裝著艷紅的蘋果和茶色鋸屑，好一幅炫爛的色彩。四周飄漾著酸酸甜甜的清香。

「這是怎麼回事兒？」我問。

「從東北寄來的。」弟弟回答。

母親與純子女士咚咚下樓。

後者抱了隻大簍子，微笑說：「我找了個簍子來，準備拿幾個到屋裏當擺飾。寄來好多蘋果喔。」

母親說：「看來小龍目前正在青森。」

「青森呀——。」我應著。

龍一郎此刻揣著那本哀傷的小書，也不知流落何方？

下回又該從哪兒寄些什麼來？

連同遙遠的風聲，和大海的潮香。

此刻，我有個預感。

照他這樣一路旅遊下去，遲早總會把沒法用「東西」表達出來的什麼寫成信函的；因爲他是個作家。而對於目前的他，自從那天晚上以來，收件人肯定除了我就別無他人；我有這種感覺。

我期待著他的作品。

那必定跟兒時的耶誕節早晨非常相似。

睡醒瞬間那種潔白嶄新的期待感。緊接著發現枕邊，用色彩繽紛的緞帶裝飾起來的聖誕禮物，來自爸媽的。溫暖的房間、寒假的降臨。

那將無關乎浪漫；而是一種赦免的象徵。

信上所記近乎答覆的什麼、足以填補失去妹妹那口空洞的輕重合宜的詞句；鐵定能夠將百代狗和滿箱蘋果所要透露的信息表達出來的一種詞句。

也只有他那個人能夠編織那種詞句。

讀了之後心靈必能得到解脫，我渴切地期盼著那個信息。

一　慈雨

時常聽說一個人如若經歷一番風雲變色的強烈體驗，往往連眼前的景色都會轉眼之間面目全非，我倒覺得自己的情況似乎並非如此。

我很明白。如今我想起了一切；能夠像記起某種故事那樣的去回顧我所以是我這個人的種種要素——從出生迄今的二十八年之間，身爲若林朔美的一切插曲、家庭結構、喜好的食物、以及討厭的事物等等。

眞的，前塵往事在我，只能拿當故事來回顧。

因此，我實在無從知曉在那樁小小意外事件發生以前，自己對本身的人生作何感想。或許很早很早以前的往昔，就已經是這種看法。到底如何？

是否飄雪成堆一般，就只是無爲而過的一串歲月？

我是如何跟自我取得妥協的？

也常聽說一個人咔嚓一聲落髮以後，別人的對應方式多少會有所改變，你的性格也將隨著發生微妙的變化。

而頭部動手術前剃了光頭的我，在冬日降臨的今日，總算恢復還成個樣兒的一頭短髮。所有的親朋全異口同聲說：「沒看過阿朔留這種髮型，新鮮極了，簡直判若兩人。」

眞的？我當下微笑，事後悄悄翻開相簿。的確，我就在相簿裏。留著長髮，笑咪咪的。旅遊時所到的各種地方、各種場合。我全記得。這個時候的天氣是這樣的、那個時候其實因著經痛，人勉強硬挺著站在那裏……諸如此類。所以相簿裏的人並不是任何誰，而是不折不扣的我。

然而，就是沒有實感。

好奇怪的浮游感。

在這種異常的精神狀態之下，這個「我」居然如常地經營自己、孜孜不倦地奔跑走動，我禁不住要給這樣的自己掌聲鼓勵。

我們家目前除了母親、我、和小學四年級的弟弟之外，尙有寄居的純子女士和讀大學的表妹幹子。父親很早就過世，母親再婚之後又離婚。換句話說，我和弟弟由男是同母異父。本來我與由男之間還有個眞由——與我同父的妹妹。是個演藝人員，引退以後和一名作家同居，不久害上了心病，終於形同自了殘生的死去。這已是很久很久以前的事情了。

我一周五天在當女服務生。工作屬於夜間部，也賣酒，可不是那種曖昧可疑的黑店，是間老式的小小酒吧。老闆從前混過嬉皮，內部裝潢近乎校園祭佈置那種常見的小店。空閒的時間是白天，在朋友的公司幫忙辦點事，還有其他雜七雜八的。過世的父親還算有錢。記得有過那麼一個時期，我好像一直在揣摩可有能夠將眼前有錢、得以如此悠遊度日的事實，高明的想成理直氣壯一點的生存方式，儘管無意，卻是一直在努力尋找。而等到覺察過來，發現自己已然獲得既不是淑女，也不是依舊停留在反叛期的一種奇特地位。我對自己的人生非常滿意，非常喜歡，喜歡到可笑而又無話可說。正因爲心境上如此，遂巴不得人人也都作如是想法。

某夜，打完工於深夜三點回到家，發現母親愁眉不展的獨坐廚房的餐桌跟前。

每回有話跟我談，母親總以這副模樣坐在那兒。遠的像是準備再婚的時候。我想起了那天的母親；分明樂得合不攏嘴，偏要正經八百的硬裝出茲事體大的模樣。最近似乎和純子女士無話不談，所以已經有許久沒有過這種情形了。

直覺告訴我鐵是有關弟弟的事情。這傢伙有點怪，在學校好像時常成爲話題。自從眞由死後，育兒這事似已成了母親永遠的咒箍。想到母親，我不免有些悲傷；母親好像時常不怎麼欣賞自己的人生。

住在同一個家裏，我過得這麼精彩快活，母親卻是一副艱辛模樣，想到這個我不免憂傷。

「發生什麼事了？」我問。

全家都已入睡，廚房裏沉寂而幽暗，只有流理台上方的小小日光燈還亮著。燈光底下的母親看起來白裏透黑，猶如一幅肖像畫。

緊鎖的眉毛與嘴唇之間孕含著濃濃的陰翳。

「妳坐會兒吧。」母親說。

「嗯。對了，要不要喝咖啡？」

聽我這麼說，母親起身：「我來幫妳沖。」

我吱喲作聲的拉動椅子，一屁股坐了下去。由於站著工作了好半天，人一坐下，下半身的力道頓時退去，能感到腰部一帶的疲勞油然擴展到全身。

深夜的熱咖啡總教人感到懷念。什麼緣故？老令人想起小時候。其實兒時並不喝咖啡。然而，就像是初雪的早晨或者颱風夜，每一降臨，就使人備覺眷戀。

母親開口了。

「由男那傢伙。」

「什麼事？」

「說想當小說家呢。」

我這還是第一次聽說。

「這又爲什麼？怎麼想起來的？」我問。

我那老弟根本就是不折不扣的現代兒童、新人類。電視劇裏看人家模樣帥又體面，就一本正經宣告將來要當商社人，是個討厭的小鬼。

「說什麼神明託夢要他寫小說的。」母親說。

我噗嗤噴笑出來。

「時下很流行這一套哩。」我笑道：「童言無忌嘛，別理他。」

「可他樣子有點奇怪。」

母親仍是一副問題嚴重的樣子。

我於是勸她：「不管怎麼樣，還是不吭氣兒觀察一陣的好。」

「他的熱頭會不會過去？」

「其實，小說家有什麼不好？」

「沒來由，就只是有這種感覺。」

「他是我們家第一個男孩，我希望看著他長大。」我說。

「眞由死了，妳撞壞了腦袋，現在又輪到由男出狀況。總覺得就沒有太平無事的時候。」母親感歎。

「那孩子著了魔似的埋頭寫稿哪。」

「怪鳥。」我點點頭。

「由於母親這座燈塔太過炫亮，以至過往船隻悉數混亂，於是各樣奇妙的命運都聚攏到一起來了。」

我直覺的明白這一點。我認爲有一種魅力，其存在的能量本身，就只曉得一個勁兒的尋求變化。母親必定有所覺察而受到了傷害。因此，我不願意把它點出來。

「這麼一來，家裏肯定會發生一些事情，變得跟三島由紀夫的《美麗的星球》一樣。這不是很好麼？滿快樂的。」

我這麼說，而後來才曉得在某種意義上，我這番話是講對了。

母親笑了。

「我看明天什麼的，我來向由男作一番訪談看看。」

「好啊，那麼一來，妳就能夠了解媽媽我所擔心的了。」

「有這麼不對勁兒？」

「簡直換了個人。」

嘴裏雖然這麼說，母親的神情可要比方才開朗多了。人嘛，這種程度就成了，我想。

一個人獨處的深夜的廚房，是個教人的思考永遠停止的地域。最好不要長時間滯留在那裏。切勿把你的母親、你的妻子、你的女兒關進那種地方；殺意、美味的俄式甜菜、和酗酒的主婦都是從廚房——掌管整個家的偉大地方——產生出來的。

人類——此時此刻活在此地的這塊結結實實的個體，其實軟顫一團，只要被什麼刺那麼一下或者碰那麼一下，就能夠說毀就毀，我是最近才體會到這個事實。

像這種脆弱如一枚生雞蛋的東西，這一天竟也平安無事的機能、營生，我所認識的人、所愛的人，他們經手處理很容易毀壞他們自己的種種工具，卻也安然無恙的度過了這一天；這是何等的奇蹟！……而一經這麼想，這一類的思考就沒完沒了啦。

每逢熟人死去，眼見周遭的人悲嘆欲絕，我自然會覺得世上怎麼會有這麼殘酷的事，但反過來又不免心想，比起剛才還存在在那兒的奇蹟，一個人的死亡也是無可如何的事情……。想到這些，人眞就要變得雖生猶死，活生生的僵止在那兒了。

宇宙、熟人、熟人的父母、他們的熟人所愛的親朋；無限的數目、無限的生死。令人毛骨聳然的數值。就在這裏冷眼旁觀吧，杵坐廚房裏，用我依然模糊不清的腦袋，靜觀無限到接近永恆的那些數目吧。

那天，朋友們之間號稱「滾落階梯的日子」，初秋時節的九月二十三日。

我急著趕往打工的地方。抄個捷徑罷，想著，匆匆奔下平日難得經過的後街那道陡急的階梯。這道又寬又長的階梯位於一所中學校背後，急傾的程度，下雪天鑑於危險而不得不禁止通行，且因而聞名遐邇。天已然黑下來的深藏青色黃昏，我讓昏暗的路燈和重疊在路燈那一頭的黃色半月分了心，一腳踩了空，滾落階梯，重重的撞擊了腦袋。

嚴重到當場昏迷過去，給抬進了醫院。

乍乍蘇醒過來的時候，一片混沌，什麼是什麼完全分不清。整個腦袋莫名其妙的抽痛。伸手摸上去，頭上纏著繃帶。於是階梯的風景、當時的疼痛、和驚駭，一股腦兒復甦過來了。

眼前有個漂亮的中年女人正在呼喚：「朔美。」

看看年歲，再想想場合，這人八成就是母親罷，我想。其實也只有這個感覺。我認識這人，可就是不知道她是誰、是什麼樣的一個人，腦子裏得不到任何資訊。她所以會在這裏，想必是因爲她是我母親，或者是一個非常親近的人……她長得像我麼？想歸想，卻又說什麼也想不起自己的長相。

這人既然以這個角色待在這裏，妳就不要傷害她，想著，正覺爲難，一樁回憶突然插了進來。

那便是母親正在家裏哭泣。（家？到底在哪裏？是坐落哪個天涯海角的什麼樣的建築物？）眼淚的記憶，猶如電影裏加上濾光鏡的回憶鏡頭，從記憶之湖透明的水面浮上來了。祖父過世的時候就是如此。當時我就想：一個人的眼淚眞就能夠泉湧一般不停地冒出，流下面頰滴落地面呢……。

再來就是妹妹。

儘管想不起名字，只因隨著「妹妹」這個概念，一個非常可愛的女孩浮上眼簾，禁不住認爲八成是我自己揑造的妹妹。然而，那的確是眞由。整理遺物時候的妹妹那個背影。

獨居的那段日子，有次因失戀而忍不住在電話裏哭了出來，只聽母親大爲感動地說：「不得了，朔美居然哭了。」

我是個不愛哭的女孩。

啊，錯不了，眼前這個人就是母親囉……可不能傷害她。

唯有這個意念像神聖不可侵犯的某種眞言那樣，在疼痛的腦子裏模糊的迴響著。

她以爲我還沒有完全從痲醉中清醒過來。黑眼圈上頭那雙柔潤的眼睛，因我安然無恙的蘇醒，而漾滿了歡欣的淚水。

……我明白了。那女孩必定是以這一類的操心方式總算存活了下來，而這種牽腸掛肚必也使她心力交瘁的罷——我思索著自己並不甚了解的「朔美」這個人的人生。然而，這也到此爲止了，從今以後只好聽天由命走一步算一步了？我下定決心，這樣地告訴自己。

「媽。」

聽到我呼喚，母親慢慢的、打心底裏感到高興的點了點頭。接著，像個新娘子那樣好燦爛地笑笑。

媽。嘴裏儘管說出人類來到這人世所學會的第一個溫暖的單字，內心卻冰冷如正在騙婚的小混混。頭好痛，彷彿母親這個概念濃縮成一股稠汁沁進腦漿裏來的那種痛法。然而，這發音同時也在我左胸底下形成一團微熱的塊塊；這究竟是什麼呢？

望望四周，竟是白晝的病房，窗外可見濃烈的藍天。那天空就像我的記憶一樣的空茫而一片深藍。

接著，記憶如燻烤畫般一點一點的重現。只是我與我之間原該透明的玻璃，卻有如手錶錶面模糊時候那樣有了個水滴，說什麼也去不掉。儘管沒什麼關係、儘管我並不在意。

第二天傍晚，打完白天的工回來，喜孜孜地去敲弟弟的房門；家裏居然發生這麼鮮的事，不趁早採訪還待何時。

「請進。」弟弟的聲音反應說。

開門進去，見他駝著背坐在桌前。勾頭望望，正在拚命用細小的字猛塡B五的稿紙呢。

「聽說你準備當作家？」我問。

「嗯。」

弟弟心不在焉地點點頭。

「是不是想當赤川次郎那類的推理小說家？」

我知道前一陣子他還在猛K這一類的閒書。

「不，我想當芥川龍之介那種純文學作家。」

他的眼神很頂真。鐵是被什麼給蠱住了；同我一樣，有一種過往所沒有的新感覺潛進了內心裏。

「像眞由的男朋友小龍那樣的不行麼？人家也是純文學作家呀。」我說。

我指的是跟死去的妹妹同居過的時尙作家龍一郎。熟人當中也只有他算是作家。

「嗯，我尊敬他。常想，他那個人眞是個作家呀。」

龍一郎。忽的想起他筆底下一大羣抽象難懂的作品。

「你看得懂他那些東西麼？」

「不完全懂，可是平心靜氣一直看下去，就會覺得感覺很好；該說整本書發散出一種幸福的氣味罷。」

「呃？」

我倒是沒有過這種感覺，只覺文體陰沉得不知訴求爲何。

「他的作品很像眞由的笑臉。」弟弟說。

啊，這個我倒是能夠領會。我點點頭。完好無缺的獨立，而又具備複雜的機能，何等美好。涵蓋一切，而又那麼微妙的孑然孤立。所以才會那麼樣悲哀得出奇。她那副笑容裏就有著天然的、蘊含著芬芳而又甘甜水分的某種無價之寶。

我戀慕妹妹那副笑容。

至今還經常夢見它。

多想見一見啊，只見一見那副甜美燦爛的笑容。

「不管怎麼樣，多寫幾篇好小說給姊姊看吧。」我說。

「嗯。」

由男點點頭，只覺他臉上的神情忽然變得好大。

「不過，話又說回來。」我說。

「姊姊還是希望小由長成個帥哥。我寧願你是個又體面又能夠寫文章的人，也不要變成只懂得寫寫弄弄的一個感性和生活方式都奇差的邋遢鬼。」

「我會小心的。」

「不過，究竟是怎麼一回事兒？忽然之間像個大人一樣的聰明起來了，還寫文章呢。你告訴我眞心話好不好？我不會洩露給媽媽的。」

我雖笑著說，他卻一本正經。

「是我腦子裏發生了一些事情。」弟弟答道。

「什麼事？」

「有個像神明那樣全身發亮的人跑到我夢裏來講了一些話。之後有些什麼起了變化，腦子裏就再也停不住了。人類每天吃喝拉睡、毛髮長長，分明註定絕不可能停下來，只有活在此時此刻，可是不曉得爲什麼偏又記得從前種種，還要去擔心將來的事。多奇怪呀！爲了要把想不透的這些事情吐露出來，只好編個故事表達一下。總覺得在寫各種各樣的人的各種各樣的故事當中，好像能夠弄明白自己所感覺到的事情。」

因爲他這番話太過合乎道理，不由我不佩服。

「我知道了。姊姊支持你。不過，你可記住，姊姊的夢想是等到年齡跟我相差很多的你成了高校生，準備買禮物送女朋友的時候，陪你到日比谷尚媞的『懶惰蘇姍』部門，添幾個錢，幫你選選禮物，然後到賽利奴的咖啡廳去喝喝咖啡。夠細心罷，我這老姊？好歹你出世的那個下雪天早晨我就想過，有天能夠做這些事情，眞是太好了。」

「我會記在心裏。」弟弟說。

我放了心，坐到地板上，順手拿起身邊的一本書，標題是《世界眞實神怪故事一〇〇》。

「什麼，這是？」

「那本書很有趣吔。」

弟弟終於恢復童稚的神情。

「唔……」

我唰唰唰唰翻了翻。其中有這麼樣的一則故事。

●擁有雙重記憶的婦女

居住德克薩斯州的梅麗赫克塔（42歲），自從遭遇車禍以來，開始擁有雙重記憶。她原有身任高校教師的丈夫和兩個兒子，日子過得和樂平穩。某日，前往接丈夫途中，所駕車子與瞌睡駕駛的車輛迎面對撞。她當時身負重傷，腦部卻倖免損害。但兩個月後出院之時，發現自己竟然擁有與以往的記憶迥然不同的另一種記憶。新的記憶屬於俄亥俄州十七歲那年死於肺炎的少女梅麗桑頓。除了那少女的母親的名字以外，從梅麗桑頓曾經上過的學校名字到所有的大小細節，她都記得清清楚楚。她於是毅然找丈夫商量，由於「另一個新記憶」非常合乎情理，丈夫調查結果，證實俄州哥倫布地方確實有梅麗桑頓這個人，並且已於赫克塔女士遭遇車禍的三年前死於肺炎。擁有前世記憶的人固然稀罕，這種個案可更稀少得出奇。兩者之間唯一共通處唯有梅麗這個名字，不過以此來解說這種現象，仍嫌過於不足。

「滿有趣的嘛。」我說。

「是不是？我沒騙妳。」

由男好生得意。

我闔上書本，說聲「那末，我走囉」，離開他的房間。

首先，這孩子既不乖僻，也沒有走上歪路，看樣子應該沒什麼問題，我想。冬日的走廊很是沉寂，處處瀰漫著夜晚的氣味。與我房間之間兩公尺的距離，窗玻璃一片黑暗，卻有一層光澤，彷彿能夠將遺忘的一切事物連同我這張面孔，一起映照出來。

這天夜裏，我做了個怪夢。

我坐在那兒看風景。

天空藍得可怕，深遠得眼看要把人給吸進去，又像是凝固得很好的藍色果凍，以看似伸手可及而又井然有致的濃淡法，直綿延到一無遮攔的地平線那頭。乾燥的空氣、乾旱的大地。在一片壯闊的景觀底下，稀稀落落的幾幢建築物，看上去清晰如模型。

這眞是有生以來從未見過的好一片震撼人的景色。我坐在木板露椅上，在夾帶著沙塵的風中只管出神地觀望著。一旁坐了個女子，夢中的我很熟悉她那個人。

是德克薩斯麼？

不，哪兒都不是；無邊無際的天與地、夢與夢邂逅之處、有甘甜乾燥的風吹拂的地方。

「梅麗小姐，關於妳的記憶，能想到的都告訴我吧，我好像眞的很牽掛呢。」我說。

她有雙藍眼睛；眼看要化進藍天裏去的那種顏色。在同質性過高的顏色環繞之下，我不禁悲傷了起來。是因爲那是涵蓋了兩人份人生的色彩之故？記憶的大海，拍打岸邊的過往濤聲，那正是這種色氣。

「說起來雖然很像在玩語言遊戲，我就是想不起來單獨一個我的那個『我』是個什麼樣的人。」她低聲告訴我。

我望著她眼角上深深的魚尾紋。

她繼續說：「在廚房裏張羅晚餐啦、或者只是欣賞晚霞啦，像這樣尋常過日子的當兒，有時會忽然悲傷得不得了，就好像胸口貿然塞進來一大團悲傷那樣。這時候我就會認爲這八成是來自另一個梅麗的記憶；也就是說，她的記憶已經融進我的人生當中，融化到了這種地步。她是戀戀不捨地離開了人世，相形之下，我畢竟比她更珍視自己的人生。不過，還好，我並不討厭因爲某種緣分平白跑到我裏邊來的她那個人。」

「何況妳根本不知道到底有沒有『單獨一個我』。」

我好像帶著沉思的眼神，以商量的口氣繼續說下去：

「我知道那種想法是徒然。只是有時候心酸酸的難受死了。看到星星、看到弟弟、看見什麼都感到心疼得不得了，只覺自己像個死了一回的人一樣。」

梅麗默默地點點頭，同時凝視著我微微一笑。

其實，同我比起來，眼前這個人才眞算擁有死亡那一瞬間的記憶呢——我突然這樣地反省著；那該是什麼樣的一種心情？我想像，而且感到害怕。連擴展在視野裏的景色都龐大得無法包容，何況還曉得有朝一日即將再來的死亡的滋味！

「這種情形可能有，倒是我……一開始苦惱得要命，也有一種奇妙的感覺，我讓自己去認爲有兩個靈魂正在相依相偎的透過我這雙肉眼在欣賞這麼壯麗的景觀。」

梅麗說這話時，好一副幸福的模樣。

天空滴滴落落的下起了水滴。

「是日頭雨。」我說。

雨點從深藍的天空那片白得行將消逝的雲層裏，傾注到燦爛的陽光底下來。原以爲是光芒的碎片呢。雨水一片接一片的濕潤大地，也分別灑到我倆黑色和金黃的頭髮上。那雨猶如某種艷麗的什麼，截然落下冷冷的影子，傾瀉到溫暖的大氣中。平靜的雨，平靜得彷彿用探照燈去照射這幅壯麗的風景，一瞥光芒的領域。一切的一切都鎧亮而甜美，景致豐潤，多麼心曠神怡、多麼耀眼！我以爲自己感激而涕零，卻只是來自天上的水滴流下面頰。

「也許就只是眼前有總共四個人的人生正在看天空、地面、雲、和日頭雨罷了。」我說。

梅麗輕輕地點點頭。

醒來，久久對那幅景色和自遼闊的天空降下的閃亮的雨眷戀不已。這個夢眞是太棒了。雖然不甚清楚，卻總覺得看到了某種非常值得感念的什麼。

二　幽靈日

友人舉行婚禮的日子，偏巧一早就下大雨。

爲了準備參加，不得不八點就起床。我仍舊穿著睡衣，步過淸晨被雨聲所封閉的幽暗的走廊，來到廚房。禮拜天嘛，反正誰也不會這麼早就起床，想著，推開門，發現幹子待在那裏。

她是寄宿我家的大學生表妹。

想必是天亮才來家的罷，她以浴罷的一頭濕髮，坐在模糊的窗玻璃前面，手支下巴，一張瞌睡懵懂的臉。

「這麼早就起來呀。」幹子說。

「妳幾點回來的？」我問。

「七點鐘。現在正打算上床。」

我喜歡她那張臉；五官嬌小又端整。她是姨媽的女兒。我家母系相貌中我喜愛的韻味她全有。而這些一眼就能夠看出來，血緣這東西著實不可思議。

我打開電視。

螢光幕上正在預報天氣，播報員淡然地談論著這場豪雨。連同窗外嘩啦嘩啦的大雨聲聽著那天氣預報，聽著聽著，宛若在地心深處觀看某種秘密節目那般，心情上有一種封閉的感覺——慵懶、無聊、彷彿已經窩在此地許久許久，雨也將永遠下下去的那種感覺。

「阿朔，妳幹嗎起這麼早？」幹子問我。

「參加洋子的結婚典禮呀。」

「啊，這樣的？洋子要結婚了？跟長谷川先生麼？」幹子說。

「是啊，可眞是愛情長跑哪。」

「咦？她現在在做事麼？」

「對啊，服飾方面的。所以婚紗都是自己親手縫製的呢。」

「哇噻，眞厲害！」

「聽說爲了做婚紗，每天晚上幾乎熬通宵，從電話裏聽起來，好個荒蕩的新娘。該說感受不到一種甜蜜的氣氛罷，什麼婚禮頭一天還有心情跑去聽音樂會呢。交往太久就會是這個樣兒罷。」我說。

「了不起！她還是那個樣子，教人摸不透是不是？」幹子說。

洋子是我高校時代的同班同學。

我們曾經同時愛上一個男生，弄得彼此之間頗不愉快的（結果是我贏得了那男生的情感），也曾住到她家聊個通宵。她把有個怪名字的彪形巨犬養在室內，我常爲牠撫摸肚皮。她弟弟經常開車送我回家。她母親所做的鹹鱈魚子通心麵好爽口，可以說是極品。每次到她家玩，洋子老是坐在桌子那一頭裁這個縫那個的。她的手眞的靈巧極了，無論她看起來有多煩惱多無聊，那雙手卻永遠顯得又清潔又溫柔，並且以固定的秩序，魔術一樣地活動著。它光滑如教堂常常見的白色瑪麗亞像那雙手。不高興的時候，她會氣鼓鼓的繃起臉來。在家時候，她總是捨隱形眼鏡而戴老式的銀邊眼鏡。而她這種幾近蠻幹的不怕醜，反倒令人覺得滿可愛；這種風景裏有那麼一股通往永恆的強悍。呆呆地望著望著，還眞覺得她這人亂幸福的，雖然沒有明白地告訴過她本人。

「對了，洋子不是有椿很好笑的事兒麼？」幹子說。

「什麼時候的事？」

「喏，她不是交了個醋勁兒很大的男人……爲這事我們不是怪凝重的在一起喝過茶來著？」

「啊，我知道了，是有關大猩猩的事罷？」

我笑了出來。

幹子也想起來了，呱啦呱啦笑著說：「她呀，用好認眞的表情說什麼『那個人只是想把我拿當籠子裏的大猩猩，牢牢的關起來誰也不讓見。』」

「比喩不怎麼恰當，是不是？」

「她本人肯定想說『籠中鳥』，沒想到居然說成大猩猩。」

兩個人繼續笑了一陣。儘管久遠，這一類的記憶原本甜蜜，加上睏倦和豪雨使得腦子有點遲鈍不淸，很難得的前後兩個我，暫時統合在一起。

幹子笑著將茶壺炖上火爐。濃濃的茉莉茶香飄滿整個廚房。

有現在、有過去，而某一個雨天的早晨，我和我同在此地——一種平靜安穩的感覺，而一屋子沉穩甘甜的茶香，就給人這種感覺。

「外邊好暗哦。」我說。

「妳要說現在是凌晨三點鐘，我也會相信的。」幹子答道。

「有沒有什麼吃的？」我問。

「小餅乾、味噌湯、還有昨夜吃剩的糖醋里肌。」

「那末我就把B和C拿來當正餐，再把A當甜點。」

「不是要去吃喜酒麼？」

「那之前還得參加婚禮啊。」

「那會餓肚子的，還是吃了再走罷。我也來一點。」

「就這麼著吧。」我說。

幹子從冰箱裏取出罩有保鮮膜的容器，將它放進微波爐裏。

每次看到女人在廚房裏忙這忙那，我就不由落入會想起什麼的心境裏；一些心酸悲哀的事。肯定和人的生死有關的種種。

「有沒聽過命案的事？」

背向著這邊的幹子忽然這麼問。

「什麼？妳說什麼？」

我大吃一驚。

「昨天附近一帶的人都在談論那件命案哩。」

幹子邊說邊把味噌湯的鍋子炖上火爐。由於太過突然，她那句話好似在惡夢裏迴響的某種不自然的台詞。

「我打工回來全都睡了。根本不曉得。」

「是拐角那一家的宮本小姐殺死了一個男的。」幹子說。

「啊？」

那個女的我認識，我時常與她在附近錯身而過。雖嫌樸素了些，人卻長得很漂亮，每次跟她打招呼，她就微笑著說聲「妳好」。她總是穿著件藏青色的毛衣，胳臂上綴有兩條白線，老讓我想到江戶時代罪犯的紋身。

「她幹嗎殺人？」我問。

幹子坐到我對面的椅子裏，探過身來說：「聽說本來就有點神經衰弱，偏偏跟她交往的男朋友爲這個說要分手，她一時想不開就下手啦。那家子前幾年死了父親不是？她老爸好像還當過鎮長什麼的。老爸死後她就跟母親住在一起。她殺了人之後自己也想割腕自殺，結果半死狀態中母親趕巧回來了。」

「妳這綜藝節目式的詳情是怎麼來的？」

我忍不住笑了出來。

「是阿姨告訴我的嘛。」幹子說。

「果然不出所料。」

我母親對這一類的事情最感興趣了。

微波爐叮的響了一下，我站了起來。

我一面剝去糖醋里肌灼熱的保鮮膜，一面問：「那男的多大歲數？」

怎麼會想起來這麼問的？不過，幹子的回答倒是搶先將我這個質詢的意圖正確地點了出來。她說：「妳猜多大？才二十一哪。宮本小姐可是快四十啦。」

「眞受不了。」我說。

早餐準備妥當，兩個人暫時沉默下來用飯。短短的一陣，我設身處地的思考著宮本小姐的人生。同樣一個街角，看在她眼裏和我這個輕浮的人所見，必定有所不同罷。

「最近都不見她那個人。」

「幹子妳大概不曉得，那位大姊從前在我們這一帶，還是個灼灼耀眼的美女吔。」

「也不知道是在哪兒出了岔子的。」

「人生眞個是詭譎不測啊。」

細想起來，誠如漫畫裏的阿螺隔壁的大姊姊那樣，小時候我心目中典型的「鄰家漂亮的大姊姊」應該就是宮本小姐那種。我所熟悉的另一幅畫像便是昔日常見的，與她父親挽手同行的宮本小姐那副模樣。忽然記起來了，兒時，小小的心靈還曾想過：等我成長到宮本小姐那麼大時候，爸爸也不曉得會不會與我相偕外出？只記得當時一邊想，一邊抬頭仰望父親的下巴，萬萬沒有料到父親這麼早就離開人世、也沒有想到宮本小姐會變成這樣。

多麼不可思議。

「妳不覺得下雨天特別會想起小時候的事情？」

幹子貿然改變話題。

「對啊，我能了解那種心情。」

我點頭，奇怪，她所提和我所思竟然如此地不謀而合。想來，心胸裏的這股子酸楚，正在將一度並不討厭雨天時候的那些個清晨的氣氛，擅作主張重現出來。

「總覺得好教人懷念不是？」幹子說。

而「懷念」這個言詞本身，就具有一種眩目的味道。

「啊？是朔美呀？給人的感覺完全變啦。」

「呃？眞的？」

「不仔細看還認不出來呢。」

「還以爲是新郎那邊的親戚哪。」

在金碧輝煌的禮堂讓塗脂抹粉，穿戴得花枝招展的一羣妙齡女子你一嘴我一舌的這麼一評論，內心變得怪怪的。

彷彿正在聆聽天庭的眾仙賜給你寶貴的話語。

「眞的變這麼多？」

聽到我這一問，大夥全以同樣的表情嗯嗯點頭。

「難道妳們講不出口『哎，朔美變漂亮啦』之類的話？」我開玩笑說。

她們連忙異口同聲道：「我們不是指的那個，是說妳整個人給人的感覺不一樣了。」

一聽這話，我忍不住心裏有氣。

「這樣的呀？」說著，我閉上了嘴巴。

我還顧著在圓桌上坐定下來的老同學們光亮而又滿懷希望的面孔。美麗和青春單是其存在本身就包含了未來這個名詞。感覺裏，在全副盛裝這一點上，她們是陌生人，但在知悉她們土里土氣的昔日模樣這一點上，可又比任何人都要來得親近。

新娘已經就位，好一副正經老實的樣子。新郎垂視著自己的手，同樣正經八百的。由於對他倆不很正經的一面知道很多，也就格外覺得好笑。他們簡直就是觀光勝地拍紀念照時，嵌入畫面只露出頭部的兩名遊客。

不過，那襲新娘禮服倒是手工縫製的。

想必是新娘板著那張難看的面孔，坐在小桌子那一頭一針一線縫出來的。

想到這個，我這才今天第一次受到感動。

整個會場非常肅靜，因為正在長篇大論的作首次乾杯之前的致賀詞。飢腸轆轆、拘謹的穿戴、加上百無聊賴，我有點心神恍惚，忽覺就要想起什麼。

到底是什麼呢？

當時是無聊得要死，事後想來竟是心疼欲狂。

我接著很快就想起來了。那就是和眼前這干人同窗共讀的時候，上課中打瞌睡的那一幕。

原來是正在致詞的歐吉桑乏味的內容和迴響在高高的天花板上的低沉聲音，把多年前某一個下午的上課情形揷播了進來。

在日光明亮的教室裏沉沉入睡，驚醒過來的剎那，總是弄不清身在何處。好半天始才覺察到教師仍舊以剛才淡出我聽覺之外的同等音量的聲音，繼續授課。除此以外別無動靜，簡直就是有志一同預先約好共同來享受這份無聲寧靜的一個集團。乾爽的木香、燦亮的陽光、窗外的翠綠。課堂上的這些人、同年齡的死黨。下課時間一到，頓時一起動盪起來的空氣。筆盒反射出來的光線在天花板上躍動，個個都在迫不及待的等候十分鐘之後的下課鈴。這種近乎奇蹟的共有，一旦走出這個教室，這輩子就別想再擁有了。這種空間裏，總是暗香浮動般蘊含著所有這些資訊；就是這樣的感覺。沁人的陽光記憶。

不久喜宴開始，由於雜七雜八喝了香檳、啤酒、又喝紅酒，我醉了，只管坐在那裏呆望著一次又一次被拖曳著滑過眼前地板的新娘婚紗。婚紗上珠光寶氣，外帶精緻的刺繡，美極了。

新娘的父親一副微妙的神情。

既非哭喪臉，也不陰沉，就只像在遙望遠方。

心頭再度掠過宮本小姐。其實，跟她也不算很熟。

我已經失去父親。

如若父親尚在人世，也不知會如何看待我的意外事故和眞由的早夭，同時也不曉得會擺出什麼樣的表情。尋思了一下，搞不懂，算了。

逝者總是只給生者的心版上留下溫柔可人的影子。

然而，那並非素面本人，所以說是從前，其實該更遙遠才對；遙遠到幾乎看不見。睡，他在向你揮手、歡笑，但已經看不很清楚。

回到家，小睡了一下。

醒來，雨已停，天已黑。黑暗的房間有些淒清。

每逢這樣的時候，人就會落入奇異的心境裏，總覺得夢中好像忘了告訴誰某些話。

良久，被波浪沖上水邊的魚兒一樣靜靜地躺在那兒看窗外。然後起床，開門。迎頭碰上了弟弟。

「晚餐是純子阿姨做的雜鍋飯。大家都先吃了。」弟弟說。

「近來小說寫的怎麼樣？可有在寫？」

「目前在寫日記。」

「今天的主題呢？」我問。

「今天一直在想從前的事情。」

「很小很小時候的？」

「嗯。老爸的事啦、阿朔撞傷腦袋以前的種種啦。」

「怎麼又想起來了？」

我很驚訝。

「也許是因爲下雨的關係罷。」

「你呀，小小年紀，還滿善感的嘛。」

我笑了，然後說：

「你那個主題，跟我今天的完全一樣吔。」

弟弟又高興又有點不好意思的樣子。

「對了，你到底喜歡碰傷了頭之前還是之後的姊姊我？」

明知問一個小孩子這種問題也是枉然，我還是一本正經地說出了口，只覺很可能輕易地獲得「答案」——不是來自弟弟，而是透過他的某種什麼。

「因爲太小了，記不太淸楚。」

他倒是說得很乾脆，教我不免洩氣。

「可不是麼？」我說。

「不過，我目前一天到晚都跟現在的阿朔在一起。」

啊，果然不出所料。

是思考「附身」啦。

似乎有一種類似電波的信息，透過我的睡眠，以某種形態進入這孩子的腦子裏，把他幼稚的思考拿當生硬得令人不耐的道具在使用；抑或這種情形並不僅止發生在同一個家裏的親人身上，而是我、弟弟、一些素不相識的陌生人、乃至宮本小姐，都環環相扣，在這場大雨中，來往穿梭於一個睡眠的宇宙裏？

「我知道了。從今以後姊姊要把你看作大人，下次一塊到尙媞喝茶去。」

「吔！太棒了。」

弟弟高興萬分。我告退下樓。

由於生活不正常，身體的情況不大對勁兒。似乎只有清早廚房裏本該睡昏頭的那一幕，腦子才是清醒的。不過，婚禮嘛，好歹是喜慶場合，稍稍脫了軌也不爲怪。

總之，純子女士正以早晨幹子那種感覺待在廚房裏。

「喲，這個時候爬起來了？」

她的音調很柔和。

「嗯，我起來吃雜鍋飯。」我說。

「還有很多哪。」

「我媽呢？」

「約會去了。」

「哦。」我點點頭。

女士開始張羅雜鍋飯。

我不經意地從電視機底下的書架取出照相簿。

記憶最最混亂的那段日子，我屢次半夜裏跑進廚房，獨自翻閱相簿。

越看越覺得又近又遠，懷念之情與焦急不耐老是交織成一股焦躁襲向前來。重訪前世的故鄉，該是這種心情罷。

擁有我這張面孔的「我」，比我更我的嘻笑著，已然不在人世的妹妹正在抓著我的裙襬，類似這樣的感覺。

那種惆悵苦悶的感覺，就像是有一個無形的世界，就在這人世遙不可及的某個地方呼吸、存活。

前一陣子的我，還在用這種目光看這本照相簿，然而今夜有點不同。

我在尋找「父親」。

我和眞由的父親死於腦血栓。病發之後，就在昏迷中守著我們斷氣。頗能教人領會的生與死，儘管這種說法有點怪。總之，是個忙碌的人，多情，同時也是距離後悔這個名詞最遙遠的一個人。父親留給我的印象只有好的一面。

我望著在公園的沙坑遊戲的父親與我。能記起當天潮濕的空氣那種氣味。我也看著正在烈日高照的海灘嬉戲的父母親、我、以及眞由的天倫照。

它們都屬乎過去，但飄漾其間的空間的色氣，卻活生生地逼向你。

今夜，或許宮本小姐也以同樣的心情在翻閱照相簿呢。往事留下了清晰的雪泥鴻爪，而沾滿了往事的「現在」，則飄浮在空中。在這一點上，我和宮本小姐是相似的。

父親附注在照片上的筆跡。

眞由的塗鴉。

全都是幽靈。

而此時此刻，我就在這裏看著那些幽靈。

「來，請用吧。」

純子女士將熱騰騰的飯和湯端到我面前，我遂闔上了照相簿。

「好吃。」

聽我這麼說，她笑了。

「雜鍋飯是我的拿手。」她說。

純子女士因爲有了婚外情，以致失去了家庭；她與丈夫的朋友陷入畸戀。這段戀情結束，夫妻倆離了婚。她有個女兒，目前住在老爸家。有朝一日接過來娘兒倆相廝守，是純子女士的夢想。

「妳在翻相簿？」純子女士問。

「嗯，今天不曉得爲什麼想起了我爸。」

「哦。」她點點頭。

「相簿這玩意兒很教人傷心不是？裏面的人全都那麼年輕。」

「那當然。」我說。

「我和妳媽保留有好多女高時代的照片。半夜裏偷溜到外邊喝酒時候拍的呀、還有畢業旅行時候照的睡容照種種。我覺得眼前眞是不可思議；我這個人怎麼會這樣子的待在這裏？我的意思並不是指我離家出走那回事，只是有時候會忽然感到驚心。每當妳媽用從前那種表情笑一笑的時候，我就會不由得搖晃一下，準是感受到漫長時光的重量所帶來的衝擊罷。」

「我好像能夠了解。」我說。

想必過去與未來往往在母親臉上形成套匣，猶如旌旗飄揚招展，眩眼的混合在一起罷。

「喏，你看看，我還在這兒哪。」

好奇怪的日子。

往事老是隨著睡眠探頭探腦。

許是由於同一條街上死了人，有些扭曲的空間於是發生了作用。

也許不是。

想來今天晚上全世界必定有不少人死亡，或者哭泣罷。

到了深夜我還是了無睡意，因爲白天睡了一整個下午。

買幾本書去算了，想著，我出門。

時刻是半夜兩點鐘。附近有家營業到三點的書店。半個店面經營的是錄影帶出租。

我買了雜誌和剛出爐的幾本新書。

野外飄漾著隆冬的氣息。

即將來臨的貨眞價實的寒冷的預感，混雜在冷空氣中，傳進身體裏來。枯木在微暗的天空襯托之下，勾畫出骸骨也似的剪影。逐漸瘦去的月亮在遙遠的天空小小的散發著強光。

我哼著歌走在巷道上。迎面來了個人。不經意地準備錯身而過，才發現原來是宮本小姐的母親。

當路燈照出她那凝重無比的表情（那是當然的）時候，我無來由地覺得「糟啦」。心想，這種節骨眼兒，足以表達誠意之類的，到底是什麼。

結果是作了個很平常——正因爲如此，反倒變成不尋常而又複雜的寒暄。

「您好。」

宮本小姐年邁的母親，以跟女兒一模一樣的方式靜靜地低頭施禮。臉上帶著習慣性的微笑。

老人家身上有一種什麼令我想起眞由乍乍離開人世之時的母親；兩位母親同樣透著一股僵硬和堅毅。

我們默默中各走各的路。

走了幾步路再回首望去，不管怎麼樣，只見宮本媽媽以一成不變的速度行走在夜晚之中。那種平靜法，我不禁認爲她對我倆彼此擦身而過一事毫無所覺。弄不清她挑著這種時刻何所往；是否單單爲了躲避在家中四處彷徨的亡魂影像，才屏住氣息逃到外邊來的？

月亮、路燈、暗處、穿過道路的貓、以及住宅區的陰影，在這些東西環繞中，我忽然興起一絲感慨——今天可眞是始於宮本小姐，終於宮本小姐的日子。儘管失禮，確是如此。

只覺許許多多的事物就像這樣的存入資料庫，給永遠地保存起來。

三　親子圖

母親是個不可思議的人。

一起生活了二十多年，我還是不大了解她。

膚色微黑、眼睛有點吊梢、身子嬌小。如果說把個女藝人松岡吉子縮小一套，便是她那個樣子，母親肯定會光火，可眞的就是那種感覺。

母親是極其普通而又有點姿色的歐巴桑，平日就愛爲芝麻大的小事煩惱，也可以動輒爲一些無謂的瑣瑣碎碎歇斯底里的發飆，不過，有時就能夠爽快而又斬釘截鐵地表達自己的意見。

這一點倒眞是棒透了。

這個時候，母親總是直盯著你，用清越如來自天國的聲音說話。那聲音是那麼樣的清明透亮，而且充滿了確信。那是在嬌寵中長大的女兒的財產。不算傲慢，也不軟弱，不卑不亢;是受包容的心靈特有的大能。

好比我出國作幾個禮拜的旅遊，在異鄉所想到的母親，不知爲什麼，既不溫柔，也沒有笑容。生下我、生下眞由、喪夫、再婚、產下由男、離婚、末了與眞由死別。遭遇比別人坎坷，但她對這似乎並不憤怒，也不哀傷。只是眼神裏透著幾可與「憤怒」相通的一絲嚴厲。女人黑暗的宇宙;以挺立蓮花寶座上的濕婆女神那種神情遙望遠方。

想念中母親的印象正是如此。

而眞的回國一看，老媽只管哇啦哇啦瞎掰我帶回的禮物啦，我不在時家中發生的一些無聊事啦，又說又笑，著實俗不可耐，一旦天各一方，心目中就又成了濕婆女神。

我不免心想，母親似乎隱藏有不爲人知的某種領域。

故世的父親是否也有過這種想法？愛過母親的男士們，是否也都如此想過？

晨曦中，以瞌睡懵懂的腦袋耽於這種夢想，是因爲看到了母親沿著門前筆直的人行道，咯咯咯咯響著高跟鞋走去的背影。一頭泛茶色秀髮在陽光底下飄舞。

原來，弟弟由男曠了幾天課，母親被校方所傳喚。

那是上禮拜四的事情。

「啊？沒有去上學？」

母親驚詫得岔了聲。

時刻大約是午後兩點前後。我剛睡醒，正在茫然地看電視。一聽那叫嚷，頓時清醒過來。聽了一陣，才曉得是有關由男的事。

眞是個蠢蛋，蹺課也不要明目張膽到會露出馬腳的地步啊，我在心裏暗罵。

而有意無意地聽著母親電話裏的悄悄話，腦海裏忽然強烈的浮起原已忘得一乾二淨的某一情景。

那是中學時代，第一次蹺課去和年長男子約會時候的事情。因爲眞的已經忘懷，所以怎麼也想不起對方的長相。

在那以前，偶爾也會蹺蹺課，可像這樣有計劃的逃學，這還是第一次。

兩個人黏答答的手牽手看電影、趁著預告片時候在黑暗中接吻、然後來到白晝的街頭，走進有玻璃落地窗的一家咖啡廳喝咖啡。

雅致的檯子、纖巧的銀湯匙、加上微帶檸檬香氣的透明的水。

意大利濃咖啡和甜點。

我一邊聊，一邊望著窗外。馬路那邊有家遊樂中心，大白天也亮著霓虹燈的那種。彷彿能聽見裏邊傳來的喧囂。

我不禁深深地感到「啊，遊樂中心要比約會好玩多了。看來，我還是在愛玩的年齡層。」眞的，遊樂中心要比親嘴和溜到廁所裏換衣服有意思得多。

我強烈的記起了這個。

原本早已置諸腦後。

我不大記得往事，因爲昨日的事已不伴隨昨日的情感，倒是遠昔的瑣瑣碎碎往往陡的逼近眼前，例如空氣、心情、或者場面。

那種逼眞的程度，簡直讓我痛苦的覺得那是此時此刻正在發生的事物。

那些事物因爲太過鮮活，不由我眞的混亂起來。

同某一個人碰面的當兒，只覺被對方所統合，能夠從跟那個人糾纏在一起的歷史當中，感受到以往的自己。然後在這有限的資訊裏放心鬆口氣。

或許就因爲這個緣故罷，臨分手總會被一股莫名所以的不安弄得焦慮欲狂。

就拿前幾天來說罷，傍晚和一個許久沒見面的女朋友碰頭，聊著往事聊著聊著，居然怕起獨處，沒辦法分手，末了只好讓人家送回家。

當時的情形是這樣：道過別後無意中望望街頭，但見輪廓鎧亮的高樓大廈櫛比聳立，承浴著夕暉，光華閃閃，一波波的人潮喧囂的流過窗前，我一時昏了頭，搞不清應該回到什麼地方去。

以我現在所思，我準備回去的地方是正確無誤的麼？打工的地點呢？到底有幾個親人啦？明明早上才出的門，何以這些事物都變得那麼遙遠而陌生？我感到混亂、不安。所有的一切都遙遠得彷若過往的一切舊夢。天地悠悠，唯我一人；與所有的一切保持等距離，孑然一身。

這種情況時常發生。而幾秒鐘之後心裏的動搖霍然而癒，隨即打道回府。

簡直像戀人之間的難分難捨，朋友見我突然含淚，嚇了一跳，忙問：「有什麼事麼？」我告以緣由，她就好心地送我回家。

我們在我房間裏喝咖啡，吃著起司蛋糕，朋友就以輕鬆的口氣說，是否到醫院去檢查一次比較好。那份輕鬆裏透著相當程度的現實性，我也就認眞地考慮也許該照她的話做，但一想到如若經過檢查，這種怪現象給貼上某種標籤那才討厭呢，我遂打消到醫院去檢查的念頭。

我不想回到碰傷頭部之前的世界去；那很寂寞，而且無聊。

我喜歡目前的自己，任何時候都喜歡。

基本上，根本就沒有百分之百健康的人。我覺得我的孤獨乃是我的宇宙的一部分，而不是應該去除的病理。

正如母親所罹患的「命定的新娘」——命犯桃花那樣。

母親八成受到校方傳喚，正在電話裏確定時間。我嫌麻煩，怕她回頭要找我商量，索性趁她掛斷電話之前悄悄溜出家門。

這個城鎮不算大，我很快就找到弟弟可能去的地方。

而果不出所料，由男正泡在站前商店街的遊樂中心裏頭。

黑暗中，他在顯示機的照射下，以一副成年人的神情正在打電玩。

「多不衛生呀，年輕輕就對珠寶抱這麼大的興趣，怎麼成！」

我招呼他。

弟弟怔忡停手，抬頭看我。

「阿朔，妳怎麼找來的？」

「學校來電話啦。」

我笑笑。遊戲結束。

「我喜歡這一家的畫面，很漂亮。」

弟弟說著，轉過去凝視從布袋裏倒出的一堆色彩繽紛的假珠寶。

「媽生氣了？」他問。

「不大清楚。」

「阿朔現在要去打工？」

「嗯。」

「帶我去好不好？」

「才不要，回頭連我也要挨老媽罵呢。」

「我不想回家嘛！」由男嚷道。

因爲有過經驗，很能了解他心情上那份沉重，而且有點懷念。養兒育女眞是體驗的回顧啊，雖然我沒生過小孩。

「那末，我們先去吃點什麼再說。對了，要不要吃十錦煎去？」

「好啊。」

我們走出遊樂中心，躍上白晝的商店街頭。附近就有家老字號的自助鐵板烤肉店。

拉開毛玻璃門扉，裏邊沒什麼客人。

我們坐到席位上，我開始點菜。

「炒麵、炸豬肉、包菜麵堡煎各一份。」

我以呼風喚雨的聲勢煎烤著那些，一邊吃，一邊開始質詢。

「咱們家老媽很隨和，只要告訴她今天很疲倦，不想上學，肯定會讓你請假的。幹嗎要蹺課？」

「每次都是上學途中忽然不想去了嘛。」

弟弟講了個頗合乎道理的理由。

一吃完，眼前頓時安靜了下來。商店街的喧嘩輕微可聞。來自窗口的午後陽光，照射著宛若一場劇戰之後的鐵板。

「也不曉得媽是不是在煩心？」弟弟說。

「煩什麼心？」

「因爲我變了嘛。」

「什麼啦，還是個小學生不是？」

所以才會這樣罷，雖然這麼想，我還是說了。

「往後的人生多的是你沒辦法向爸媽明講的事情——交女朋友、抽菸、喝酒、做愛，還有其他種種。這點事就要耿耿於懷怎麼得了。你高興怎麼做就怎麼做吧。聽到沒？」

弟弟最近的神情的確有點怪。

是一張不平衡的臉。開始帶有與前不久迥然不同的神情。

陽光底下那張僵板的死臉。長睫毛、兩眼離得寬，這點像他老爸，櫻桃小嘴則爲母親的翻版。

然而，我指的不是這些。是一種更微妙的感覺；那張疲憊的面孔，彷彿陡然之間蒼老了，年齡與他本人不貼合。

「阿朔是個硬心腸，好冷酷喔。」由男說。

「怎麼會有這種想法？」

「唔，沒理由，就只是有這種感覺。」

「呃？」

「啊——，我這麼說，姊會生氣麼？」

「總比讓你哭哭啼啼訴苦好多了。你就死了心回家吧。」

在店門前和老弟分手。

決定直接到打工的地方。黃昏時分的商店街，全被夕陽的色調所統合。宛如異國的巴札集市。

金星在寒冷的夜空閃耀。

染成紅白兩色的「大賤賣」旗幡接二連三在風裏招展，給街道鑲邊。

抵達巴士站之前的十分鐘裏，我思考著生兒育女這碼子事。膝下剩下兩個不同父親的一兒一女，年齡又差上一大截，最近又老是爲么兒的事情煩心，想必母親是開始感到不安了。

她的確有了改變。

只是弄不清到底是什麼時候開始、怎麼改變的。

只覺一幅又一幅的畫面詳盡的浮上眼簾。
例如母親粉紅色的乳頭；
從白色的領口隱約可見的金項鍊；
攬鏡剔拔眉毛的背影；
盡是這些瑣瑣碎碎的鏡頭。
無關乎男女的目光，我只以幼兒的孺慕之情去仰望她。
這麼一來，到底是愛、是恨、想奧援她、或者扯她後腿？在夕暉光華的街頭，我有點搞不清了。
而這感覺非常棒。
有一種幾近鄉愁的恰當的靦腆。

打完工半夜裏回到家，廚房餐桌上擱著母親的留言。

「朔美：
聽說妳今天帶由男去吃鐵板燒，
謝了。
小傢伙乖乖地回來了。
和校方（由男的學校）約好明早去見他們，

所以要上床啦。

晚安。」

不用多謝妳而採用晚安這種用詞，倒是「很是母親她那個人」的做法。

母親出門以後仍在睡早覺的當兒，電話鈴響了。

總會有人去接聽罷，睡意矇矓中這樣地想著，始終沒人接聽，鈴聲一直響個不停。也難怪，想了想，純子女士打零工去了，幹子和弟弟都在上學，母親也給叫往學校去了，家裏除了我別無他人。只得硬著頭皮起床，下樓接電話。

「喂喂。」

一個陌生的女聲。

「由紀子女士在家麼？」

由紀子是母親的名字。

「對不起，現在不在家。」我答。

「等她回來我會轉告她。請問您是哪一位？」

「我們認識，雖然沒見過面，對了，我姓佐佐木……聽說最近由紀子女士時常在為兒子的事煩心，我想介紹給她一位好老師，所以打電話給她。」

「哦，這樣的？我會告訴她。」

因爲嫌煩，我遂虛應故事地敷衍著。

對方或許從我的聲音裏覺察到明顯的拒絕之意，說聲「那就請妳轉告她」便掛斷了。

這世上眞是什麼樣的人都有啊，眞個是一種米養百種人。

我從不認爲自己是個正常人。

碰傷過頭、家庭也複雜、加上其他種種，這點老教我感到不安。

因而，我盡想些生存意義之類的事情，而且不願意拿這件事去與別人分享。這種事情是你即使不說，遲早也會同別人分享。用不著互相傾訴、互相了解，這麼做肯定完蛋；因爲珍貴的東西總是從你的片言隻語中相繼流失，只殘留下一個輪廓，你卻安心無虞。總覺得會這樣。

有個女孩比我更不正常。

目前人在國外杳無音訊。堅強、明朗、生機勃勃、無論什麼樣的環境都能夠活得很好，八成今天也仗著她個人的魅力親和力，在哪個天涯海角迷死周遭眾生，活得有聲有色罷。

她有雙神奇的眸子，亮麗得足以魅殺人。

她有兩個母親。

也不知是爲了這個緣故，還是太過獨特的她那精力十足的個性的關係，儘管活潑開朗，卻沒法適應體制內的義務教育，弄得整個的人始終處於神經衰弱邊緣。驅邪、懇談、精神分析，似乎樣樣都試過。詳情我不知，也不想知道，她好像也去過「大家一起來研究生存的意義」之類的地方。

某日，她告訴我昨天還去參加那兒的活動，現在再也不管了。

我遂出於好奇地問她：「怎麼樣？那種地方到底做些什麼事？」

我記得很清楚，那天晚上，我們就在灣岸一家店裏的陽台上吃喝。黑暗中飄漾著海潮的氣味，是夏季就要結束的時候。檯子上只點著燭光，她那一頭長髮在海風裏飄搖。

「他們說這種事不該告訴別人。」她說。

「爲什麼？」

「因爲在那兒體驗到的，是在場的人自己的事，那是沒辦法言傳的，他們這麼說。」

「哦。可是，妳試著講出來聽聽呢？」

我笑笑說。

「嗯——，好比和碰巧坐在你對面的人互相說出『自己心底裏不可告人的秘密』。我的對手嘛……那個人已經是個老公公，感覺很穩重、很溫和，他告訴我的秘密是……」

結果，非但講座的內容，她連我素不相識的老先生想必對誰也說不出口的秘密，都哇啦哇啦的抖落了出來。太是她那個人的做法，使我禁不住笑將起來。

我問她：「那末，成果如何？有沒覺得有所改變？」

「這個嘛，上班遲到挨了罵，也不再在意了。」

她說得很認眞。她的太過「一成不變」使我再度揚聲大笑。

而她花了十幾萬圓到那個地方去，居然絲毫不受那兒的氣氛所感染這一點，也頗令我感動。我知道一些人到那種地方去研習，有心情上變得比較輕鬆自在的，也有益形惡化的。唯有她，去之前去之後仍是同一個她，絲毫沒變。

她常出岔子做傻事，是個沒什麼道理可言的人，可就是喜歡自己作主；一個自決力堅強得超出必要的人。她自己決定一切，包括服飾、髮型、交友、任職的公司、好惡種種，哪怕再細瑣的事物。

總覺得久而久之，這一切纍積起來，終於形成眞正的「自信」的範疇。

看著她活得那麼光彩奪目，我不時心想，她就是她，一個人盡其在我的活得眞實自在——包括得犧牲若干自由——原是如此的美好；世上能夠由別人來替你作主的事物，沒有一樣是眞實的。

午後兩點前後，母親皺著眉頭回來了。

到家就一屁股跌坐廚房的椅子裏，西裝外套也忘了脫。

我看著不忍，特地爲她沏了杯茶。

「怎麼樣？」我問。

「還能怎麼樣，我呀，生平最怕的就是給叫往教職員休息室去。以前就是這樣。一個頭兩個大，老天，快把我慦死啦。」母親說。

「由男呢？怎麼回事兒？」

「那傢伙在學校好像名堂多得很哩。一會兒在，一會兒不在，神出鬼沒，馬拉松賽跑時候他就蹺課，要不然就是課堂上索性拿東西出來寫，還有其他種種……我天，聽都把我聽累了。而且這些狀況又都是最近一起爆發的——我是指自從他小子變成小太保以後。」

「媽，您這種啲殼兒的說法，眞是笑扁人啦。」

我笑了。

「不過，這小傢伙也眞不得要領，妳和眞由就沒有過這種情形。」母親說。

「在學校裏，有人欺負他麼？」

「好像沒有。」

「哼——。」

「說什麼『小孩子很敏感，家庭裏要是有什麼複雜的事情，他們馬上就能夠感受到。』妳說無聊罷？」

母親接著說：「對了，他好像還在學校裏大搞猜題遊戲哩。」

「是不是超能力的靈異兒童什麼的……媽可有這種異稟？」

「妳是指敏銳的直覺之類的？完全沒有。妳爸病倒那天我就毫無預感。妳呢？」

「沒有。」

「這種本事也不曉得從哪裏來的。」

「眞的，也不知道是怎麼來的。」

是來自DNA組合浩瀚大海的某一遠方？還是他腦神經細胞的連繫當中？

「呀，對了，剛才有個姓佐佐木的人打電話來。」

我想起來告訴母親。

沒辦法預料母親聽了會有何反應。有時她也會一本正經的聽別人的忠告，而這回既已向旁人去討商量，那就很可能有這方面的意願。果眞她主動表示要去，可就麻煩了，我想。

沒想到母親先是嗯嗯啊啊的聽著，不一會兒將眉毛撇成八字，歪歪頭之後大笑了起來。

「大夥兒到底是怎麼回事兒嘛？我幹嗎要一個見都沒見過的人爲我兒子操心？」

道理很奇怪，倒也容易了解。

「我看，大夥兒敢是閒得難過還是怎麼的……」

母親說著，起身更衣去了。

雖然沒來由，可我放了心，覺得老媽很健全。近來全憑直覺而活的我這個人既然這麼想，應該錯不了。

無意中想起了一件事。

我曾經和前述「上班遲到也不再在意」的那個她、以及另一個女孩，三個人連袂到香港去玩過。

生性坦蕩、率直的她，置身日本總有點拘謹，一到了國外，立刻如魚得水般生機勃勃起來。而我與另一個女孩很心疼這麼樣的她。

飯店豪華無比的房間裏排列著三張柔軟的床。窗外是夜景。一個女孩在几前喝啤酒，我和她則剛才洗過澡，穿著毛巾料子浴袍歪躺在床上。

沒錯，我和另一個女孩眞的都深愛她、了解她。

三個人喋喋不休地聊著明日的行程啦、男朋友啦之類的話題。

突然，她緊緊地抱住我，喊了聲「媽媽！」

我內心撞動了一下，連忙打鬧著把她推開。那個瞬間的情感在嬉笑中流過去了。剎那間排山倒海洶湧而來的東西，設非流走，你絕對支撐不了。所有的一切——無能，也不可以用言詞表達的有關她的一切、喜愛的、害怕的、應該謹守的。

我如果是男性而具備那種機能，怕已將她擁進懷裏。我如果是個孕婦，必然將兩手輕輕搭到隆起的肚腹上——短短的一瞬，我強烈的感受到這麼樣的一股衝動。

相信另一個女孩也是同樣的感覺。

記憶猶新，如此眞實、如此鮮活得教人欲淚。

四　still be a lady／girls can't do

總之是清晰、鮮明得幾近嚴酷的一幅光景。

天空好藍。

宛若用堅硬如玻璃的素材所鋪成，一種明確的深藍。

我從樹木之間仰望著它。四周叢生著跟我差不多高的細細的樹木。仔細看看，稀薄的樹葉底下簇生著一些細小的果子。從翠綠而粉紅、而朱紅、而泛黑，那些小果果以美術上的濃淡法串連在一起。摘顆黑色的嚐嚐，甜甜的香氣，味道卻是酸的。到底是什麼果子了?我尋思著。

想不起來。

烈日灼烤著大地，一切都這麼耀眼。而且也有風。

只覺陣陣清冽的風，不知從何處吹來。

我閉上眼睛。

剛才那片深藍天空與色彩繽紛的果樹的對照，遂成爲一幅殘像，更加鮮明的浮上眼簾。那種水澪澪的清新，簡直要沁遍你的全身。

啊，美極了。

啊，涼爽透了。

閉著眼睛佇立於這麼絕美的風景當中，何等奢侈、何等快樂！我盡情地享受這份奢侈和快樂。

這時，一陣子沙沙作響，好像有什麼從那一頭移向這邊。睜開眼睛，樹叢在搖動著。

我醒了過來。

好一陣子才弄清楚原來是一場夢。

在不明白什麼東西會出現的情況之下，一顆心還在悸跳，冷風的感觸和餘韻也還冰涼的殘留心頭。

或許由於這個緣故，醒來精神非常清爽。下樓，純子女士正準備出門打零工。

「早安。」我招呼道。

「早。」

純子女士微笑著說：「冰箱裏有生菜沙拉和法國麵包。」

「您幫我做的？」

「不，是妳媽做的。」

「哦，我媽呢？」

「出去了，說要到銀座買東西去……。」

「哼——。」

我坐到廚房的椅子裏，用遙控器打開電視。
純子女士披上外套走了幾步，又折回來。
「對了，小由沒去上學，躺在床上呢。妳回頭去招呼他一下。」
弟弟近來老愛睡覺。也常常不去上學。他開始顯出內心裏逐漸有所偏差的跡象。能夠感覺到這個家裏就要發生某種異乎尋常的事情了；這種感覺很微妙，微妙到還停留在尙可稱之爲心理作用的地步。
「那小傢伙好像也變得古里古怪的。」我說。
「是啊……」純子女士答道：「這種情形好難對付喔。我又沒有生過兒子，有兒有女的人家，在孩子們的生長過程當中，想必或多或少都會碰到這種難處罷。」
「大概罷。這種情形八成像理所當然那樣，說來就來了。」
「家家都有本難唸的經，表面上順順當當，日子就在吃吃喝喝、灑掃應對中一天又一天的過去，再怎麼不正常的狀況也已習以爲常，家家各有外人所不知道的家規，即使彼此爛成一堆，也還是照樣摽在一起。」
內容稀疏平常的話，由失去家庭的純子女士說出來，也變得沉甸甸的有份量。
「那是說，再怎麼亂七八糟，只要取得平衡，就能夠順利的運轉，是不是？」我說。
「敢情是罷。」
純子女士點點頭，然後補上一句：「還有愛。」
「愛？」
因爲她說得太唐突，我驚異地反問她。

純子女士笑笑說：「雖然說這話很羞恥——我本來不想說的——我認為在維持一個家庭的存續上，有一種愛是必需的。愛並不是形式或者言詞，而是一種狀態、散發力量的一種方式。如果家裏所有的成員不各自發揮付出的力量，只曉得一個勁兒的要求這樣要求那樣，那末整個家的氣氛就會變成餓狼的窩巢啦。就拿我個人來說，家，實際上是被我這個人毀掉沒錯，其實冰凍三尺非一日之寒，破壞早就在進行了；我的所作所為只是個導火線，而且罪魁禍首也不只我一個，是全家每一個人都變得只知道索求。在一個家還能不能維持下去的節骨眼兒上，你要是問最最重要的是什麼，或許有人會說是妥協，可我不一樣。該說是愛，還是一種美好有力的回憶，或是跟那些人相共一場，感覺很不錯的程度罷……。總之，我認為只要我對那個家的氣氛有所眷戀一天，我就還能繼續待下去。」

我覺得能夠了解。

她這番話搞不好就會成為一般歐巴桑的告白，但露天公演的現場那般親耳聽起來，就有親身體驗了活生生毀掉一個家的勇氣那股子慘烈感。

純子女士出門之後，廚房和起居室就只剩下我一個人。陽光照進來，滿室生光，乾燥如當午的海邊。從冰箱裏取出早餐，坐進沙發裏慢條斯理地吃著。

接著，發覺自己這是宿醉未醒。

到底是怎麼回事了？……好半天才想起來；正如從光碟裏叫出資料那樣。

然後想起來了。

原來昨晚和榮子兩個人喝了個通宵，直到今天早上。

昨夜，我正在幾乎每天都在那兒打工的一家骨董店一般有些髒，卻又漂亮瀟灑的酒吧間做事，榮子打來了電話；榮子是我青梅竹馬的老友，也是我所有的朋友當中最爲千金小姐的一個。

「朔美，聽說妳碰傷了頭住院去了？」她說。

天，竟有這麼久沒見了，我好驚訝。乍聽她的聲音，還覺得前不久才碰頭呢。

兩個人約好酒吧打烊，我下工後再一起喝兩杯，等到在附近一家小酒館碰了面，始才沉重的感受到違隔的那段時間。

原來她已經變得非常時髦。

那模樣要比記憶裏的她時髦上一百到兩百倍也不止，原先我當是店裏的「公主」沒認出來，所以當她向我揮手招呼的時候，著實吃了一驚。

對了，當時小酒館裏空盪盪的，唯有日光燈明晃晃照亮一室。我尋找她。

身穿「洋人心目中的日本人」那種制服來往穿梭的店員、一對情侶、醉倒了的老頭兒一個、三個人一夥，正在大聲喧嘩的上班族、再就是看似在等人的一名公主女侍（我以爲）……

這時，老闆突然從櫃台裏邊搭訕過來。

「喲，Blue berry的小朔呀。」

我打工的那家酒吧叫做「貝里茲」，而他這家酒館有樣他引以爲傲的招牌飲料「blue-berry sour」，索性以他自己的方便，擅自將我們那家店名記成「Blue berry」。

就在這深夜裏顯得有點荒涼的店裏，榮子以血紅的嘴唇、血紅的蔻丹，對我微笑著招手。

讓店老闆一招呼，思維中斷，回過禮再看看店裏，眼前仍在微笑的她這幅畫像，和我熟悉且正在尋覓的她往日的倩影之間的落差，終於同步的貼合到一起去了。剎那間，我感到一絲奇妙的快感。

我眼前所目擊的該是個素未謀面的陌生女子，卻不料所熟悉的以往那些五官，竟然以瞬息萬變的快速判斷，分毫不差的貼合到她臉上去了。

這眞就像是做改錯題時找到了毛病所在的那一瞬間。所謂「變時髦」，即是輪廓變「濃」、變鮮明的意思。而這深濃的印象後頭，有如用鉛筆淡淡的打一層底稿那樣，存在著我所熟悉的榮子。

「好久不見。」

我坐到她面前：「怎麼？變得好時髦喔。」

「眞的？」

榮子微笑笑：「我沒什麼改變呀。倒是朔美妳變了好多，我還以爲是別人呢。不是因爲頭髮剪短，好像整個的印象都變啦。」

「妳的意思是想恭維一句『妳變漂亮了』都沒辦法？」

我試著這麼說。

「不，不是那回事。」她像往常那樣一本正經地說：「也不是變成熟了……不是有脫了層皮這種說法麼？」

「嗯，最近常常有人這麼說我。妳也感覺本姑娘脫了層皮，是不是？」

我倒是眞想見一見擁有與我同一張面孔同一種記憶的不久之前那個「我」。

「管他呢，咱們喝兩杯吧。」

榮子笑笑。人造嘴唇般又紅又亮的嘴角扯吊成弓形。

「我這人看起來到底像個送往迎來幹服務業的，是不是？」

聽榮子這麼說，我用力點頭。

「到了這把年紀，還像個初出校門的新鮮上班族，有興趣在外觀上來個大變貌的，怕也只有從事服務業的罷。」我說。

「對啊。買起洋裝來嘛，總免不了考慮到買件能夠穿出去打工的。」

「啊？妳真的在從事這一行？」

「有時客串一下國際活動的接待人員。」

「不在公司上班了？」我詫異地問她。

她仗著老爸的關係進入某大公司任職，卻因爲和上司陷入畸戀，正在爲此苦惱萬分……這是我得自她本人的最後情報。足見時光流逝之多。而一切都在急速地變化。

「因爲這個，我辭掉工作啦。」

榮子笑著豎了豎大拇指，意思是說由於頂頭上司的緣故。

「妳爸媽知道你們的事？」

「怎麼可能！他們什麼都不知道。知道還得了！脫離父女關係、趕出家門是絕對完不了事的。所以我趕在東窗事發之前把工作辭掉。關於做不做事這方面他們向來很寬容，我辭掉工作，也就沒有說什麼。」

「妳跟那人還在交往？」

「嗯。」

「妳愛他？」

「唔——，一開始的確愛他。不過，現在就有點搞不清啦；交不了別的男朋友、到底已經長大成人、也許很無聊，可他對吃喝玩樂很內行，工作能力也很強，總比跟別的人在一起有意思多了。」

「看這樣兒，只有一路陷下去囉——。」

「對呀。」

好一副裕如的笑容。

在種種藉口之下，與年長許多的男士作不吵不鬧的交往，一個勁兒備受寵愛的小情人——她此刻給我的感覺正是如此。

無論事情是非好壞，起碼她並沒爲這段情煩惱，我就放了心。最近多的是一開始還有說有笑，三杯下肚就突然哭起來的傢伙。也許是正值這種年歲的關係。

不過，榮子仍舊一如往昔，身上透著一絲優雅的怠惰。

金質大耳環、高跟鞋、細腰套裝、長及下巴的大波浪烏亮秀髮、短而性感的雪白的手指。個子嬌小的她，裝扮完備如全副武裝。

我所知道的她是同班同學、總之氣質高雅、待人溫和，服裝昂貴卻很樸實，率直、天眞而又不知害怕爲何物的純眞女子。

然而，良好的生長環境和物質上的不虞匱乏所釀成的一種怪頹廢的氣氛、不愛努力而動輒放棄的怠惰、喜愛漂亮、趕時髦的那種淺薄、嗲聲嗲氣、長而嬌媚的睫毛、花錢如用水、乃至年長一大截的情人……

當初的所有這一切都蘊含著「今日之她」的因子，可以說水到渠成，該變成怎麼樣就變成怎麼樣了。

因此，對她那個人記都記不很清楚的我，實在犯不著爲她已失去進化之前的那種不協調的潔淨而感傷，那是沒什麼意思的。

我決定不再懷念。

不判斷、不評價，還是暫且同著眼前的她快快樂樂的對酌一番罷。

「朔美，妳呢？」

榮子突然問我：「說妳碰傷了腦袋，該怎麼說？是因爲——喏，所謂感情的糾紛？」

「不是的，只是單純的跌了一跤而已。」我說：「我算是學了一課：從前想都想不到單單摔那麼一跤，居然能夠差點把命給摔掉。」

「幸好沒事。可是妳幹嗎不跟我連絡？害我沒能到醫院去看妳。」榮子說。

「忘記了嘛，所有的人我都記不起來了。也不曉得怎麼搞的，好一陣子記憶變得一片混亂。」

聽我這麼說，榮子大吃一驚：「別說得那麼簡單好不好？這可是不得了的大事吔。妳現在沒事了麼？可以像這樣普遍人似的什麼都不忌諱麼？」

對我來說，過去所發生的這一切，可以說是一點一點演變而成的必然結果，而將那些過程綜合一起貿然聽進耳朵裏，勢必會讓榮子有那種不得了的感覺。於我，那樁意外和之後的一切，就像是視力欠佳，裝上了隱形眼鏡一樣。

儘管有過那麼嚴重的意外事故，我這人卻依然故我的繼續存活，直到有朝一日始才撒手歸西——而內心裏，我竟於不覺間認同這一點，讓自己自然的溶入這股流水當中；「日常」這種東西的包容量也眞是大得可怕。

我回答她：「嗯，幾乎沒什麼問題了。醫院方面是要我再回去複查，可我覺得一切都很正常。」

「妳說混亂，是指完全記不起來麼？」

「嗯，剎那間連我母親都認不出來，這下子連我自己都嚇了一跳。有過那麼一下下，我甚至橫下心來打算就這樣糊里糊塗地活下去。謝天謝地，幸好慢慢地恢復了記憶。」

「眞的是天有不測風雲，人有旦夕禍福不是？」

「可不是麼？什麼情況都有可能發生。」

聽我這麼說，榮子於是興味盎然地問道：「妳連情人的臉都認不出來？」

「妳聽我說呀……」

我決定向她公開足以衝擊她的新資料，那是我從未透露給任何人的。

我說：「要是情人倒好了，糟糕的是一個不小心，居然和偶然碰了面的一個男孩發生關係啦；那男孩是我那死去的妹妹的男朋友哪。」

「什麼啦！妳難道不記得他是眞由的男朋友？」榮子說。

對了，眼前的這個人也來參加過眞由的葬禮呢，一想起這個，兩個人的對話突然變得鮮活逼眞了起來。

「記是記得，可就是沒有實感，因爲記憶有點模糊不清。」

說著，止不住笑了出來。

榮子也笑笑說：「妳這算什麼嘛。」

「那人是個作家，自從眞由死了以後他一年到頭都在外地旅行，所以我對他最深的記憶是『他本來就不是個經常在身邊的人』，腦子裏是曉得他是眞由的男朋友，可就是沒辦法直覺的實感到這個。」

榮子於是嘻皮笑臉地調侃道：「眞的？該不會是故意忘記的罷？會不會是早就有那個意思？」

「說老實話，我到現在還搞不清這點哪。」

「啊？妳是說搞不清愛不愛他？」

「是啊，包括從前對他怎麼個看法：眞由還在世時候、死了以後、還有他出外旅行以後，在每個階段裏我自己到底對他作何想法，說眞個的，一團混亂，至今還是個謎。」

「人眞有這麼嚴謹麼？嚴謹到哪年哪月哪日的幾點幾分，在什麼情況之下愛上另一個人都搞得淸淸楚楚？」榮子說。

比較上來說，我確是如此，可我沒有說出口。

「……所以呀，他從旅途中的各地寄給我一大堆信，看著看著，越來越像情書，我就覺得很可疑，沒辦法相信。」

「爲什麼？那不是很棒麼？」

「收信的那個『我』，又沒有跟他碰面，才不算是眞的我呢。」

「男人就是這樣啊。」

由於這句話太過「榮子」——眞就是榮子她這種人慣有的說話方式——，對酌了半天，我這才有「好懷念」、「久別重逢」的感覺。

我彷彿觸及了榮子這個人的核心——眞實的榮子。她永遠新鮮得令人心動。那麼樣生動鮮活的看開了的方式、那麼樣自然本實的果斷法，這都是我所欠缺的。

於是，與她這些特質有關的幾個場面突又重現眼前。我不禁實感到自己其實一直都是喜歡榮子的。

「且不管那些，我甚至當時和現在都記不得可曾給人家回過信、以及回給他的信上寫了些什麼。」

「這可不好。」

「我就是跨不出想像的領域呀。記憶裏從沒有過『這是事實』的確信。」

「那末，妳跟他後來怎麼樣了？」

「最後一次碰面是他要到中國大陸去旅行的三天前，這一去不曉得要什麼時候才回來，他自己也還沒有個定奪。就這樣，他旅遊去了，那以來就沒有照過面。」

「有沒給妳來信？」

「信是有，只不過盡寫些旅途上的種種而已。」

「一直沒回過日本？」

「出書時候好像偶爾會繞回來一下，可是很少。即使繞道日本，也只逗留個一兩天。那次是趕巧停留一個月，在國內東轉西轉，末了轉到此地來，聽說我發生意外，慌忙前來連絡。」

「然後，就演變成這樣了？」

「對他來說，怕也是意想不到的開展哩。」

「對朔美妳而言，也是一樣，是不是？」

榮子一邊笑，一邊繼續說：「其實，妳是老早就愛上他了。所以眞由的事才會讓妳這麼難過，恨不得忘個一乾二淨，就這樣硬生生勉強自己忘掉的，是罷？」

「會是這樣麼？……我覺得果眞對他來電，起碼也是眞由死了之後的事情。那以前嘛，我是怎麼想怎麼覺得完全不在意他那個人。」

聽我這麼說，榮子拍拍我肩膀，笑道：「沒關係呀，這種程度的想法。妳這人就是太過潔癖。」

第三杯生啤酒使她有了酒意，酡紅的眼角很是迷人。我痴痴地凝望著眼前由映像、聲音、和言詞美妙的組合而成的榮子這件藝術品。

那天早晨，一覺驚醒過來，不禁再次心想：「哇噻，事情怎麼會變得這麼鮮、這麼滑稽！」

妹妹的男朋友就在我身旁沉沉入睡。是個陰沉的早晨，我們置身銀座的東急飯店。好大一間臥房、寬大的窗子。淡淡的日光反射在巨廈林立的大街上。

說是混亂，其實記憶是清楚的。當時正値手術後的靜養期間，回是回到了家，酒和運動具在禁止之列，更別說做愛了。

頭天，母親和純子女士爲了洗滌看護我這病號所造成的疲勞，連袂泡溫泉去了，弟弟和幹子則前往狄斯耐樂園遊玩，獨我一個人留守家中靜養。不料，就在這個時候，龍一郎打來了電話。

他告訴我投宿的飯店名字，驚訝於我的飛來橫禍。我無聊得難受，遂告訴他我準備出去，可以跟他碰個面。兩個人約好在那家飯店樓下的咖啡廳相見。

我當時留的是幾近和尚那種光頭，他訝異之餘說好帥氣，然後感歎道：「朔美姐變好多喔。」

從前，在朋友家打開冰箱，裏面有個紅色的又大又圓的東西，分明是很熟悉的玩意兒，偏偏一時想不起來。那玩意兒是個西瓜。說削除果皮時特地保持原來的形狀，以便用來作水果冷盆。怕是很花了一番功夫罷，更鮮的是我居然沒有立刻認出那是西瓜。妳的改變給我的感覺，就跟那顆去了皮的西瓜很相似。

他眞就像個作家，拿上面這番話來作比喻。

人到底根據什麼標準，將某某人判定爲他自己所熟悉的那個人？

當時雖然沒有告訴他，其實，他給我的感覺也不像是印象裏的他那個人。記憶裏的他，淸癯許多，而且有張淸爽俊秀的面孔。此刻他給我的印象是這人馬不停蹄的雲遊四海，一步步逐漸接近他筆底下無半點迷惑的世界裏去。我不知道是否眞的如此，還是因爲我的記憶經過一番洗刷以後眼光有了改變。

之後，我就像理所當然那樣，上樓，留宿在他房裏。從起碼的「一個由於長年旅遊，飢饞於女色；一個是手術後初次外出，不免有些興奮過頭」，而「本就郎有情來妹有意，只待這種好時機」、而「或多或少總算能夠以另一個人相見」、到美好的「這是奇蹟，得感謝神」，這天晚上遂成了涵蓋這一切水平的漫漫長夜。

總之，是個棒極了的夜晚。

我刻意向他隱瞞自己還是出院不久這回事。

我下床走動，看看激烈運動的結果可曾給身體帶來任何障礙。好像沒事。

看看錶，已是中午。

「結帳時間到啦。」我喊醒龍一郎。

他納悶地看看我，再望望室內，那表情眞就是「醒來不知身在何處的旅人」那副模樣，我不禁笑了出來。

兩個人接著靦靦腆腆的用餐。他將逗留日期延長一天，幸好房間空著，於是留在原地訂了個客房服務。三明治、果汁、生菜沙拉、雞蛋、培根肉、和咖啡的早餐，是我頂頂喜愛的類型。

然而，吃到一半，近乎「節祭結束、曲終人散」的感覺，使得心情越來越消沉了。龍一郎馬上又要出發他去，而我一到家，肯定會因爲這番胡搞，挨母親狠狠地刮上一通。想必兩位老女人八成已經旅遊回來了，得演演戲，讓她們以爲我只不過閃出去一下下而已。我天，好累人呀。

對了，家裏對外宿這事是否很寬容？

這點我是怎麼也想不起來了。

好像出乎意外地不怎麼在意你在外邊過夜，又好像將給嚴厲地追究到底，令我痛感到自己對「母親」這個人的記憶依舊還沒有完全恢復。

與其說不安，倒不如說一切都模糊而飄浮不定:，是凡與我有關的一切事物，感覺裏變得非常遙遠。

想必我臉上一副「啐！什麼都好沒意思」的表情，龍一郎問道:「頭會痛麼？」

「不。」我搖搖頭。

接著問他：「旅途中可曾生過病？」

「偶爾染上小感冒是有的。」他回答。

「你就這麼簡簡單單的變成個旅人啦。」

「可不是麼？像我這一類的傢伙多得是。」

「你是說一年到頭雲遊四海的人？」

「嗯，我見過各種國籍的人士。現在到哪兒都可以碰到這種四海爲家的人。因爲或多或少自以爲在做獨特的事情，哪曉得這一類的流浪族太多了，這著實給了我很大的打擊。」

「這樣啊——。」

「簡單得很，任誰都可以花個兩三天功夫處理完事務以後，說擺脫就擺脫日常生活。你可以玩他個一兩個月，直到身上的錢花光爲止。」

「敢情這樣罷。」

我不經意地點點頭。

「下次我們一塊兒去好不好？等妳頭部的傷好了以後。」

聽他這麼說，我大吃一驚，問道：「到哪兒去？」

「到哪兒去，或者去多久，暫時都不作決定，到時候再說。」他回答。

「好啊，哪天一起去。」我說。

此刻，我對他只懷抱共度一夜的露水情緣這種心情。

同床共枕，憐愛其髮香和手掌那份感觸，如此而已，不比這多，也不比這少。不過，我似乎能夠確定換上從前的我，只怕丁點這種情愫都沒有。

「我們還能夠再見面嗎？」他說。

少來這套拐彎抹角的說法罷，這傢伙。心裏儘管這麼樣的啐他，可我明白他是在顧礙著眞由，這正是他的品氣所在。

那邊的房間裏，淡淡的陽光照在昨夜兩個人曾在那上面顚鸞倒鳳的臥床上。

「我呀，」我說：「見了面就會想再見，做一次愛就會想再做，兩次、三次、四次的增加下去，鐵定會認爲那就是愛情，偏偏你這人又是偶爾才會出現一次，怎能當作談情說愛的對象？」

「說得也是。」他笑著說。

我也笑了。

「那末明天呢？」

「我媽肯定不讓我出門，今天也是，回頭到了家，管保會吃她排頭。」

「妳們家有這麼嚴麼？」

「大病初癒，不假外宿嘛。」

「這樣的？」

「多半錯不了。」

這時，我把目光落在桌上光溜溜的銀質餐具和裝有三明治的籃子裏，同樣的情慾再度興起。要不是對方提議，我怕已開口。

龍一郎毅然搶先說：「那末，我們再來一次好不好？」

我笑著點點頭，重又回到床上。

有過這麼一回事。

「小孩時候全都一樣，個個都純眞可愛，將來都該是幸福漂亮的新娘子的呀。」榮子感慨萬千地說：「爲什麼到頭來一個個都變成這副德性？」

我笑笑：「就是這樣才好玩不是？不定明年的這個時候，妳已經是某某人的太太啦。誰也不知道會發生什麼。」

「我但願永遠保持現狀；百無聊賴的下午，我喜歡獨自一個人呆在那兒胡思亂想——今天晚上如何來做些什麼下流事兒罷、爲什麼不早一點天黑呢？——我希望這麼樣的等候天黑。」榮子說。

「好幸福啊，妳。」

聽我這麼說，榮子皺起鼻子笑笑。

我們於天亮時分告別分手。

我目送她嬌小的背影漸行漸遠，清脆的鞋聲在黎明的街頭迴響。

朝霞、燦亮的天空。離去的友人、醉酒。

當初滾下階梯時候如若一跤跌死，就看不到這些情景了。
多綺麗的東京的黎明！
正在回想著這些，弟弟突然下樓來了。
也不知有多不高興的拉長著惺忪未醒的馬臉，蒼灰如死人，叫人招呼都不想招呼他一聲。
「我還要再睡。」
也沒人問他，他倒是不勝其煩地逕自回答。
「你就多睡會兒吧。」我說。
弟弟點點頭，從冰箱裏取出牛奶，喝下之後便又走了出去。
好奇怪，想著，剛把視線拉回，卻見他一面折回來，一面喊道：「阿朔。」
那副模樣，說他不高興，倒不如說眞就睏得話都懶得講。
「什麼事？」我問。
「那個，是我呀，本來馬上就可以碰面的。我被那些樹擋住了。」他說。
「你到底在說什麼？」
我根本就搞不清他所說的。
「所以嘛！妳不是做了個藍莓的夢麼？」他焦躁不耐地說。
啊！原來如此。早晨出現在我夢裏的，原來是藍莓樹！

恍然大悟之餘，只聽弟弟在沉沉睏意催逼之下，一步步地上樓而去。

五　美麗的星球

置身溫吞吞的空氣中，我疲乏地坐在游泳池邊。

人人都在禁慾性的戲水。高高的天花板底下，濺起水花，如魚得水。孩童們則在小泳池那邊歡叫嬉戲。

幹子爬上泳池走向這邊。我凝望著她的泳裝模樣。

「好累——。」

幾乎與她這句話同時，我說：「妳明顯的變苗條啦。」

「眞——的？」

幹子開懷大笑，身上嘀嘀嗒嗒地滴著水。

「眞的不騙妳，絕對瘦多了。」

「體重倒是幾乎沒什麼變化。」

「大概變得比較緊襯了罷。」

「阿朔的臉好像也變小了。」

「哦？」

我高興地也咧嘴笑笑。

「我們再拚他一個禮拜。」我說。

「嗯。」

「過會兒我再下水游一次。」

「我也是。然後我們就走吧。」

她說著，走向那邊去喝水。

一個月之前，我們開始每天跑游泳池。我打工，幹子要上學，時間上和體力上兩個人都相當緊迫，卻也像著了魔般風雨無阻的天天報到。游泳帶給我們好大的樂趣。

開春時候暴飲暴食的結果，重了五公斤。五這個數字倒是沒什麼，有生以來體重初次衝上五十公斤大關這事，畢竟對我是個打擊。我感到自己的身體好生沉重，沉重得禁不住認爲未知的體重是否會致令人產生未知的考量。

而關於這方面的問題，家裏還有個更嚴重的。那便是退出高爾夫球社團之後輕輕易易就胖了六公斤的幹子。她本就是個容易發胖的人，好死不活，偏偏每天過的是閒遊浪蕩，動輒到酒館裏去喝兩杯的日子。住在同一個屋頂底下，見面就聽她直嘀咕非設法瘦下來不可，以至連我也開始對自己變重了的身體感覺罪惡了。

「我說阿朔，我們來想想辦法好不好？」

有天夜裏，在一家拉麵攤吃過消夜的歸途中，幹子這樣地對我說。我們是整個春季每夜必定光顧這家麵攤。

「吃完以後，算是省悟過來了？」我噌她。
「對呀，我們不能再這樣惡搞下去啦。」
她氣沖沖地鼓著腮幫。
「可是那一家的拉麵實在好吃。我一點也不後悔。」
聽我這麼說，幹子笑笑：「老實說，吃以前我也這麼想。」
我靈機一動，作了個建議。
「那末，咱們就來想法子變苗條吧。兩人合夥做起來，節食也該是件樂事。」
話出口之後，忽覺那將是一樁天大的樂事。幹子也表示同意。
「咱們來試試看如何？」她說。
「好啊，說做就做。」
於是我們邊走邊草擬每日的節食和跑游泳池「甩肉」的計畫。
「不過，像妳我這樣走夜路回家，邊想著『這樣下去怎麼得了，得想想辦法才行』還眞不錯呢，好教人振奮。」
幹子繼續說：「好像有一種『我思故我在』的感覺。」
「簡直有點被虐狂的味道哩。」
我笑了。而且確定在酒醉飯飽的半昏迷狀態中所仰望的月亮，竟是如此的美好。夜路那份岑寂。晚風的氣息。

然後，我沉思著。

半夜裏的食慾簡直是惡靈一個，與個人的人格獨立開來，逕自發揮它的機能。

酒精也好、暴力也好、藥物也好、戀愛也好；只怕節食亦復如此。

耽溺全是一樣的。

非善非惡，它們活著。然後是厭倦。厭倦，或者完蛋大吉。兩者孰屬？

明知遲早會厭倦，它依然波濤般周而復始的重複著來襲。它以不同的風貌洗刷著海灘，平靜而又劇烈的湧上來，退回去，湧上來，退回去。

遙遠的風景。緊張與和緩所帶來的人生永恆的海邊。

是什麼？

透過這個，你看的是什麼呢？

游泳的歸途中，幹子忽然說：「像這樣每天運動又少吃一點東西的話，靠得住會瘦下去，是不是？」

「是啊。」

在三溫暖磅了磅，我也瘦了兩公斤。

「可是，爲什麼節食的人多半不成功？」

「因素之一是一個人所以發胖，是因爲那人的生活態度的關係，該說是當然的結果罷，對他或者她的生活來說，那是必然的。可以說要改變一個人的習性並不那麼容易罷。再就是慾望這玩意兒是活生生的，本身具有無比的威力，它就能夠在腦子裏自動自發地將節食的人簡單的信念——少吃、運動、苗條——加以扭曲。人實在是夠厲害的。」

「是啊，如果是我獨自一個人減肥的話，八成完蛋。鐵定找各種藉口寬待自己打馬虎眼兒。就因爲同著阿朔一起做起來好玩有趣，才能夠貫徹到底。單靠我自己的話，一定覺得沒意思，才不會這麼熱切地急於減肥。不定又去找別的樂子啦。」

「人不是機器，禁慾是很難受的。討厭的時間總是沒完沒了。養兒育女所帶來的神經衰弱也好，長期看護病人所造成的身心倦怠也好，永遠是因爲沒有結束的指望才引發的。」

幹子開懷大笑。

「減肥好快樂。」

「要是再發胖，我們再來減肥。」我也跟著笑笑：「一個家裏有四個女人，要發胖太容易了。」

不料，這番減肥，居然帶來了意外的副作用。

原來，身體瘦下來以後，我依舊熱愛游泳，而且上了癮。

幹子則不同。目的達成，立刻沒事人似的逛逛街或者窩在家裏看電視，早已將游泳池置諸腦後。

我是在「對身體有好處」的一念之下，得空就獨自往游泳池跑。問題是沒空，尤其是前往打工之前。一游完再去上工就會累得要死。這樣對身體不好、每天游水又有什麼用？還是明天再去吧。明知道這樣，到了傍晚，就想泡水想得難受。那成了渴望。一顆心熱切地懷念著不久之前瘋狂地往游泳池跑的那段日子，思念之切，幾令人掉淚。好想游泳啊，想得你周身難熬。

這麼一來，對自己的認真規矩失去了自信，對我來說，這比模糊曖昧的記憶要可怕得多。

似乎從小就有這種死揹的毛病。

母親就說過，這孩子一旦迷上什麼，非要做到倒地不起才稱心。

我完全不記得那些，還以爲說的是別人。

母親還笑著說那麼個死心眼的孩子，怎麼會長成這樣一個不可救藥的樂天派。我當時聽了，也打心底裏同意：一點兒不錯呀。

不過，有時不免獸性大發，很想將某一件事痛痛快快地做過頭，恨不得毀掉所有的一切，而當這股慾望超越理智，奔馳全身時候，我就會遇見兒時那個陌生的自己。

「妳到底是誰？」

「沒關係，咱們就幹到底吧。」

我不想受騙，也就不聽從她的。我忍受著。而躲躲閃閃錯開中，風暴過去了。沒錯，我曉得更快樂更有趣的做法。

這天，我同樣懷抱著想游泳的心情獨坐起居室裏。

重播的電視劇已然置諸腦後。唯有游泳池的水聲、氯素的氣味、通自存物間的那條幽暗的甬道，以令人眷戀的天堂印象，夢一般重複著一再展現。

我焦躁起來了，甚至有一股不惜罷工也要下水一游心頭才得清爽的冀望。蹺班很簡單，也是常有的事，可還是有點不同。我不想優先考慮這種不件隨樂趣的慾望。眞正的貫注應該是更柔軟、更富於彈性的。

東想想西想想的琢磨著這些無謂的歪理，好歹消磨著時間，弟弟跑來了。他今天依然告假在家臥床休息。我以背部感覺到他慢慢地下樓，然後無聲無息地進入廚房，於是隔著沙發回過頭去。

弟弟最近的穿著也很奇特。

並非襯衫的色氣和襪子搭不搭配的問題，而是他本身的整個調子都失去平衡。

一個滿懷信心的孩子，就能夠以其本身的氣勢去制伏那種不平衡，展現出更宏大而又爽心悅目的外表。但我這位老弟不一樣。

他是自以爲在表演平靜，卻處處透露出緊張、不安、以及巴望引起注意的撒嬌。

由於是親人，也出乎失望，我對他感到一絲輕微的厭惡。這種厭惡近乎直接反應，我也無可如何。而敏感的他偏又能感受到這個，所以不輕易接近過來。弄得彼此之間有些尷尬。

近些時來，這種惡性循環一直在持續著。

他瞄一眼滿心焦躁著歪在沙發上的我，一腳踩上我的痛處：「妳今天不去游泳？」

這並非偶然，盡是這一類的事情。他就能夠從眼神看出你的心事。目前，他總是想找我傾訴或者表達好意之前，先就採取自我防衛。他能夠在瞬息之間解析所有的資料，然後逃避爲我所分析的恐懼。眞是可憐復可嘆。

「已經厭倦啦。」我說。

「哼——。」

弟弟眼神裏透著一絲諂媚，正是教我忍不住冒出無名火的弱者的眼睛。

「你呢？沒有去上學？」我問。

「嗯。」

「不舒服？」

「嗯，有一點。」

他最近的臉色的確不佳。

「一整天都在睡？要不要到附近散散步？」

「不想出去，不想再累下去。」

「怎麼會累成這個樣子？」

「說了妳也不信。」弟弟說。

他那雙纖細的手揷進口袋，一副百無聊賴的模樣。

他的身心裏邊到底發生了什麼？爲什麼他的人會跑進我夢裏來？我不知道。只怕永遠不會知道。

誠如我自己也不明白我的身心裏邊曾經發生過什麼。

因此，在這諸多等同的人世，總有比互相找碴兒更快樂的做法，可我要怎麼說才能叫童稚的他明白這個道理？

我思索著。

「你想做什麼？」我問他。

「我想見見爸爸。」他說。

「你不能把問題岔開呀。你就是見了老爸，他也不見得特別了解你。不過，你要是眞想見的話，我可以帶你去。你老爸還活著，隨時都能夠相見。」

儘管心想話也許太重，可我還是說了。

「可是，我不曉得該怎麼辦才好。」弟弟說：「又不能上學去，我心裏好急喔。」

「我想誰都會有這樣的時候；在家裏窩太久了，或是胡思亂想鑽牛角尖，自覺很悲慘的時候都會這樣。長大了也還會哪。發生這種情形的頻率，應該就跟一個人感覺神清氣爽，什麼事都能做到的次數差不多。時間就在這兩下的攤邋和重複之間流過去，人也一點一點地成長。誰也不會單憑這點來評斷你，認爲你是個壞孩子啦、沒用而教人傷腦筋的無聊男孩啦。」

「也沒人會認爲你是個懦弱的軟腳蟹。」

「即使有人這麼認爲，我們還是可以挽回。所以，你就勇敢地走出你的老殼吧。出去逛逛好不好？姊雖然沒辦法爲妳打點一切，起碼可以帶你到我打工的地方去。」我說。

弟弟於是像隻流浪狗輕搖尾巴那樣，垂著眼皮靠近過來。接著，只管與我並排著看了一陣電視。

最近他時常不去找母親，只告訴我一個人他的想法。

每逢這樣，我就費心地避免讓我自己一個人扮「好人」，母親倒是出乎意外地不在乎這些。吃醋是免不了，卻有「管他，只要那孩子走上正道就好」這種奇怪的大度。

所以，我只給母親留了個字條，趕在她到家之前將老弟帶出門。

一問才曉得他已經有一個禮拜足不出戶。小傢伙感歎說空氣好鮮美可口。

一個人如若長年窩居室內，久而久之就會被房子所同化而形同家具。大街上常見這種置身戶外，穿著與神情卻仍然屬乎室內的人。神情呆板、反應遲鈍、從不看別人眼睛的那種懈怠得無以復加的人。他們都有雙忘卻野性的死魚眼。

我不希望弟弟變成那種人。

渴求游水而焦躁的姊姊、畏畏縮縮踽踽而行的弟弟，兩個人相偕走上黃昏的街頭。月兒依然低低的在澄藍的天空輝燦著。西邊的天空則殘留著一片淡淡的輕紅。

我把一眼即可看出是個小學生的弟弟帶到酒館裏，在我工作的這段時間，將他安置到最裏面的櫃台那邊。店裏人多忙亂，沒能分神去照管他。無事可做的弟弟起先在暗淡的亮光底下讀了一陣少年漫畫，看完更顯得百無聊賴。問他要不要回家去，他搖頭。沒辦法，只得請他喝店裏引以爲傲的桑果利白葡萄酒，那是店老闆自製珍藏起來的。

「好甜好好喝喔。」

弟弟說著，大口大口地牛飲。

我因爲滿心不爽，也跟著喝。喝過以後，心情開朗了一點。

也不知是喝醉了，還是看了半天人潮的關係，等到夜深時分，他那雙眼睛開始生機盎然地活過來了。那是我所熟悉的家人的臉。
人的臉也眞神奇。
只因一顆心回來了，就能夠綻放起可人的光輝。
我放了心，臉孔也隨著鬆弛下來。
我明白了。原來，不光是游泳癮發的緣故，單是有個強硬的人在家裏晃來晃去，便足以使空氣緊張，且受到影響。
店老闆敢是同情帶弟弟來上班的我，特地准許我提早於十二點鐘下班。
有時候實在應該帶孩子來看看。我高興地收工。

「我聽得見聲音。」
走在夜路上，弟弟突然冒出這麼一句。
來啦，我想。
「此時，如若未能妥善的接招，後果將不堪設想。」
一些有關兒童心理學的書籍時常提及這點，此刻正是他們所謂的那個瞬間，眞碰上了這種節骨眼兒，只因是自己的家人，倒是能夠實感到對應起來適當且沒有問題。
「那聲音告訴你什麼？」我問。
弟弟邊走邊喝罐裝烏龍茶，那是特地買來醒酒的。

「反正是各種各樣的事情都有。有時候像在講悄悄話，有時候又用吼，要不然就像在喃喃自語。那聲音時而男的，時而女的，總之是不停地唧唧喳喳對你講個沒完。」

他像是這些解說之詞叫他感到焦急不耐那樣，慢慢地說著。

「是不是從開始寫小說一直就這樣？」

「那個時候只是偶爾聽得到。」

他垂下眼睛。

「可現在一直聽得見，而且越來越厲害。」

「那可累人啦。」我說。

「包括命令啦、音樂啦，有時候是阿朔夢裏的畫面。睡著的時候還算好，總還有個畫面。醒著的時候可都是聲音哪。我有時覺得自己快發瘋了。」

「那是一定的。現在呢？」

「現在倒是沒有，只有某些輕微的動靜。」

弟弟豎起耳朵聽了聽之後這麼說。

「你是收音機？」我問。

「不知道，我沒敢告訴任何人。阿朔相不相信我說的？」

「相信呀……不過，好比具體上來說，究竟是怎麼回事？是不是有誰在你腦子裏指責你什麼的？」我問。

「不，沒有。」

他搖搖頭：「好比印地安人的祈禱……。」

「什麼，那是？」

我這麼問，他就拚命地加以解釋。

「上次我走在路上，忽然聽到有人一直在低聲跟我說話。仔細聽聽，就能夠聽清楚。那聲音連成了句子，說什麼『我現在以一個人、以及你眾多子女之一的身分站在你面前，我非常弱小……』就這樣一次又一次地講個不停。到家以後我趕緊記錄下來。這當兒它也一再地重複不停。我知道那是一種祈禱，是我沒聽過的那種，在搞不懂的情況之下擱到一邊不去管它。沒想到前不久，在圖書館偶然翻開的一本歷史書上居然有那段祈禱文，而且幾乎一個字都不差。妳肯相信我麼？原來那是刻在一個無名的印地安人墓碑上的一則著名的祈禱文。」

「你聽到的是日語？」

「不知道，不過，我想大概是。」弟弟說。

我不知道該怎麼向他進言，因他的情況顯然已經嚴重到超越眞僞與病名。

「一開始我還以爲是一種使命呢。」

「使命？」我問回去。

「我本來以爲把聽到的寫成書，是交給我的一種使命。可又覺得聽到的如果是本來就有的事，或者是別人的所思所想，那末，我把它記下來就變成剽竊人家的作品。這麼一想，我害怕起來了。糟的是這一怕，鑽進耳朵裏來的東西就更多啦……。」

「那是說噪音增加了。」

弟弟點點頭，接著哭了。

當他還是嬰兒時候，我在隔壁的房間夜夜聽夠了那種直著喉嚨喊叫的哭聲，而此刻，漾滿他眼眶的，並非幼時那種純潔而赤裸裸的淚水，而是靜靜流下的成年人窮途末路的透明結晶。

「眞難爲你這麼堅忍，腦筋都轉到了極限不是？以你這種情況，要去上學是未免太勉強了。」我說。

「不曉得是不是只有腦筋不大對勁？」

他以悲傷的神情這麼說。

接著問我：「這可怎麼辦才好？」

「嗯——。」我無言以對。

「不管怎麼樣，先坐下再說。」

我說著，倚靠牆壁蹲了下來。

「好累喔。」

弟弟也隨著滑下身子坐到我身旁。

我對他說：「無論如何，先不要隨便告訴媽比較好，還有……」

「還有？」

「假設你變成一架收音機，那末，收音機的生命是什麼？」我問他。

「挑選節目。」弟弟回答。

「我想沒錯。選擇，你可以高興開就開，關就關。」我說：「如果沒這開關，收音機就不是好東西了，這是可以肯定的。你只要能夠選擇什麼時候想聽什麼節目……。」

「怎麼個選擇法？」

「嗯——。」

用嘴巴說什麼要相信自己呀、務必培養抗拒的意志呀，是輕而易舉的。只是那就跟一個寧靜安詳的午後，你一面啃脆餅乾，一面唰唰唰翻閱「教妳如何減肥」特輯，而有意照著做那樣的毫無意義。用嘴巴是再偉大的事也說得出口，然而，頂好不要拿連自己都不大可能辦到的話去要求人家。

何況他還只是個孩子。

以他這個年紀，是還沒辦法眞的去選擇自己所需求之物的。

就連我和幹子，都是兩個人合夥起來，始能將趕夜路那天決意的事情付諸實行。

要對他說明這些好生艱難。

我默不作聲。夜晚凝重如油，靜靜地漾滿整條街。所有的巷道、街角都彷彿蘊含著某種意味，黯黯地沉默著。

背後，混凝土冰涼的觸感，彷若要滲入身子裏來。

束手無策之餘，我只得說：「我們每天到游泳池去怎麼樣？」

而與我口出這話的同時，弟弟陡地揚臉：「我又聽到了。」

他的眼睛大張著，彷彿要看清所有的一切那樣。

原來如此，我明白過來，用腦子直接諦聽，比較接近視覺勝似聽覺。

我裝出平靜無事的樣子問道：「怎麼說？」

「阿朔，我們現在馬上趕到神社去。」

「去做什麼？」

「說飛碟會來。」弟弟回答。

接著問我：「如果眞的來了，妳就會相信我的話罷？」

「我現在也沒有懷疑你啊。」我說。

我把心思移開，免得被他那雙拚死拚活的眼神給拖下水。我望著街燈底下他那雙瘦小的手，望著那又暗又長的細條條的影子。

「趕快。」

弟弟起身。

「嗯，到那兒去看看。」

我也隨著站起。

「你說神社，可是山坡上的那座？」

「對，得快點才行。」

弟弟開始奔跑。我連走帶跑地緊緊相隨。

心情怪爽快的；振奮、進入另一個現實的那種心境，單是嚐受到違隔已久的這種況味，就夠美了。

「阿朔，快點，快點。」

弟弟一路奔上昏暗的坡道，臉上的不安已經消失，可也沒有那種狂信的神情。黑暗突顯他路旁地藏菩薩般清秀的表情。

跑過鳥居牌坊，沿著神社狹窄的石階拾級而上，只見遠處的鐵軌和房屋全變成剪影。龐大的夜。貨車奔馳而過的聲音，音樂般響進耳朵裏來。

我們上氣不接下氣地大喘著站到黑暗的林木之間。樹林發散出濃烈得燻人的綠香，簡直令人透不過氣來。夜空就只擴展在那兒，映著街燈泛出模糊的亮光。

哪來的飛碟嘛——

我剛剛連說帶笑地開口，只見有一股閃亮的凝結尾也似的什麼，有如要把夜空分割開來那樣，由左而右的橫著畫過那些屋瓦和搖晃的霓虹燈所構成的剪紙畫與天空的分隔線一帶。

我心裏一驚。

它以較諸世上任何機器都要來得優雅的方式，陡的停到我們眼前的景色當央，閃亮了一下，然後消失無蹤。那種亮光比我見過的任何一種都來得絕烈。如以想像來形容，就像是痛苦的通過胎道，乍然出生到這人世的瞬間那種耀眼。它所發出的光就有這麼美好、聖潔，而且不可能重現。我恨不得永遠看下去。

這已經是極限。

言詞已經不足以形容。那是你恨不得永遠觀望下去的淒美的白。

「好嚇人！好嚇人喔！」我嚷著。

「對啊，好嚇人！」弟弟也點點頭。

「託你由男的福，我才能夠看到這麼好的東西。謝啦。」

與我的歡鬧相形之下，他顯得怏怏不樂。

「怎麼了？」我問。

「我沒騙妳罷？」他說：「這樣下去，我會變成怎麼樣呢？」

「剛才看的，你難道不高興？」

「這不是高不高興的問題。」

他以複雜的表情這麼說。

「這樣啊……。」

我閉上了嘴巴。

千載難逢的目睹這麼美好的東西，居然高興不起來，我覺得他好可憐。

我希望他看了之後的反應會是大吃一驚或者深受感動，而不是斤斤計較合不合道理還是真假與否。

他真的是已經疲乏到了無感的地步。

「我們來動動腦筋想個辦法。現在不管怎麼樣，先回家再說。我能看到飛碟，眞是樂歪了。」我說。

弟弟點了點頭，微笑笑。

同他並排著走回家，我一路心想：好想設法幫幫他。

六　完全的休息

春天已經降臨。

穿著外套的次數逐漸遞減，空氣也以同樣的速度日漸暖和。

庭院裏的櫻花一點一點的綻放。每天每天，我從二樓窗口望著綠叢中粉紅色的分量徐徐增加，單單這樣，便已是很大的樂事。

龍一郎來了信。有個無聊的中午，在信箱裏發現的。

朔美：

妳好嗎？

我目前，「不知爲什麼，身在上海」。

中國是個好地方。

雖然人口非常稠密。

我很快（年內）就會回日本。

聽說我的書要出袖珍本。

我擔心妳肯不肯見我。

不過，我快樂地期盼著能夠見到妳。

有時看到一些撼人的風景，忍不住心想要是能夠跟妳分享該有多好，加上思念日本，就格外想同妳見面了。

此地一切都偏向碩大，尤其是佛像，龐大得簡直可笑。

龍一郎敬上

他這封信寫的是如此地適當，令人止不住懷疑他是不是眞的是個作家，不過，我從字裏行間感受到強烈的懷念之情。

宛如機器人損壞的記憶電路，

又像是小鴨子的彩色版畫，

碰傷了頭乍乍蘇醒過來，恢復過來的第一個記憶便是他那個人。當時我帶著重生的眼光，獨自站立還很陌生的這個世界，一切的一切都是那麼樣的不確定而又教人不安，新生的我只好一步步摸索著來。而在這種情況之下第一個刻入腦子裏來的，正是他那溫熱肌膚的觸覺。

很心疼自己這種新記憶。

見了他，肯定會歡喜得掉淚罷。

像這樣天各一方，偶然思及我所知道的他那些好處，止不住爲那些棒透了的長處感到酸楚。他的文才、彬彬有禮、大膽的行動、他那開闊的氣度、乃至手的形狀和聲音……等等。

而一想到他的缺點與狡猾之處，便又憤恨之餘幾乎透不過氣來。想找我一起去旅遊時候的軟弱、對妹妹之死的某種冷酷、平日回都很少回日本，一回來馬上就想見面的那種狡猾……種種。

別人不至於敏感到的這些，一一活性化了起來。那振幅有多大，思念其人的向量就有多大。人眞是痛苦。一個不健全的人思念另一個不健全的人，且準備全盤接受他，因而輾轉痛苦的模樣，也不知爲什麼，於他們各自的內心風暴之外，有時反倒會綰結出怪新鮮劇烈的某種形象。

近乎人人每日勉強賴以生存的一種理由。

猶似盛開的夾道櫻花樹，那麼奢侈的揮霍著它優美溫柔的能量。

落英紛紛，風吹日照，連綿到遠處的林木一齊搖曳，我佇立在那裏，被狂舞的一片粉紅和縫隙裏藍天純眞的顏色所震懾。我明白。這副情景就只這麼一回，而且轉瞬之間即告結束。然而，我已經永遠溶入其中的一部分裏去。Wonderful, Bravo! 我爲這個瞬間喝采。

弟弟的情況看似好得多了。

儘管不時見他一個人板硬著臉，但自從看見UFO的那一夜起，心情上似乎比較輕鬆了一些，也不知是否由於我的共同目擊證實了他所說的飛碟並非妄想，還是有了可以對話的人之故。

接著，我有時能夠從他的神情裏感受到一種自覺還是決意，彷彿在約束他自己不能因爲有了個傾訴的對象，就動輒找人商量、盲目地依賴我這個老姊。爲此，雖是自己的弟弟，我仍認爲小傢伙相當了不起。

他是個好男孩。

能夠的話，我眞希望老弟成爲一個好男人；哪怕幹小偷也好、性變態也好、情場浪子也好，只要是個善良的好男人就行了。

不過，對於發生在他身上的狀況，我並不樂觀。

說他心情上輕鬆一點，並不意味問題已經解決。惡劣的低潮期遲早還會再來。只怕此刻越輕鬆，到時候的反彈也越大；爬得越高，陷得越深。

我能夠做什麼呢？

獨處時候，我時常思索。

眞希望能夠爲他做點什麼。

一個人何以要對另一個人有這種負擔呢？明知道幫不了什麼。

大海就只是大海，潮漲潮落、時而驚濤駭浪，時而平靜如鏡，它單是存活在那裏呼吸，便足以喚起人類的百般情緒；而我，也巴不得像那大海，做個只是存活在那裏的一個人。就只是存活其間，便可以令人失望、令人害怕、乃至給人安慰。

可我還是希望能夠多做點什麼，我沒辦法不這麼想。

我失去了妹妹。眼睜睜看著她一步一步走向死亡卻無法阻止。有人決定一死，則你有多想制止他（她），他（她）就有多難阻止，而且誰也阻止不了。我很明白這點。

就因爲這樣，才會焦躁，才會在那兒作無謂的掙扎罷。

事情從母親表示要跟那男人一起到巴黎去開始。

「我準備到巴黎去玩兩個禮拜。」

有個星期日，全屋子五口人難得湊齊的晚餐桌上，母親若無其事地宣布，口氣倒是滿果斷的。

「單身貴族嘛。」我從一旁作了個評論。

飲食不曉得怎麼樣？這個時候會不會碰上雨季？純子女士一疊連三發問。

母親超乎必要地加強語氣回答：「管他怎麼樣都沒關係。無論如何，我這一趟是打算去休假，我要讓身心都獲得一個完全的休息。」

母親的男友是她經常打零工的那家小小旅行社的同事，比母親年輕，總之好像是個大忙人。碰到旺季，幫襯的母親當然也跟著忙得不可開交。看樣子最近畢竟是感到疲累了。所以才會想到要出國去散散心罷。

「好棒喔。」

幹子表示羨慕，接著談起了友人最近遊巴黎時候的小插曲。

「說他們的葬禮才熱鬧呢，我那朋友先還以為是大拜拜，還跟在隊伍後面走了好半天……。」

弟弟一句話也沒說。

在巴黎的話題之下起先還談笑風生的其他人，到頭來還是留意到他毫無反應到不自然的那種態度。

「小由，你認為怎麼樣？」

純子女士這麼問他，他還是無言。這麼一來，氣氛可更僵了。

「媽也會給你買禮物回來。」

母親微笑笑。

母親這種執意貫徹已見時候的笑容實在是完美無缺，令你毫無反對的餘地，我很喜歡，但弟弟好像不一樣。

他突然嚎啕大哭。

大夥兒全愣住了，沒人作聲。

那是異乎尋常的哭法，簡直像個打心底裏對這人世絕望透頂的成年人。即或失業加上發現老婆有了外遇的四十漢子，怕也不會哭得這麼悽慘。他抓撓著腦袋，伏在桌上，彷彿要把所有的情感發洩出來那般地哇哇大哭。

我定定地凝視著他頭頂上的旋，試著先把自己的錯愕平靜下來。母親則慌亂得不知所措。

「放心，媽兩個禮拜就回來，對方嘛，很久以前就認識的，喏，你不也見過麼？就是那個人。所以，沒問題是不是？又不是要把你撇下來，跑到很遠很遠的地方去。」

母親說著，將手搭到他肩膀上。

「不是啦！」弟弟哭喊著。

「什麼不是？」母親問。

「我是說飛機，飛機會掉下來啦。」弟弟說。

他的聲音雞叫般岔了開來，肩膀索索地顫抖著。整個的人縮成一團，好像也不知有多冷。

「媽不要去！」

……他這話也許是眞的。

和上一次的飛碟事件連想起來，我不禁這麼想。

「阿朔，妳勸勸媽，叫她不要去好不好！」

「……暫時先取消呢？不吉利哪。」我說：「小傢伙直覺很厲害，說不定是眞的。……我說由男，你說飛機會掉下來，是去時候，還是回程？你認爲是哪一趟？」

「去的時候，錯不了。」他說。

他的語氣充滿了自信，彷彿猜中了某種棒透了的事。

而我就是對他這點稍感不滿。

「如果是回程的飛機，好歹總算享受過了巴黎，還算甘心，可要是才出發嘛……。」

「要是錯開一天出發呢？」幹子建議：「這一來大夥都心安理得，也不危險，不是很好麼？我說，小由，這樣就沒問題罷？」

「不知道……我只曉得媽要去時候坐的那班飛機有危險。」弟弟說。

「那是說，錯開一班飛機也沒用麼？……」純子女士擔心地說。

一票人無形中在弟弟的推動之下傾向於聽從他的意見。幹子沏了壺熱茶。大夥兒默默地喝著茶。要檢討尙未發生的事情是很難的。

「沒辦法把出發日期延後到下個月什麼的麼？」

非常迷信的純子女士這麼說，弟弟點頭。也不知爲什麼，經他這麼一點頭，不禁鬆了口氣。好個小霸王。

不料，母親拍了下桌子，嚷道：「什麼嘛！你們大家這算什麼嘛！我只有這段時間才能休假哪。你們不知道他那個人有多忙！如果取消計劃不去，那班飛機又沒有掉下來的話，這個責任誰來負？」

由於母親所言太過切實，大夥兒這才回過神來。

「機票都訂好了。行啦，我已經下決心去啦，哪怕墜機也非去不可。」

「眞的？冒死也要去？」我問。

「嗯，行啦。決定了。」

母親接著說：「果眞死了也是命。我是說眞的。出了事，就算是我這人陽壽已盡了。我對你們大夥兒很抱歉，果眞死了，你們就笑我這個傻瓜不聽勸好了。」

母親神情愉悅地啜了口茶。

弟弟再度哇——一聲大哭起來。

他以旁人無法可施的蠻勁兒哭著鬧著，末了由純子女士和幹子兩人合力連拖帶抱地帶往二樓去了。

母親嘆口氣：「你認爲怎麼樣？」

「各半。」我回答。

「什麼跟什麼各半？」

「一半是他沒法原諒媽撂下性情不穩定的自己，執意要與男友到巴黎去玩，一半是他眞的有那種超自然的直覺。」

「他已經到了這種年齡了？」

「他感到不安全。」

「哦……妳呢？作何看法？」

「對什麼？」

「對我這個母親：寧可撇下逃學的問題兒子不管，也要跟男友去國外度假旅遊。」

母親用她那雙大眼睛直盯著我，對於這麼個母親，我沒法說假話。

我回答：「其實，我認爲滿好的。」

「當眞？」

「我覺得與其爲了某一個人犧牲自己眞心想做的樂事，再擺出一副爲那孩子受屈的苦瓜臉，倒不如讓自己看起來漂亮幸福，歸根究底這樣對他比較好。」

「我還是要去。好想去喔。」母親說。

「哪怕墜機也要去？」

我重又問一次。

「嗯，決定啦。我好歹這樣地活過了一輩子，事到如今也不想再改變了，雖然這個講法有點誇張。」

母親笑了，然後說：「再說，最要緊的是我本身就不覺得會墜機。」

一個禮拜過去了。

母親出發前夕的那頓晚餐，嚴肅得宛若最後的晚餐。

弟弟躲在自己的房間裏不肯出來吃飯，母親跑過去一直留在他屋裏安慰他。他只是一邊哭，一邊苦苦哀求母親不要去，情況教人看著著實心痛。縱使這樣，母親依然不肯打消出國的念頭。對於這樣的母親，我止不住產生敬意，覺得非常了不起。

從一旁看起來，這只不過是一趟旅遊，不是什麼需要賭命的大事，但對母親而言，這樁事故應是觸及她人生哲學琴線的某種什麼。我很明白這個。

半夜裏我上床以後，弟弟仍在哭。儘管聽不清，母親的喁喁低勸和弟弟的哭嚎，還是穿過牆壁傳到已然漆黑一片的我房間裏來。

那就像是永遠沒完沒了的誦經。

自窗口射入的四方形月光照上我的床，我聽著鄰室唸經也似的動靜，兀自思索著。

眼目清明。心也清醒靈敏。

我的思維混雜在黑暗與月光的粒子當中，如此這般地重複著。

「我比這個屋子裏的任何人都清楚弟弟所言正確。想必比母親、比弟弟本身都要來得清楚。

異於弟弟，如果我認眞地加以勸止，母親不定會接納，而打消旅遊的念頭。

那麼一來，母親將可以倖免於難。

然而，如果打消此行，又沒有發生墜機，只怕母親就不會再相信弟弟了。他是個獨來獨往的孤獨男孩。對目前的他來說，勢將成爲一股無法挽回的衝擊。

而且，我並不想勸止；我也不覺得會出事，要緊的我欣賞母親這種個性。

母親喜歡自決，不喜歡任何人的指使。在過往的日子裏，她這種姿態曾經給過我多大的安慰和救助啊。

同時，我也不希望弟弟養成以這種方式取得所欲之物的習慣。

可是……果眞因爲我沒有加以勸止，以至讓母親送命，我也不能懊悔。不得後悔，哪有這麼過分的事？……搞不懂。」

思維在不停地旋轉。

要去爲尙未發生的事操心，對身體實在不好。

疲倦之餘，我帶著不了了之的心情睡著了。

那是淺淺的睡眠。

身體的某個部位異常清醒，連屋子裏微暗的明度都清清楚楚。呼吸依然深沉，眼睛仍舊閉著。

但就是沒法完全睡著。

而夢靜靜、靜靜地降臨了。

猶如飄入黑暗中的一瓣初雪。

幼小的我，置身櫻花樹底下。

那是父親著人種在庭院裏的。

仰首只見一片嫩綠中點綴著幾許粉紅色的花蕾。

也不知爲什麼，夢中的眞由已經死去。

能夠相見的話，倒是眞想見上一面的啊。

門開處，母親抱著由男走了出來。

母親很年輕，穿著白色的毛衣。彷彿靈柩裏的壽衣一般，很能反映日光的那種燦亮耀眼的白。

我無來由地感到悲切難受，母親則一反往常地沉默寡言。嬰兒由男也安靜而沒哭。

母親一言不發，只管走向我這邊。

慢慢地，陽光底下慢慢地走過來。

是到了午飯時間了麼？

還是特地跑來要我戴上帽子？

抑或前來叮嚀，她要出外購物，要我留守看家？

我拿不準母親要我做什麼，只好對著她笑。

母親站到我面前，對我說：「媽要到巴黎去，妳幫我好好照顧這孩子。」

巴黎？

我尋思著。

母親嫣然一笑，將弟弟遞給我。弟弟的身子熱熱的，而且好生沉重。

夢進行到這裏嘎然醒來，且神智非常清明。

一顆心在劇烈的悸跳著。
時刻是黎明之前，一切都顯得蒼茫一片。
「我不要後悔，絕不後悔。」
躺在床上，我一再這樣地告訴自己。
像個膽怯的孩童在哭泣，好個可憐的咒語。
人在睡夢裏是堅強不起來的。

第二天早晨，家中的氣氛更加嚴肅了。
唯獨母親一個人泰然自若地在晨曦中吃著雞蛋爲主的早餐，對於一票人藏不住的那種氣氛，表現出一絲可厭的神情。
弟弟依然躲在自己的房間裏。
純子女士表示要送往成田機場，母親笑盈盈回答行啦，他會開車來接我。
我不得不重新痛感到母親是個獨立的成年女性，我和弟弟這對小孩再怎麼依賴這個家，畢竟已不再是童稚的幼兒幼女了。
接著，忽然對昨日的感傷有了番反省。
正在蠕動嘴巴嚼食麵包的母親，輪廓鮮明，渾身洋溢著自信，怎麼看怎麼不像個面臨死亡的人。那雙眼睛顯示她滿心期盼這趟休假，只管享受生的樂趣。沒想到你們偏要掃我的興，這下子可眞麻煩啦。——她同時也流露出一臉的不滿。母親的所思所想我大多能夠摸得一淸二楚。

「可是，無論如何，我還是要休息一陣。往後的事以後再說罷，過去不就是一直這樣活過來的麼？」

迎著逆光所看到的她那頭秀髮和肩膀的線條，都在這樣地告訴我們。

「那末，我出門啦。」

母親說著戴起太陽眼鏡，拎起旅行提箱，正準備步出玄關時候，只聽二樓的房門砰一聲打開，弟弟紅著眼睛奔下來了。

他那雙眼睛欲言又止。

當我倆的目光相碰的剎那，我無聲卻以一股懾人的迫力命令他：「媽絕對、絕對不會出事，所以你什麼都不要講。」

我的意思傳到了。

弟弟也用眼色回以：「說出口的話是追不回來的，所以最好不說，免得後悔，是罷？」

這是眞的。

並非心靈感應。可無論如何，我明白了：我們之間有那麼一股閃亮的暖流相通著。

好奇怪的早晨。

「我會給你們帶禮物回來！……這句話可別變成最後的遺言呀。」

母親大笑著走出去。

「哇！巴黎棒極了！」

當母親打來電話時候，我到底還是鬆了口氣。

老媽平安無事的抵達彼岸了。

掛斷電話以後，畢竟感到整個的事情有些荒唐無聊，對於弟弟所編謅的謊言——其實並非如此——一喜一憂之間我居然反應得比母親還要激烈。

回首，弟弟一臉尷尬地站在那裏。

幹子上學去了，等候母親電話等煩了的純子女士表示想出去散散心，剛才出門購買晚餐用的食物去了。

那我就留下來看家好了，我說著，在沙發上看起書來。就在這個時候，母親打來了電話。

我只轉達了一句「人已經到那邊了」，便不再說什麼。

弟弟也不作聲。

好奇怪的感覺。

好像某種什麼錯開，令人無法釋然的一種無以言喻的感覺。

由於沉默太過凝重，我遂打開電視。

正值新聞時間。

畫面上播的是飛機，我緊張得心臟快要停止跳動。

那架飛機斷成兩截，正在冒白煙。一大堆人四處亂竄，擔架一副接一副抬出，媒體記者們忙裏忙外地採訪。

「怎麼回事？」我問弟弟。

「說是一架飛往澳洲的班機起飛時候失事，變成這樣的。」

「你已經知道了？」

「剛才知道的。」弟弟說：「早上媽出門以後，我聽到有人說『錯開了一小時』。」

「什麼？那一小時指的是什麼？」

「媽搭乘的那架飛機起飛之後一小時，這架飛機就墜毀了。」

電視上正在播報大批日籍乘客死亡和重傷的情況。以片假名書寫的乘客名單，一個接一個流過畫面。

「可不是我讓時間錯開的。」弟弟以好生悲慘的神情分辯說：「眞的，是這架飛機和媽媽的旅行搞混啦。」

「我知道，我當然知道。這不能怪你。沒那個道理。當然和你無關。」我安慰他。

同時心想，得想想辦法才行；儘管不知道該怎麼做，但總得趕緊設法才行。

七　生活

錄自日記。

因此，我此刻就窩在床上寫這個。弟弟躺臥那邊。可以聽見他的鼾息。

屋子裏很暗，唯有小小的床頭燈照亮我的手邊。

黑暗中，林木劇烈搖擺的動靜與波濤聲交織重疊，宛若睡在野外。

聽起來喳——喳——如裂帛，又像是轟轟然一聲接一聲，總之是天搖地動的一片巨響，巨大得懾人。

屋子裏很是安靜。

燈光模糊的照出弟弟的睡容。

好清秀的睡容：英挺的鼻樑、紅紅的嘴唇。

我正在思索關乎生活的種種。

且說因爲剛才還在讀完全符合這種濱海生活的《來自海上的禮物》，總覺得寫起東西來文體有點近似。眞是豈有此理。

自從小學的暑假以來，我就沒有寫過日記。不過，最近個把月來，卻又無來由地記起了日記。

眞是興之所至沒有個準兒。時而只記些流水賬，時而空閒又睡不著，於是作如下的記述。

是否無意中產生了想要記錄弟弟心路歷程的慾望？想是這麼想，又覺像個星媽，爛恐怖的。但願不作如是想。

我的心靈與言詞之間永遠隔著條無法塡埋的鴻溝，差不多等同的，我的文章與我之間應也隔著段距離。只覺一般人在面對日記的當兒，都會變得誠實坦率，這教我感到不舒服，又覺得日記這玩意兒好像有點裝腔作勢，我不喜歡。

有個人眞正從事濟世救人的崇高事業，一天早晨，在十字路口看到一個性感動人的女郎背影，禁不住勃起，在這天當中，先是向小女兒亂發脾氣，後來又與妻子交談，作一番高層次的愛的接觸，而這一切都是同一個人所爲，這種混沌狀態本也美好，偏偏人人又喜歡傳述，他本身也如此，巴望被統合、或者時而自認好，時而認爲自己不好，簡直忙得不可開交。

好奇怪。

且不管這個，要說我記起日記來何以如此饒舌，那是因爲這些日子閒得慌。再就是最近聽到了一則關乎日記的佳話。

友人（女、二十一歲）喬遷。自從父親過世以後，母女倆相依爲命住在一起，最近母親打算再婚，友人決定搬離這個家。她打點行李，預備出去過獨居生活，母親在一旁幫忙。

她父親是長年與疾病纏鬥之後過世的，整理著亡父遺物的當兒，發現了一隻皮箱。

母親告訴女兒：「妳爸要我扔掉，我就是扔不下手，也沒敢打開。」

母女倆一起打開，出現了好幾本日記，而且是從她父親高校時代到長大開始做事、以及某年某月某日，在某一個街角邂逅她母親，到墮入情網種種青春之日的雪泥鴻爪。

「睡覺之前什麼的，我常把我爸的日記拿當小說來讀。」她這樣地對我說。

在以一名男性、一個個人展現自我之前，先就僅只克盡父職而撒手西歸的這樣一個人，竟然以此種方式來支持女兒的獨立單飛，這究竟是怎麼回事？我不禁這樣地思索。

沒有一件事是事先預料到的，卻又早已在算計之內了。

有那麼一件事，是我長久以來勉強自己不要去深思的。

但自從那天目睹飛碟之後，也許是太過感動的緣故，我開始思忖了。

那便是碰傷了頭部以後，我腦子裏顯然有了某種變化，當時的記憶混亂，乃至目前被當初的友人說變了很多種種，只覺好玩有趣，不過，那種情況總歸顯示我腦子裏有了異常——不管是腦細胞、神經、神經細胞、還是罹患了記憶喪失症，總之是腦子裏出了問題。

然後是有朝一日，不定我會突然失去記憶、痴呆、或者猝死。

這絕非誇大其詞。

《死亡地帶》的主角，不就是腦子裏長了腫瘤麼？

其實死了也沒有關係。

我活得很精彩，可以說無悔、無憾。

只是我一無所有；沒有作品、沒有遺產、無兒無女，眞就是光著來光著去，自右至左消逝一空。即使身後有所遺留的人，離開人世時也都同樣地說死就死，不過，僅止消失，不免空留幾許寂寞和淒涼，以往仗著還有個弟弟，總安心地認爲母親應該不在乎，但自從小傢伙身心不穩定以後，我遂突然對自己的死亡感到有責任，且已成爲心理負擔，止不住對有關友人父親的日記那番故事好生羨慕——我在日記上這樣地寫著。

沒辦法說得很清楚。

我有時會忽地很想向誰去傾述內心的不安。我心靈裏那個可憐的、小小的我。緊縮成一團，對明日感到恐懼的幼小的靈魂。

在海邊，人人都成了詩人。

不管怎麼說，海洋永遠比預想的大上20％。你帶著相當浩瀚的預測前往，一見之下始知比原先預測的大上20％；帶著更大的想像跑去看，又發現比你所覺悟的大20％。而你讓整片心田漾滿波浪，乃至想像著一面小小的海岸，結果仍是20％的差距。

這種情形是否就是所謂的無限？從飛碟、喪失記憶、弟弟、龍一郎，到榮子、日記、巴黎種種，只怕也是屬於這種無限的一部分，事實上永遠要比實際上大上20％。

越寫越不知所云了，還是睡覺去吧。

明天要釣魚啦！

我還沒有試過呢。

好教人期盼的樂趣。

自己讀著都覺頭痛。這是昨夜爛醉之餘塗鴉的日記。對了，我現在與老弟兩個人來到了高知這個地方。

在打工的店裏，聽我說「我媽出國不在家，弟弟又陰死陽活的，頭大的事兒多啦！」，老闆就建議「帶他出外旅行，散散心呢？店裏休息個幾天就行了。」混過嬉皮的，對旅行和兒童總是比較寬容。

既然如此，那就帶他上哪兒散散心去吧。

有了這個意念，我開始尋思。

我想起了榮子的畸戀對象在高知海邊擁有一間公寓套房。那人出身高知，在那兒租了間套房，以便全家隨時可以回去度周末，結果極少有機會回去，套房遂成爲別墅狀態。

打了個電話給榮子，她男友爽快地答應了，還說很高興能夠讓房子有機會通通風。我決定趕在母親返國之前，背著她趕緊把老弟帶出去散心。

因爲要拿套房鑰匙，與榮子相約見面。

即使站在黑暗的街頭，榮子依然顯得搶眼突出。穿一身黑色套裝，混在熙來攘往的人潮當中，自有一種切實，卻又若無其事的氣質。

好高明地自我表現，我想。

單單活著，她就能夠不停地表現自己。

「榮子。」

我這一喊，她笑著轉向這邊。

我嚇了一跳。她臉上貼了塊白色的大紗布。

而紗布蒙臉的方式和垂下的睫毛覆蓋的感覺，竟然風情得魅人。

「妳那是怎麼回事？」我問。

接著又說：「要不要喝杯茶什麼的？有沒事要告訴我？」

「不，我另外有約，得馬上趕過去。」

她微笑笑，然後補充一句：「不礙事，他老婆抓的。」

「啊？露底了？……該不會是因爲我借用高知的套房引起的？」我驚訝地問她。

「不，不是啦，眞的。她好像很早以前就有點覺察到了。可是，沒想到會突然闖上門來……我說的是中目黑那邊我和他合租的公寓套房。有天，我一個人在家的時候，她找上門來啦。嚇了我一跳。」

「還嚇了妳一跳呢。」我說。

「我只能這麼講啊。」她微笑笑。

無論發生什麼事，她永遠是贏家，這是她一向的生存方式。

不管事實如何、內心的感受如何，她的態度、她所表現出來的，永遠是那麼樣的優雅而從容。

這個時候也是這樣。

「沒辦法，我只好請她喝茶，一開始只管面對面坐在那裏一句話都不說。

然後是哭、鬧、發飆。

就在我面前，說變臉就變臉哪，女人可眞恐怖。
我也許不該說這話，其實，我對他還沒辦法痴狂到那個地步哪，換上別的男人不定也會那樣。
會不會因爲她是他老婆的關係？
我要是跟他再摽個五年，八成也會像他老婆那樣呢。
像這種女人兩個三個地增加下去，對他那個人來說，會有樂趣可言麼？」
榮子的後半段話逐漸成爲誠摰的獨白。
也像是在對人生巨大的混沌、或者人類原本就存在的不合理，直接提出她的質疑。
敍述的聲音本身就蘊含著這種無辜、無邪。這個時候的榮子，總顯得漾滿了比她本身要大上20％的什麼。
我只有點頭稱是的份兒。
「下次再好好地聊聊。」
榮子說著，將公寓套房的鑰匙和地圖遞到我掌心上。然後以她單薄的肩膀混進夜色裏去了。

醒來第一個聽到的是濤聲，是一種奇怪的感覺。
而身邊總有個弟弟在那兒。
我這還是生平第一次像這樣的與弟弟單獨相處。波濤聲會使人有些不安；一個人經常面對比想像大上20％的風景，不免變得有點惶惶然而缺乏自信。
這個事實將我導上奇異的中庸狀態。

該說是我已經化入海天相接的那道奇蹟性的直線，變得平坦而又平坦。

一切是這麼樣的平靜而清澈。

因而我得以從從容容面對自己的人生，將弟弟擱在一旁不去管他。這是我與《晚秋》的史賓塞不同之處，他曾以一個夏季的時間，將一個少年培育成人。不料，我這種不負責似乎反而被弟弟所接受，他的情況看似滿好的。

或許由於我是女性的關係，黑地裏他走在前面，總會提醒我腳底下有顆大石頭啦、有兩袋東西的話，他會搶著提比較重的啦之類的，總之，你能感覺到他性格上根本而又根本的那種粗枝大葉乃至大度，從近些時來繃緊他神經的心靈雲層之間，炫眼奪目的洩出一線光芒。

無論如何，我覺得他本身多半認爲目前這樣子他比較自在一些。

套房就在極其普通的一幢公寓的五樓，從窗口可以望見街道和街道那一頭的大海。那是家徒四壁的2LDK，與其說別墅，不如稱之爲周末套房。（譯註：2LDK爲兩房外帶廚房兼餐廳之意。）

每天早晨，鑑於好不容易來此度假，我們於是到海邊慢跑一番，或者前往附近的游泳池泡泡水，也沒有特地做什麼事。

我們只是觀望著日子一天又一天的來臨。

這天也是這樣。早餐由於是湊合著隨便吃吃，所以很快就感到餓了。

「晚飯要怎麼吃？」我向弟弟問道：「買回來做？還是在外邊吃？我都可以喲。」

「唔——。就在外面吃算了罷。」他說。

一票對一票，就是對等了。

兩個人相偕外出。

於是我們看到了驚人的晚霞。

那是一輩子也忘不了的。

這晚霞之懾人，足以匹敵那天所看到的飛碟。我心為之震撼。那晚霞是活的。時間是活物。

我們不經意地走在街上。宛若置身南國，透明而又乾燥的陽光開始泛起了澄黃色。在紅色天空襯托之下，暗淡的屋瓦與屋瓦，剪影畫一般地浮凸出來。

然而，這僅只是序曲。

通常我們在東京觀望黃昏的天空之際，不免心想：在那遙遠的天邊，正在進行某種絢麗美好的事情呢。猶如欣賞電視畫面或是小冊子上的圖畫那樣。

然而，接下去的幾分鐘之間所目睹的情景，可就迥然不同了。

簡直是伸手可及。

只覺透明而又紅又軟的一種巨大的能量，形成一股迫力，穿透由街道以及大氣種種無形的牆壁逼向前來。之生猛的，幾教人透不過氣來。

我領略，而且實感到當一天行將結束的時候，日子總要一一展現宏大、令人懷念、而又美到驚魂懾魄的某些什麼之後，才走下舞台。

大片大片的紅，沁入整條街、沁入我裏邊，柔滑地溶化開來，然後滴落。

這大片的紅瞬息萬變，極光一般地演變下去。

透明而美極了的紅葡萄酒、嬌妻臉上的薔薇紅，這些色素的精髓從西邊以眼花撩亂的速度，奢侈的逼近前來。

每一條巷子、每一個行人的臉，都被渲染得通紅，好一片激烈的晚霞。

我們無言地行走著。

當晚霞徐徐褪去的時候，一絲依依難捨和清爽的感念之情交織起來，令人惆悵莫名。

往後的人生旅程當中，即或還會有類似今天的日子，但這片天空的模樣、雲彩的形狀、大氣的色彩、乃至風的濕度種種，只怕再也不可能重現。

出生於同一國度的人與人，悠然自在地漫步於黃昏的街頭。亮著晚餐燈火的窗口，從薄暮透明的銀幕上浮現出來。

那兒的一切似乎都像水一樣的伸手可掬。當光灩灩的水珠滴滴答答滴落，自混凝土地面彈起的時候，彷彿漾滿了消逝而去的日光，與夜晚濃濃的兩種氣味。

要不是親眼目睹這麼一片壯麗且又強而有力的晚霞，還眞沒辦法深切的體會原本尋常的事物。

如若我們讀一百萬本書、看一百萬部電影、接一百萬次吻，卻只將之化約成「今天只做了一次」，它索性一次叫你領略個夠，百分之百懾服你，大自然是何等的強大啊。你不索求、不去管它，它也要教你明白，而且無分彼此，白白地展現給所有的人看。
比索求而後明白更加徹底地教你知道個夠。
「我覺得心情上變得怪虔敬的。」我說。
晚霞已然擰擠掉最後的一滴，街頭巷尾沉暗下來，夜香開始四溢。
「我也覺得。」弟弟答道。
「我們去吃吃關東煮什麼的，享受一下感動的餘韻怎麼樣？」我建議。
「也可以喝酒麼？」弟弟問。
「可不能醉得太厲害，因爲要帶你老兄回去的是我。」
「關東煮可以吃個夠麼？」
「可以呀。怎麼了？好像好沒精神的樣子。」
弟弟的神色黯然。
「不曉得怎麼搞的，看著剛才的大晚霞，總覺得自己的所作所爲很丟臉。」他說：「只不過上學讀書嘛，就怕成這個樣子。」
「太好了。」我誇獎他：「弄淸楚自己的限度，等於發現新水準的眞實領域，這話由實、仙拿、和約翰・C・LL都說過。」
「由實——女歌星松谷任由實，我是曉得，其他兩個是誰啊？」
「你慢慢也要多知道一點這一類的事情才行。」

由於提到的這幾個人分屬不同的領域，只怕欠缺說服力，我只好以這話來含混帶過。沒有關係，這樣就行啦。

無論任何東西總得親自沉潛去獵取，才是最生猛的獵物。

八　歸途

「我們該回家啦。」

到高知來第七天的晚餐桌上，弟弟這樣地對我說。

當時我正準備用筷子去夾章魚生魚片，一聽這話，止不住電視劇裏的人物那般停住手底下的動作，愣了好半晌；我吃了一驚。

因爲這天我正在心裏嘀咕差不多該回去了。

我只費點時間思忖著該怎麼開這個口。

從弟弟的模樣看來，很可能毫不在意地說聲「好啊，我們回家好了」，也有可能一聽說要回家，頓時抓狂，哭鬧著不要回家。無論什麼情況，都絲毫不讓人感到奇怪。

實在看不透。

到此地來，每日觀賞著大海、夕陽、和早霞，悠閒度日，弟弟已經從前些時那種畏縮膽怯，氣色奇壞的孩子，判若兩人的蛻變爲一個活潑快樂的少年。

只是不管漫步海灘、到鬧區打小鋼珠贏了一大堆獎品笑不可支，或者夜晚在房間裏看電視、睡前關燈閱讀，保持沉默的時候，他都絕口不提學校和家裏的事情。
也從不說起我們何以來此的根本原因。
我弄不清他受到傷害的分量和程度。
也無法估測他要花上多少時間才能療好這些心靈上的傷痛。
所以他決定什麼都不說啦，想著，我也就不再去費心思，只管享受我的休假。甚至認爲一直這麼過下去也很不錯。
然而，任何事都有所謂的時機，它總是貿然出現；總是從你無從預測、料想不到的地方突然降臨。

白天，我們正在釣魚。
那種租來釣具的業餘性海釣。前番嚐試的時候釣到了不少小魚，於是食髓知味地捲土重來。
我們面向大海坐在堤防上。兩個人都沒有釣到半條魚。
風很強，海潮味兒撲鼻，混凝土堤防冰涼。
置身這種情況底下，人似乎自然而然地會擺出一張苦瓜臉。
弟弟同樣苦著臉，與我排排坐著垂釣。
天空微陰，彷彿隔著一層白紗可以透視那一邊的藍。
遠遠的腳下方，波浪轟隆轟隆的撞擊著堤防，然後將鮮奶油般細碎的泡沫鋪展到水面上。
尖尖的三角形微波，不停地閃爍盪漾。

我一下子望遍這些，心頭油然浮起一句話。

「該是時候了。」

我忽然厭倦於這良辰美景。

濤聲反覆作響，好似在傳達某種信息。

還是回家去的好、

該看的好像都已看到了。

就是這種感覺。

老弟也不知作何想法，想著轉臉望望他，依然愁眉苦臉的只管垂釣。

完全搞不清他在想什麼。

他可是在思考有關宇宙、學校、還是人生的事？是在聽海濤麼？抑或正在心裏嘀咕怎麼一條都釣不到呢？奇怪。完全搞不懂。

所以我沒有吭聲。

一想到要回家，東京那票人的面孔立刻浮上眼簾。母親、幹子、純子女士、榮子、店裏的同事。距離其實並不很長，感覺上卻好遙遠。順便也想起了龍一郎。

好想見他。

此刻也不曉得怎麼樣？

望著錨形防波水泥碇上面淡薄的夕暉，望著，望著，突然想見他想得要命。

不過，即使回去，也不見得能夠見到他。而一想到這個，想見而不得見這事忽然使得我惆悵不已，其實平日並沒有這種感覺。

就在這時，突然出現了一隻小漁船。原來那背後有個小港口，小船駛往那兒去停靠。只見漁船裏走出個老漁夫和八成是做女婿的（因爲不像他）小伙子。

不一會兒，那一老一少摟著漁網之類的各樣傢伙走過我們背後。

「釣得到麼？」

「完全釣不到。」

他們笑嘻嘻地問過來，我們就斬釘截鐵地回答過去，他們於是笑著送我們一條章魚。

我們欣喜若狂，連連道謝之後結束釣事。

倒不是說等要處理那條章魚，而是兩個人原就在等待罷釣的契機。

回到屋裏，把章魚做成生魚片，頭部則用來熬味噌湯。

如此這般，兩個人正在用章魚晚餐的時候，弟弟冒然提出到此地以來第一個「現實性」的意見，也難怪我會大吃一驚。

「怎麼這麼突然？」

我問，喝了口飄漾著海潮味兒的味噌湯。

「今天釣魚時候想到的——回家吧。再繼續待下去的話，就會回不成啦。」弟弟說。

了不起，我心想。他並不放過自己內心所遞送的小小信號。也不因爲害怕而逃避現實的故作不知。其實他大可不必這麼拚命的。

「不必勉強，我是待到什麼時候都無所謂。這裏要是玩膩了，要不要換個別的地方？地方有的是。」

「唔——。」

弟弟想了一會兒，然後說：「那末，還是先回去再說。不過，我有個請求。」

「什麼請求？說說看。」

「如果我又不對勁兒作怪的話，姊肯不肯像這樣再帶我出來散心？可不可以幫我去向媽好好說項？包括這次的事情。」

他以非常認眞的眼神望著我這麼說。

「這有什麼問題，我答應你。不管任何情況之下，我都可以帶你出來跑跑，直到你能夠四處獨闖的年歲。」

我繼續說：「好快樂，我們下次再來。就連我也很久沒有像這樣地舒展身心了。」

這天夜裏。

我和弟弟在黑暗的房間裏觀看悚慄電視。

道過晚安，關燈以後，我走進廚房想喝杯睡前酒，前兩天發現了一瓶也不知擱了有多少年的陳年威士忌。

我喝著喝著，終於打開了電視。

節目是「驚悚故事特集」，一海票藝人聚在一起大談自己的恐怖經驗。

由於太過可怕，禁不住一頭陷下去，又不敢單獨一個人待在那裏，遂把弟弟喚醒。由男一開始還抱怨我擾他清夢，不多會兒意也認眞地陷入電視裏，兩個人就像對傻瓜那樣愣坐黑暗中，再看一則，再看一則地耗下去。

「阿朔，妳有沒看過鬼魂？」

「沒有。」

「爲什麼演藝人員當中，看過鬼魂的人特別多？」

「哎，這倒是眞的。」

「媽是不是也沒見過？」

「我想沒有罷。對了，你記不記得眞由死的那天？」

「什麼事？」

「從醫院回到家裏來，也不曉得什麼緣故，櫥架上眞由從小拿當寶貝的那排木偶當中的一個，忽然掉下來跌壞了。」

「好可怕喔——。」

「是不是？」

「可你要說那是眞由，也不像是那回事呀。」

「鬼魂還是要至親才看得見不是？」

「嗯。」

本來很可以開燈的，我們卻只靠著電視發出的光亮聊天。恐怖的鬼話講著講著，背後就變得無依無靠的，整個身子僵直起來了。有人說講這一類的話時候，靈魂會在波動牽引之下很快的聚集而來，無論如何，這是最可怕的一種說法。

半夜一點鐘，壓軸的稻川淳二講起了他的悚慄經驗，我們的恐懼也推上了最高頂，兩個人都屏住氣息盯著畫面看。

驀地裏，門鈴叮咚一聲響了。

我不禁尖叫，弟弟則驚跳了起來。

人受到驚嚇眞會彈起來的。

「怎，怎麼一回事呀？」我緊緊地摟住弟弟，發出好沒出息的聲音：「這個時候誰會跑來這裏嘛？」

「我才想問呢。」弟弟的聲音倒是出乎意外地冷靜：「不過，說不定是……」

「說不定是什麼？」我問。

「不，不可能的。」

「人家都怕死了，不要說得好像有什麼弦外之音好不好！拜託。」

門鈴又響了一下。

一、是有人弄錯了房間。

二、醉鬼或者強盜。

三、靈魂。

我猜度著。而這樣三樣都是我討厭的。

可是有什麼辦法？不管怎麼樣，只好硬著頭皮走向玄關。這幢公寓屬自動上鎖，只要到玄關去，便可以從監視器上看到來訪者的面孔。

（之後所發生的事，當時只覺害怕，其實，與其說恐怖，毋寧說是非常的不可思議。那種感覺很好，也不悲傷，是日後才會明白其意義的事情。而我每憶及這事，就會因它所醞釀的幸福的預感而內心充滿了感動。）

膽戰心驚地望向門旁監視器的畫面，只見那兒站著一個女人。由於黑白畫面看不很清楚，可是想來想去還是個素昧平生的陌生人。她穿了身泛紅色的衣裳，個子嬌小，有張可愛的面孔。給人的感覺快樂、high、有一股獨特的親和力，分明是個陌生人，卻令人有一見如故之感。我想看清楚一點，畫面卻模糊成粉紅色。剛剛死心地想著「算了，看不到了」，那映像又變得清晰起來。好奇怪的氣氛。

那女人指指監視機，若有所言地咧嘴一笑。然後無聲地大動起嘴巴說了些什麼。

「啊？妳說什麼？再講一遍！」

明知不可能聽見，我還是忍不住這麼說。

她刻意清清楚楚地動起嘴巴重複了一遍。

由於「看」不懂她的意思，我焦急地皺起眉頭緊盯著畫面看，看著，看著，她躲開鏡頭，從監視機上消失不見了。

我一頭霧水地站在那裏好半天。

弟弟也過來了。

「剛剛……」

我剛開口，門鈴又響了。

弟弟大嚷：「是龍哥！」

「啊？」

我看看監視機。龍一郎確實在螢光幕上。怎麼會跑到這裏來？與這麼樣質疑的同時，不禁受到了一記沉重的打擊——他居然帶著女人上門來了。

不過，也不能怪他；我們已經有好久不見了，彼此曾經發生過什麼也是沒辦法的事。

碰到這種情形，我念頭轉變之快，簡直是個天才。新認知的空間總是貿然揷進來，和原先的融化在一起，看不出一絲接縫，也沒有任何矛盾。碰傷過頭部之後更是如此。

兒時母親說要帶我去逛百貨公司，卻因宿醉食言，我憤恨之餘哭了一整天，那幼小的我如今到哪兒去了？留下來過夜那天，捨不得與龍一郎分手，心裏好生悲哀，頭疼欲裂的強忍著眼淚走過飯店長廊的我呢？如今安在？

可憐見的。

然而，已經不在了。

一度曾經是「我」的那些女孩，此刻必定還在某一個世界的悲傷的空間裏。

我拿起聽筒招呼。

「龍一郎麼？」

「是啊，是我。」對講機裏傳來沉悶的聲音。

我按鈕打開一樓的大門。不一會兒腳步聲接近過來站到門前，只聽一聲「我來了。」

我取掉門鍊，開門。

「呀。」龍一郎通紅著臉招呼。

「喝酒了？」

除此以外可問的事多得是，但我還是這麼問他了。

「從飛機上就開始喝個不停了。」他說：「哇，由男長大啦。」

「嗯。」弟弟笑笑。

好奇怪的感覺。傍晚一心想見的人，此刻就在眼前，簡直比怪力亂神的鬼話還要脫離現實。

「咦？跟你一起來的人呢？」我問。

「什麼？什麼跟我一起來的人？」龍一郎不勝納悶地說：「沒有啊，我是單獨來的。」

「騙人，剛剛監視機上還照出來呢。一個女的，穿一身紅色系的衣服。」

「我不知道啊，哪有這麼個人？是我來之前出現的麼？」

「她前腳剛走，你後腳緊跟著就來了！」

「好可怕喔！」弟弟大嚷。

「我來之前一個人都沒有啊，眞的，不騙妳。」

「好——可怕，她還衝著我笑呢。」

「那八成是魂魄。」

「快不要再說了！」

「好可怕呀。」

「會是什麼?」

「好恐怖喔!」

那女的究竟是何許人?到底發生了什麼事?儘管仍在五里霧中,大夥兒總算安頓下來,準備喝咖啡。在現實的驚悚之前,電視已然失效,只成了用來提高工作效率的背景音樂。

想起了從前讀過的披頭藍儂遺孀小野洋子所講的話。

電視雖然像朋友,其實與牆壁差不了多少;因爲如若強盜闖入,屋主被殺,電視依舊若無其事地繼續播放下去……類似這樣的文章。

還眞有她的道理呢。你瞧,眼前這架電視剛才還在以它悚慄的波動統制我們和這屋裏的一切,此刻卻只成了隻無用的箱子。

「我們正想著明天要回家呢。」我說。

「啊?眞的?」龍一郎說:「我當你們還會待上一陣呢。一到大阪機場就打電話到妳家,妳母親出來接電話,說妳帶弟弟流浪去了。我就心想,不趁現在抓住的話,恐怕會見不到啦。」

「又在胡說八道……。」

「我從機場直接趕到這裏來。先到此地一家熟人的店露個臉,不想就喝起來了,弄得這麼晚才趕到這兒來。對不起,攪擾你們啦。」

「倒是個絕妙的好時機啊,來得好。」我說。

弟弟跟著頷首附和。

這麼說，剛才那女的會是誰呢？我又想著。那個使人懷念的……遙遠的、認識而曾經見過的……倩影。我雖然從未見過鬼魂，卻也認爲我的腦子極有可能從我記憶的狹縫裏編織出一個錯誤的映像……。那個人應該是我認識的一個女子，只不過從我的記憶裏消失而已，而我現在應該記起她才對……想著，我絞盡腦汁試圖想起那女子，還是沒用，只得死心。

有什麼辦法？誰教她現在不在場。

無論如何，三更半夜能夠見到久別重逢的知友，心情還是非常愉快。

簡直跟過年一樣。

「既然這樣，我也明天就回去算了。」龍一郎說：「朋友也見到了，行啦。搭傍晚那班飛機如何？一起回去好不好？」

「嗯，我們反正也不急。」我說。

天各一方的時候想都沒有想起過的人，一聽說要同機回去，居然高興得亢奮莫名。

然而，一想到龍一郎這個人在這世界上多的是朋友，連高知這種地方都有，我只不過是其中之一，心窩裏不禁一陣酸楚。對他而言，我不過是可以更換的一張卡片、日新月異的風景之一、於遙遠的天邊想起的憧憬、乃至隆冬裏腦子裏所描繪的仲夏海濱，如是而已。

這使我感到有點寂寞和惆悵。

「龍哥，你到過哪些地方？」弟弟問。

「這些時一直待在夏威夷，之後是塞班島。我有個朋友在那兒經營有關潛水活動的休閒事業，我幫了他一陣，執照也拿到了。」

「南太平洋那邊眞好。」我說。

「可是食物太差了，雖然慢慢兒也能習慣。好久沒吃鰹魚醬，剛才一吃，之好吃的，我以爲自己快瘋掉了。」

「你做好多事情喔。」弟弟說。

「你也可以做呀。」這是龍一郎說的。

「可是我的情況不對勁兒……簡直不知道自己到底想做什麼。剛才我就曉得龍哥會來：因爲白天釣魚時候，龍哥的臉一次又一次的出現眼前。碰到這種情形，我就搞不清是自己想見你呢？還是意味著就是不說出來，馬上也能見到了，眞的，什麼都糊里糊塗的。」

「你說老是浮現眼前，該不會是章魚的臉罷？」

聽我這麼說，弟弟也不肯笑。

他或許是出乎撒嬌撒的謊，也有可能是眞的。剛才門鈴響的時候，他確是講了句「不過，說不定是……」。也許誠如他本人所言，這些全混雜在一起把他弄混亂了，我覺得這一點似乎是最眞實的。

那末，龍一郎又作何想法？我看看他。

他臉上交織著錯綜複雜的表情——觀察與好奇、相信、以及試著去懷疑的一種精密。

而這副表情背後，仍舊一如往常那樣地透露著一股明亮的感覺，彷彿在告訴你：「其實，所有的一切我都明白。」這是他特有的味道。

我就喜歡透過龍一郎來確定一些事情。

這可以使我放心。

他如能經常守在身邊，任由我像這樣地確定這那就輕鬆多了。

關於這個角色，在我心目中，他可是具有獨一無二的地位。

由他的一句話，我便能夠安心的認爲弟弟不過是該變成這樣的時候變成這樣而已，沒什麼好擔心的。

「不管這樣也好，那樣也好，又有什麼關係？」龍一郎說：「我告訴你，像你我這樣老愛動腦筋怪念頭一大堆的傢伙，腦筋太發達，如果不聽一聽肢體的語言，恐怕會落得身心分離，那可就慘啦。你明白麼？」

「好像能夠明白。」

由男點點頭。

龍一郎繼續說：「像我，用腦筋是職業，所以調整身心是件大事。不過，你不能用想的。說得極端一點，哪怕跑一跑、游游水都好，你必須調整到說做就動動四肢毫不遲疑地去做現在想做的事情，否則腦筋會過熱燒壞掉，變得沒辦法休息。你往後的人生怕也是坎坷的時候比較多，不過，只要抓住竅門，總會有辦法。還有，說不定會有各種各樣的人給你各種各樣的意見，可我告訴你，除了誠心誠意把自己親身體驗過的提供你以外，其他傢伙的話一概不要相信，哪怕他講的多有道理、好像有多了解你。這種人因爲沒有吃過苦，不知道命運的坎坷，所以什麼瞎話都說得出口。哪個人在用眞正的聲音說話？哪個人又是用他所體驗的分量在進言？你的直覺才眞該用在這種問題上，這關係你的死活；因爲你不像別人，你沒辦法拿當遊戲來用腦筋。」

「我沒有自信。」弟弟說。

「會有的。」龍一郎笑：「我就有了呀。」

弟弟一副不安的神情。

想必他內心一定在懷疑「也許這傢伙吃的苦並沒有我多」。不過，這也未嘗不是好事，只覺在如此這般相比較啦、不屑與蔑視啦、乃至出乎意外的不敵啦種種作爲當中，總有那麼一瞬，他必能一窺陽光照射之下閃亮了一下的自身的輪廓。

龍一郎也是一副「我明白，隨你怎麼想好了」的面孔，管你會未卜先知，還是召來飛碟，總之在他龍一郎面前，弟弟只有完全認輸的份兒了。弟弟八成也明白這一點，只是不知道該把自己的自信設定在什麼地方而已；因爲目前的他最有把握的一面正在困擾著他。

至於我，只有一面聽兩個男生的對話，一面心想：可是，咱們由男要是現在打起電動玩具來，才不會輸給你呢。對了，小傢伙要是擁有幾樣類似這種足以解除壓力的特技，心情上也許可以輕鬆一點。一個小男孩恐怕還眞需要個爸爸呢。——這便是我的位置所在。

九　家傳秘訣

好久沒有跟母親一起到百貨公司來了。

母親買起東西來，爽快而非常男性化。她總是有目的才會到百貨公司來。從不迷惑。她或是一眼看上的，可以興之所至立刻買下，不乾乾脆脆買下的，則碰也不碰。

任何事物她想要的永遠是固定的那幾樣，教人忍不住懷疑她的視野是否受到了限制。你在一旁看著，心情著實爽快。你會覺得即或省卻了某些什麼也沒有關係。我不大能夠確定那「某些什麼」究竟是什麼。或許是作爲一個人無可奈何的處置和判斷啦、無謂的愁煩難眠之夜啦、無可挽回的遷怒啦、因愛生恨的惡意啦、妒意引起的痛心啦、以及毀壞性的去渴求的精神啦，類似這樣的種種。

不，母親身心裏顯然存在著過剩的東西。她是如何處理那些的？我常常弄不清，可是又好像能夠了解。她並不假藉「瞎拼」——購物或者無理的情緒發作來排遣。那末，到底是什麼？

我猜那是「順利」二字。

即使事情進行得不順當，她也要抬頭挺胸，張大眼睛，釀造事事順利的氣氛，從中硬把「順利」拖向自己這邊。我見識過好多次母親那漂亮的手腕和堅強的意志力。

那是模仿不來的。

每次來百貨公司，我要不是見什麼要什麼，就是什麼都不想要，只當奢華美麗的風景一路瀏覽那些陳列櫃。今天是突然應邀而來的，本來什麼都不想要，只因母親表示願意送我西裝外套作爲替她提東西的酬謝，我就跟了來買了。大方而從不勉強別人附和她的嗜好，這個時候的母親是最快樂不過了。

臨回家，母親喝著咖啡開口了。

「怎麼樣，高知這一趟？」

「沒什麼，只是跑去休息休息腦子罷了。」我說。

「從高知回來以後，由男忽然又開始上學了，我在想不曉得是什麼樣的一種心情變化呢。」

母親微笑著看看我。

她用那麼雙大眼睛，那麼樣平常地直視你，在太過坦白的這兩道視線照射之下，你想關上心門也難。哪怕再怎麼發牢騷，或者陷入悲傷漩渦裏的時候，也只有這雙透明得出奇的眼眸永遠不變。

眞由是不是也有這麼雙眼睛？

說實在的，目前還有個記憶不甚清楚，那就是每回記起眞由，她要不是在笑，便是有雙和母親同樣透明的眼眸。

想必我也經常用這副冒失無禮的眼神去盯視人家，而且強行解放別人或是硬逼著他們坦白誠實。這種眼神不定能夠喚起別人惶惑與情愛交織而成的一絲莫名所以的懷念之情。

正如我此刻的心境。

「他也許眞的需要一個父親。」我說。

「爲什麼?」母親問。

平常日子午後的百貨公司。可以俯瞰外邊的咖啡廳很是空曠。我喝又濃又熱的印度式奶茶，母親則飲意大利式濃咖啡。映入眼簾的一切都漾滿了初夏那份炫眼奪目，且生氣勃勃。人們裸露的臂膀、風裏搖曳的羣樹那一片綠、葉尖上閃亮跳動的陽光、空氣的氣息，一切的一切都不再靜止。

「小傢伙好像非常喜歡龍一郎。他是聽了龍一郎一番話，考慮過之後，才又決定回學校去的。」我說:「我們可是很難像龍一郎那樣的去挑撥他。一屋子四個女人全拿他當玩具哄大的不是麼?」

「喲——，才不是呢。因爲龍一郎是局外人，才能夠那樣。」

母親斬釘截鐵地斷言。

「外人要做好人還不容易麼?既看不到小傢伙撒嬌撒賴鬧彆扭，又沒有實際照顧他。小龍還不是一樣，他們現在的距離最恰當不過了;小傢伙需要的是現在這種感覺。分開兩地的話，龍一郎可以是他的支柱、他心目中的英雄，可是再棒再了不起的男人一旦變成老爸住在一起，由男只怕就會盡挑人家毛病，不把他放在眼裏啦。小傢伙現在給人的感覺就是這樣。」

「說的也是。」我說。

「可不是麼?」

母親笑著燃起一枝香菸。

「那就應該沒什麼問題了。」我說：「我們玩得很快樂，海也非常美。」

「依我看來，兩個人合夥起來努力了半天，總算穩穩當當有了個恰到好處的效果了。」母親說。

「妳說我和由男？」我禁不住問道。

「是啊。」

母親笑笑。

「我和小學生等級？」

「不，我不是這個意思。我是說你們倆某些地方都有點過了頭。眞由也有這種過了頭的地方，可她尋常之處也很不少，如果跟別人在一起就死不了。偏偏碰上小龍，用過了頭的部分勉強去跟他交往，末了就只好走上絕路啦。我並沒有怪怨小龍的意思，只是有這麼個想法。其實，依我的感覺，小龍反倒比較適合妳；妳這人對自己與生俱來的東西倒是滿不在乎的。」

「我好像能夠了解。」我說。

「我想，由男需要的是力與愛。」母親說。

「愛？」

記得上一回純子女士也說過類似的話。

「妳這孩子就是太愛搬弄道理。思慮得太多了。這樣只會東闖西竄錯失時機，徒然消耗生機。妳只要穩如泰山地盤坐在那裏，美麗的、壓倒性的發出懾人的光輝就行了。所謂的愛，既不是甜言蜜語，也不是什麼理想，就只是指著那種野生的模樣而言。」

「媽指的可是可能惹那些女權主義者生氣的意思？」

「母親」實在是很不會解說；不擅言詞。她經常以只有她自己才懂的這種措詞說話。

「不是的，妳這人眞是的，完全不懂我講的！」

母親繼續解釋：「我指的是一個人能夠爲自己和別人所做的事。那就是愛，不是麼？能夠相信到何種程度，不是麼？可比起想一想或者談一談，實踐起來那就難得太多了。妳不知道要花費多大的精力，有多教人操心和不安。」

「換句話說，所謂的愛，就是顯示某種情況的記號囉？」

「妳倒是形容得眞好。」

母親笑了。

這才我感覺到總算觸及了她的心意。

母親又繼續說：「看著你們姊弟倆，總覺得心思不夠集中，好像停滯下來的時候比較多。我常常忍不住心想，管他這麼多幹嗎，只要橫衝直撞勇往直前地活下去不就結了麼？」

「媽，妳也拿這話去跟由男說嘛。」

聽我這麼說，母親遂問道：「好像揭謎底一樣，不嫌太淺薄麼？」

「才不會呢，小傢伙很希望媽關心他。」我說：「原來媽媽也有媽媽的想法。」

當然啊，我這人看起來好像什麼心思都不肯花是不是？母親得意洋洋地笑著。

母親於是迅速地付諸實行。

這天，晚飯吃到一半，弟弟回來了。正在用餐的是母親、我、和純子女士。弟弟揹了個黑色背包，還穿了條短褲，眞就像個小學生呢，我止不住心想。而且心有點浮浮的；這種場面硬是充滿了勃勃生氣，撩得人禁不住變得興高采烈。

弟弟一面吃炸蝦，一面看電視。一副若無其事的模樣。彷彿有意將企圖強行闖入的什麼，豪邁的關到門外去。

這時，母親突然發話了。

「由男，好不好吃？有沒有好好兒吃出食物的味道？」

弟弟一副莫名所以的樣子。

他說：「嗯，好吃呀。這玩意兒是純子阿姨炸的麼？」

「不，不是的。是我從伊勢丹百貨地下室買回來的。」我說。

「我就是不會油炸東西；怕被熱油迸到，多數時候總是還沒有炸熟就撈起來，之後才叫麻煩。」

由於純子女士這一番牛頭不對馬嘴的分辯，四周倒也漾起了幾近天倫樂的氣味。猶如空氣中偶爾滲進了秋日金木犀的幽香，輕淡卻也確實，久違了的一絲甜蜜。

「那末，媽再向你個問題。你早晨起床時候快不快樂？每天過得可愉快？晚上睡覺時候呢？心情舒不舒坦？」

「唔——，還好罷。晚上嘛，已經精疲力竭……。」

有如在接受心理測驗那樣，弟弟一本正經地回答著。

「有個朋友迎面走過來。你感到高興麼？還是覺得麻煩？你對眼前所看到的風景有沒有感覺？可曾看到心裏去？音樂呢？想像一下別的國家，想不想去？會不會很興奮？還是嫌麻煩？」

母親簡直就是在舞台上演戲，她像冥想的錄音帶那樣巧妙地發問。我有些訝異；那種感覺很奇妙，一閉上眼睛，你彷彿眞就看到了朋友迎面而來，或是從未見過的國度；母親的聲音就有這麼鮮活、這麼深沉。

大夥兒全隨著母親的問題，認眞地思考著。

「你快樂的期盼明天麼？三天之後呢？將來如何？振奮？還是憂鬱？現在呢？順不順利？對自己感到滿意麼？」

「目前好像都不成問題。」弟弟說。

我是差強人意。

純子女士也表示「還算可以」。

她接著問母親：「由紀，妳這是什麼名堂？是哪本書上刊載的麼？」

「這個嘛，」母親用那雙大眼睛望著弟弟笑笑：「這是我爺爺，也就是你們公太教我的人生秘訣，一種檢驗法。」

「公太用檢驗法這個名詞來表現了？」我驚訝地問道。

「不，不是的。」母親說：「他是用了秘訣兩個字沒錯。你知道我們家在鄉下開日式糕點店罷？公太拚命努力，不停地研發出精巧美味的點心，口碑之好，不僅門前永遠排長龍，還有特地從東北地方趕來買的呢。公太是個非常開朗的人，使得身邊的人都受到感染，個個變得精神抖擻。他愛妻兒孫輩，一直工作到九十歲，也沒有變痴呆，始終保持他一貫的魅力，到九十五高齡才無病無痛的壽終正寢，是個相當了不起的好人。小時候，公太就教給我們這個秘訣，而且要我們也傳授給自己的小孩。他還提醒我們說傳授時候有一點要特別注意，這一點務必好好兒遵守傳授才有意義。」

「哪一點？」弟弟熱切地問道。

「公太傳授時候，要我們好好兒地看他眼睛。他要我們好生記住他的音調和屋子裏的氣氛，說：『有朝一日當你們要把這秘訣傳授給心目中頂頂重要的人時候，你們的眼神、你們的聲音裏的自信要是有那麼一點不如我現在這麼有把握，或者屋子裏的氣氛有那麼一點不如現在融洽的話，那還是不要開口的好。要傳授的並不是話語本身，要緊的是要把我現在的靈魂狀態一股腦兒傳達給對方，所以，只有在跟此時此刻相同或者更佳的情況之下才能說。』我就仔細地作了觀察。全家人都在場；我的爺爺奶奶、父母、我、妹妹、還有兩個弟弟。屋子裏好像充滿了力量。很明亮、也很溫暖。當時糕點鋪子開始有點走下坡，可也不算嚴重。那是晚飯後一家人聚在一起談天休息的時候。公太說話的當兒，眼神比平日更加炯炯有神，音調也深沉得多。讓我們覺得只要有他老人家頂著，天塌下來也沒有關係。我告訴自己，我一定要把這整個的感覺牢牢記在心裏。不像看過聽過就忘的一些言詞呀、順序呀什麼的，我要把這天晚上的一切緊緊的鎖進心中，絕不要隨便掏出來，而且務必好好的保持新鮮。剛才想起這個，我就掏出珍藏多年的寶貝來啦。我跟自己說：今天來講講看罷。做得夠不夠好我沒把握，不過，應該沒問題罷。」母親說。

「是不是碰到困難時候，拿這個自問自答就行了？」我問。

「對對，可是千萬不能騙自己喔。即使回答『不行』、『不對』、『麻煩死了』也沒關係。每天臨睡之前閉上眼睛『認眞』的問問自己。哪怕連續幾天答案都是否定的，也還得繼續問下去，這麼一來，那種普通的勇氣就能夠逐漸形成某種核心。聽起來有點像宗教信仰，可人生在世，不定也需要這麼一樣東西呢。」

母親又說：「不過我想，並不是單單每天問問自己就好；不停地在問這事使你安了心，以至整體的水平降落得再多也沒有發覺。這麼一來，你就是用陰沉的聲音一個勁兒地告訴自己『放心、沒問題、不會有什麼問題』也沒用。人根本騙不了自己。我家是弟兄姊妹一共四個，也不曉得是這個緣故還是爺爺奶奶教導有方，雖然其中有公司倒閉的，也有離婚的，可都個個生機勃勃沒有垮掉。」

「眞是佳話哪。」純子女士說。

一個家族的家傳秘訣，從古遠的先祖代代相傳到了祖父身上，再從祖父而兒女、孫輩、曾孫……一路承傳下去，簡直跟印地安人一樣嘛，我想。做夢也沒有想到我家竟然有這種寶貝。不過，總覺得在剛才以一番口訣聽說之前，母親似乎早已一直經由氣氛，身體力行的將此秘訣傳授給我們。

「眞由沒能聽到這話，是不是？」我說。

眞由沒能覺察到母親所表達出來的信息。

「嗯……，這件事我也忘了好多年，直到剛才跟朔美在百貨公司聊天以前。」

母親的神情有點悲傷。

「倒是幹子那傢伙，怎麼好端端的不在場？又不是有什麼特別事兒。」

我留意到餐桌上少了個幹子。

「哈，給放鴿子啦！」

弟弟笑了。

「傻瓜，這個時候不定在哪兒喝得不亦樂乎呢。」

「眞可惜，錯過了這麼寶貴的話。」母親說：「一百年之內只怕聽不到囉。」

「好呆喔。」

大家都笑了。好快樂。眞喜歡家人。

充滿了夏日氣勢的湛藍湛藍的天空，這麼樣的藍得懾人。好耀眼，四周全顯得閃亮輝燦。這樣日子持續幾天之後，眞正的暑熱即將來臨。是我喜歡的季節。

這天，我同著龍一郎去看翻車魚。

「你出國期間，那邊的水族館來了翻車魚，你知道麼？」

一聽我得意洋洋地這麼說，他好羨慕，立刻說想去看。我雖已去過好幾回，還是陪他前往。

由於不是假日，水族館沒什麼遊人。

水槽安裝室外，相當大，翻車魚慢條斯理地游來游去。從這兒可以看到天空，又能夠俯瞰市鎭，心情變得雍容大度起來。

我眞的來過好幾回。

碰傷了頭住院回來，龍一郎也走了，剛才恢復日常生活的時候。冬日已經降臨。人雖然置身日常生活當中，記不起來的事情卻很多。去年的舊事、母親熟人的朋友的笑話、正在尋找我所熟悉的開瓶起子，就有人遞過來一把見也沒見過的新起子，說什麼「妳前年不是換過新的了麼？在○○堂買的」。你根本沒料到這個。明明不知道，卻又得陪笑著假裝知道。類似的狀況接二連三的發生，令我惆悵不已，總覺得與大夥兒脫節了，成了化外之民。

而翻車魚太好了。

奇異的形狀、奇怪的節拍，動不動就碰壁，跟目前的我這人一樣。儘管並不急促，卻是盲目地橫衝直撞。我時常獨自兀立翻車魚的水槽之前。轉一圈水族館，也看過海豹，最後來到翻車魚面前，滿心歡喜地呆望著久久、久久，時間之長，連自己都覺驚訝。

因此，翻車魚格外令人懷念。

那當兒想都沒有想過有朝一日，在這暖和的天空底下，會與龍一郎相偕到這裏來。

翻車魚白花花的，慢慢地游著。與從前毫無兩樣，只管平靜地游來游去。不過，或許是出於心理作用，總覺得比那個時候顯得更加地悠遊而溫柔。眼神看起來也很快樂。

是我這人改變了。

原來我從前始終透過孤獨和不安在看牠。

而今情況不同了，季節也不是冬天。

「好愚蠢的生物呀。」龍一郎說：「妳眞是看不厭啊。」

「可不是麼？」

我把常到這兒來的事情說給他聽。

「原來是重生的秘訣。」他說。

這人眞是形容得好，我想。

時間在日光照耀之下緩慢的流淌過去，與翻車魚游動的速度相彷彿。龍一郎始終令我放心。他與別的人不同，無論置身任何次元，也絕不做我無法理解的事。即或他殺了人，殺的又是我很親近的人，只怕歸根究底我還是能夠諒解他。

這無關乎道理，而是他那個人所擁有的氣氛。

眞由也不知作何想法？

只是她永遠獨居一方，且心版上從不曾映過任何人的影子。因而龍一郎也拿她無可如何。然而此刻，我倆卻在這兒茫然地凝望著水槽，茫然到眼看著就要張開嘴巴。

我能感覺到有一股溫熱的什麼，自心底裏油然而生；蒸氣一般漂漾在我倆之間的一種跡象。

「我想過，」他說：「我好像老早就愛上妳啦。」

四周別無他人，只有翻車魚在聽。

我沒有作聲。突然之間一切都變得咫尺可見，大廈、欄干、我自己的手。這正是戀愛的視覺。

「眞由走了以後，我決定出國雲遊。孤孤單單一個人實在沒什麼意思。一直在心中的某一角想像著和妳同行。當東西被偷，被人冷眼相待，或者在旅館房間裏看外語發音的電視，忽然感到寂寞欲狂的時候，所能想到的也只有妳這個人。這正是我能繼續旅遊下去的最終秘密。這一點越來越清楚了。有朝一日我要回國去找妳，一想到這個，我就能夠撐過這一天。在我心目中，妳的比重越來越大，尤其上回有過那種關係以後，越發地變成戀情了。」

「碰傷頭部以前妳就愛上我了麼?」我問。

這種時候就能曉得自己還是滿在意這些。

「受傷之前的妳，好像只存在我心裏;有過眞由那椿事故，總覺得不可能順利進展。」

他繼續說:「不過，有些什麼變了。不曉得是我這邊歷經風霜受到了錘鍊，還是妳碰傷過腦袋以後發生過什麼，總之上回見到妳的時候，只覺生機勃勃、又坦坦蕩蕩的，和以前完全不同，有一股新鮮味兒。可我認爲那只是我從本來的妳身上感覺到的那種近乎靈魂的什麼，流露到外表來罷了。某種什麼有了改變，於是一種快樂的什麼也隨著產生——你我之間的關係似乎能夠順利的發展了。這是挺微妙的，並不是什麼浪漫的事情，如果我們還是維持原狀的話，恐怕我這輩子只能拿妳當心靈的支柱。沒想到我出國旅遊，妳碰傷了腦袋，使得事情有了改變，而且是令人驚喜的改變法。妳是不是覺得我這人太過能言善道了?」

我爲難地看著那些翻車魚。這麼一來，這干傢伙甚至顯得嘻皮笑臉的，令我備覺不好意思。

「伶牙俐齒的印象倒是沒有，只覺得你太過明白。」我說:「毋寧說我能夠強烈的感受到你想把自己的心意傳達給我的那股子熱情。」

「我又沒有要妳爲我修改。」

他說著哇啦哇啦大笑。

「那末，你我索性一塊兒出遠門一趟吧。」我說:「日本也好，國外也好，哪兒都可以，我們一起去，然後來確定一下彼此。我不想做你返航時候的港口，也不願成爲你旅途中所思念的夢中佳人，那可是虛假得使人發毛。倒不如兩個人一起眞正到什麼地方去，確定一下兩個人在一塊兒會有什麼樣的快樂。」

「嗯，好啊。我們就到哪兒去吧。」

龍一郎看著我繼續說：「下個月我就要到塞班島的一個朋友那兒去。怎麼樣？時間是不是太趕？」

「不，一點也不匆促。我要去，我想去。」我笑了：「好快樂喔。」

「欸，眞的好快樂。」他說。

黃昏悄悄地挨近街頭。夕陽摻上淡淡的橘紅，西天的雲彩明亮的輝燦起來了。

我執起他搭在欄干上的手，他緊緊地回握。那是我熟悉的，乾爽而溫暖；原來我倆之間還有觸覺的存在呢，我領略到這一點。想起來了。我凝望著游過眼前的翻車魚身上那光滑的白，好想摸一摸。

同時心想：但願萬事萬物都經過接觸之後再作確定。

一〇　半死的人

眺望窗外白晝光亮炫眼的雲海，心情上很是奇妙。如果有人說近來所發生的一切都是夢，我必能了解。而一經這麼想，就覺得以往任何時候所發生的事情都如夢一般的遙遠而縹緲。

總之，不覺間事情一路進行下去，此刻我已置身飛往塞班島的機艙裏。由於發狠心訂了商務艙，所佔空間大得驚人。上午起得早，人還有點瞌睡懵懂的，爲了要叫自己清醒過來，遂開大了耳機的音量聽饒舌歌，一面看書，我不希望睡夢中抵達目的地，那就沒意思了。書是把袖扣與勞士萊斯轎車一視同仁，拿當孩童的寶物收集而成的聖徒傳記，趣味盎然，而且悲傷。

所有的一切都與「此時此刻」的感覺密切的貼合。無奈講了半天，還是沒法將我——已因機上供應的啤酒而喝醉——此刻這種極其神奇的解放感解釋清楚。

鄰座就是龍一郎。

他把座位盡量放倒，睡著了。

他有我弟弟那種睫毛。

像這樣，心愛的人的睡容看起來全然一個樣兒，有一絲遙遠而又寂寞的感覺。他們留下森林裏睡美人的影子，在我沒能參與的世界裏徬徨。
背後的座位上有個新朋友。
名字叫做小住君，就要跟我們一起到塞班島去。
小住君是個很特別的人。有生以來，無論在電視中、書本上都不曾遇見這種人。
兩個禮拜之前，龍一郎打了個電話到我打工的「貝里茲」。
他說：「在塞班島照顧過我的傢伙到東京來了。我今晚帶他到妳們店裏去。」
嘴裏說著可以啊，心裏卻在想：眞痲煩。這陣子本就常常賴班，又聽說準備跑一趟塞班島，店老闆到底有點煩了，變得怪冷淡的，而我一聽說小住君定居塞班島，在當地賣三明治和經營水上活動用具出租店，先就有了偏見。肯定曬成黑鬼一樣。喜歡潛水，尤其愛夥著一票人吃喝玩樂，鐵是這麼樣的一個傢伙，眞討厭……。不過，潛水這玩意嘛，似乎還可以試一試。我這還是第一次去塞班島，又是同著龍一郎一塊兒前往，所以滿心歡喜地期盼著。管他周遭的人怎麼說，管他打工的店那邊要請多少天假，我內心的喜樂還是絲毫不減。
我自管興致勃勃地沉醉於情網裏。
我對母親說：「我打算到塞班島去玩幾天，家裏要不要緊？」
「沒問題，放心。塞班島不是近在咫尺麼？」
母親接下去笑著問道：「準備跟誰一起去？」

「龍一郎。」
聽我這麼說，母親表示驚訝：「唉呀呀，眞是的。」接著笑笑：「可別尋短見啊。」
我也告知了弟弟。
「我打算跟龍一郎到塞班島去，你要不要一塊兒走？」
「唔——，想是很想去……」
他眞個長考了好半天，這才說：「還是留在這裏拚一陣再說罷。」
「你要是想離家出走的時候就給我電話，我可以隨時接你過去。」
「我不會打國際電話呀。」
「我教你。只須用日本話就行了。」
我教他怎麼打，並且將打法仔細地寫在紙上。
不料，弟弟一刀刺進我心底裏來：「不過，阿朔，妳是眞的愛上他了麼？還是只不過情勢使然？」
「嗯——，你怎麼會有這種想法？」
「因爲媽一跌入情網，總是天天出去，我看阿朔還是在家的時候比較多。」
「欸——，也許罷。」我說。
「命裏注定的麼？」弟弟問。
「也不是什麼命定的愛情，該說是命裏注定非捲進去不可……就是這種感覺罷。」

「對極了！我要講的正是這個！」

弟弟歡喜萬分地叫嚷著。

我弄不清楚他這是身為弟弟所表現出來的妒嫉之情，還是屬乎未卜先知者的言詞。

沒錯，此番戀情給我的感覺是那麼樣鎧亮得特殊（正如那天看到的幽浮），彷彿為了要躍向不同的命運，兩個人不得不成雙成對。

往後的事先且不管，此刻如不手牽手一起飛翔，就會與這瞬息萬變的人生失散而迷失。

那就像發明大賽上常見的那種笨拙的「自動開門機」。手底下滾出去的保齡球打翻水桶，流出的水起動水車……經過很幾道手續之後，門開了。

誠如颳大風，賣桶子的就發財、一個人可以靠著稻稈致富一樣。

人與人連結在一起，卻是軟弱無力。然而，看似無力，卻是無所不能。

你與某種力量一面對壘一面跳躍。即或失手也不至於死，身體裏面卻有什麼閃閃發亮地指示你「不對」、「喏，現在，快！」、「不對，不是那邊。」你抑制不住，只得繼續跳躍。

這天晚上，由龍一郎帶到店裏來的小住君，遠遠超過我幼稚的想像——居住塞班島的黝黑而又生性快活的傢伙——，是個大大出乎意外的人。

別說黑不黑的，根本就缺乏色素；透明的茶色眼眸和頭髮。白化病患。

「唉呀呀。」我在心底裏暗叫一聲。

「這位是小住君。小住君，這是朔美。」

「請多關照。」小住君笑笑。

好雍容大氣的笑容。一張臉儘管月白，但那份闊達仍能使人感受到南國的天空。

店裏沒有其他顧客。

店老闆驚訝於久別重逢的龍一郎，便與他捉對兒交談了起來。

這麼一來，我就只好與小住君面面相對了。

「我塞班島上有個太太。」

他突然冒出這麼一句。

哎哎，何必說這話，我再怎麼也不會動男友朋友的念頭啊，想是這麼想，我嘴裏還是應道：「哦。」

可我好像把他的意思搞錯了，因爲他接著笑笑說：「相信她鐵能夠和朔美小姐處得很好。」

「她是當地的人麼？」

「不，是日本人。名字叫做挨壓子。」

「挨壓子？哇噻！」

雖是初次謀面，我卻衝著人家發出冒失的驚呼。挨壓子，千人壓萬人壓的傢伙，不就是「公共廁所」之意麼？哪家父母會給自己的女兒取這麼個缺德的名字！

「所有的人一聽到她名字都會大吃一驚；她的父母實在很過分。」

小住君有如要回答我的疑問那樣繼續說：「我來簡單地介紹一下她的身世。她母親是個酒精中毒的酒鬼，生下她的第三年就跌死。她本來就是母親在外邊跟個萍水相逢的男人有了她的。做父親的火透了，氣沖沖地跑到區公所去，背著老婆給女兒申報了這麼個名字。」

「眞的?!」

「她父親又是個不務正業的無賴，母親死後壓根兒沒能力撫養她，她只好給送進乳嬰院，再轉到孤兒院，十六歲那年跟了個男人到塞班島去。在那島上，挨壓子這個字眼兒並不具任何意義，她心情上一輕鬆，索性眞的以『挨壓』——靠原始本錢爲生啦。」

「哦。」

在我看來，臉上始終掛著笑容，淡然而談的他，著實不可思議，他那沙啞的聲音也是同樣的不可思議。

「不過，自從遇見我以後，我太太好像找到了個天職。她有個異稟。」

「什麼異稟？」我問。

「她是在不受歡迎的情況之下來到這個人世的；據她說，在母親肚子裏她就一直感覺到母親在恨她。可是她只是個胎兒，又不能逃到別的地方去。旣然臍帶相連，你就是不想聽、不想感受，也只好繼續感覺下去。這種悲哀和一心想逃離的渴望，於是產生了她與他人的交流。」

「他人？」

「靈魂。」他斬釘截鐵地回答。

啊——啊，又來啦，眞是糟糕，我心想。

「在塞班島上，她不再做摟抱男人的行業，她現在從事的是安慰靈魂的天職；她用歌聲來超渡和祭拜靈魂。」

「她唱歌？」

「是的。請妳務必去聽聽她唱歌。」

小住君也不知有多自豪地說。

「塞班島那種地方應該有很多靈魂罷？」我問。

「沒錯，要多少有多少。失陪一下。」

他上洗手間去了。

龍一郎轉過臉來說：「你們好像談得滿投機嘛。」

「好特別的一個人喔。」我說。

「不過，基本上他說的都是眞話。」

龍一郎既然這麼說，就不會是假的了，我想。

然而，再來會演變成怎麼樣？因爲事情太過蹊蹺，根本無從知曉。

臨走，我對小住君說：「問候你太太。不過，我眞的能夠同那麼神奇、那麼厲害的人和睦相處麼？」

「沒問題的，我敢保證。」他說。

是個有月亮的晚上，道路很亮。他那雙顏色輕淡的眼睛透亮而乾淨美好。我明白過來了；他特殊的地方不在膚色或者言詞，而是裹住他整個人的一種氣氛。近乎月夜的海濱、或者白晝的墳場那種空氣的味道。那是光與死共存的一種混沌的氣息。他正是這麼樣的一個人，而我是生平第一次碰到這種人。

文字模糊不清，饒舌歌遠遠的鳴響著。原來我開始迷迷糊糊地打起盹來。

當機身一個搖晃，把我驚醒過來的刹那，「榮子」躍進我腦海裏來了。那種氣味、畫面、感觸，所有的資訊瞬息之間排山倒海洶湧而來。

慌亂之餘，我坐立不安，變得暈頭轉向的。飛機隨即恢復平穩，我的心悸卻久久不肯平復。

剛才跳進腦海裏來的榮子的眼睛、頭髮、背影、以及聲音，片斷的、整體的。還有接二連三跳進來的有關我倆的回憶。這一切是這麼樣鮮活，這麼樣尖銳地殘留著。我無法靜靜地待在座位上，於是無謂地跑到洗手間去。

置身銀色的小室裏，我調了調氣息。

在《閃亮》的原作裏有這麼個場面。男主角——一個少年遇險，情急之下，讓自己的意念飛越時空去求助。可是榮子呼求我了？心靈感應？榮子出了什麼事麼？

不一會兒，情緒平靜了下來。一到了那邊就來打個電話罷，我告訴自己。剛才眞個慌亂得想都想不起要採取這麼個具體的方法。

走出洗手間返回座位，龍一郎已經醒來。

「馬上就到了。」他笑著告訴我。

要求扣上安全帶的指示燈亮了，擴音機隨著播報。窗外遠遠的下方，可見陽光普照的綠色島嶼。那麼樣鮮明得宛若照片。大海是深藍淡藍的濃淡色氣，波峰呈現尖尖的白色花紋。

「哇！好美，好美喔，好看極了。」我嚷著。

「眞的吔。」

旅遊慣了的龍一郎也興奮地亮起眼睛。這人想必經常如此這般地感激驚歎罷，他八成叫麵包發酵那樣，將所感所歎沉睡內心，使之慢慢膨脹，有朝一日再從別的出口化爲文章。

「我說。」小住君從後面的座位搭訕過來。

「好美喲！小住君看慣了這些風景，也覺得美麼？」我問。

「嗯，每次看到這些景色，內心就好振奮。先且不談這個。」

小住君接著問我：「剛剛有沒有一個女的在呼叫妳？」

我只有呆若木雞的份兒。

「什麼樣的人？」我問他。

「唔——，看不很淸楚……好像長得很苗條、很好看。聲音滿高昂。」

「說對了。」我說。

原來如此，在我即將前往的地方，我必得習慣於這種現實才行。而看樣子，這種轉變似乎才是支持我這條命至今的一種智慧呢。

「妳最好一到就打電話。」

和我的慌亂相反的，小住君的口氣倒是很平常，跟「外面很冷喔，妳還是帶件外套去比較好」沒什麼兩樣，好像講的是一件理所當然的事情。

「知道了。」我回答他。

一下飛機，空氣黏稠而灼熱，卻不知爲什麼，老給人一切都很稀薄的感覺。

是因爲天空太藍？

還是甜甜淡淡的綠色空氣之故？

我要他們等我一下，然後跑去打電話。匆匆忙忙換了錢，以國際電話撥了榮子家裏的號碼。四周嘈雜不堪，很難聽清楚，只聽電話鈴響了半天沒人接。奇怪，那幢大宅第裏平時總有榮子的母親在家，即使出門，也有幫傭的留守。

怎麼辦？正在拿不定主意，只聽那一頭咔嚓一聲，佣人出來接聽了。

我鬆下了一口氣。

「榮子在家麼？」我問。

那佣人回答：「太太和榮子小姐都不在家。小姐是今天一早就出去了。太太本來應該在家的，可我剛才跑完腿回來就不見她老人家。我也是好生納悶地在等候她回來呢……。」

內心的不安還是沒有消除。

我把旅館的電話號碼告知對方，說我人在塞班島，要她一俟主人回來，請她們務必回個電話給我。

此刻，除此以外別無他法。

我打起精神，加入辦理入境手續的行列。他倆已在別的行列當中，就快辦好了。

我出關時候，龍一郎和小住君面對這邊，正在與一個嬌小的女子交談。肯定是小住太太了。一頭烏溜溜的長髮、粉紅色的襯衫。龍一郎留意到我，招了招手。而當那女子回首過來的剎那，我眞的大吃一驚，當場停住腳步呆掉了。

原來她正是我與弟弟在高知渡假時前來按門鈴，出現在監視機裏笑了笑又消失的那個女子！

她有雙小眼睛，圓圓的鼻頭，嘴唇也是圓嘟嘟的。整個的人好像蘊含著一股甜蜜的芳香。彷彿始終對著遠方在微笑。除了想必由長年的不良生活而來的那種老美式「洋鬼味」、指甲油的顏色、以及濃粧艷抹以外，她倒是另有爛醉者和末期的眞由那般吃藥成性的人身上常見的那份雍容和大度。

我也報以微笑。

她伸出右手說聲：「妳好。」嗓音溫柔、低沉而有些沙啞，卻是有一種奇異的深度。

「妳好，要麻煩妳啦。」我握了握她的手。

「唉呀呀。」她驚呼一聲。

「怎麼了？」小住君訝異地問道。

「難得，難得，太稀罕了。沒想到除了你以外還有這種人。」

她對小住君這麼說。

「什麼事這麼稀罕？」我問。當然囉。

「妳這人已經死了一半啦。」她笑嘻嘻地說。

我心裏一震。

龍一郎一副趣味盎然的表情。

小住君忙著規誡太太：「妳說這話太失禮了。」

「我說的可不是壞事啊。」
她有意分辯那樣，溫柔地說。
眞的麼？這會是好事麼？我想著。
「因爲有一回妳死了一半，如今剩下的機能全發揮作用啦，妳等於死而復活重生啦。這是練瑜珈的人要花上一輩子才能修鍊成功的。妳不知道有多稀奇、多難得哩。」
她拚命地解釋給我聽。
小住君開車送我們到準備投宿的旅館。小住君讓了幾次要我們住到他家去，我怕住久了會感到拘束，便在他家附近訂了家比較便宜的旅館。位於加拉班鬧區稍稍往北邊去的一個叫做斯斯培的地方。
南國的天空很是明亮，溫吞吞的風搖撼著叢林。從機場通往市區的路上一無所有，除了叢林還是連串的叢林。
茫然地望著，望著，不覺間身心俱已陷入奇異的狀態裏。
這正是 become 這種感覺。
胸口悶得難受。就連周遭的空氣都凝重得波濤一般滾動和起伏。景色看起來竟是歪扭的。彷彿隔著層燒開水的蒸氣那樣，天空、羣樹、和地面都在搖晃。
暈車了麼？我連作了幾個深呼吸，情況依然沒有改善。只覺自己肉體和精神的輪廓越變越淡了，然而隨之而來的壓迫感，卻是說不出的沉重且黑暗。
奇怪，怎麼會這樣？納悶地想著，想著，車子一進入斯斯培市區，這種感覺霍然消失。

因此，很快就忘記了這事。然而，沒想到這只是最初的體驗。

斯斯培市鎮簡單如搭來拍電影的佈景，建築物不多，風景卻是氣勢十足，車輛一駛過，白濛濛的塵土就遮天蔽地地揚起，彷彿刻意準備好用來製造效果的。

預訂的那家旅館有可能成爲我們往後的據點，但此刻，我們錯過它，決定先落腳小住君的家。他家就在從旅館車行一分鐘，面臨馬路的地方。是幢平房，橘紅色玄關，好歹看似很寬敞。

「背面是店堂，你們到店裏去吧。」小住君說。

我們下車。

「請往這邊走。」

挨壓子走進房子一旁的小徑。

「很不錯的店面呢。」

龍一郎說完這句話的同時，我們也穿過了那條小徑，眼前豁然出現了大海。

原來住家背後面臨海灘，成爲一間店堂。

遠遠的那邊，是平穩、澄淨的一片藍色的海水。還有潔白乾爽的砂子。

「我們回來啦。」

挨壓子對著櫃台裏邊招呼，裏頭就出來了個日本人。

那人看到我們，便說：「回來啦，歡迎光臨。」

見到這人，我總算許久以來鬆了口氣地認爲這才像個樣子——膚色健黑、長著鬍子，看似喜好運動的青年。

「弄點什麼飲料來吧。啊，你們請坐。」挨壓子說。

排列海灘上的白色桌椅。遮陽傘。藍色桌布。給這些物體清清楚楚區隔出光與影的南國的陽光。

我與龍一郎坐到最靠近海邊的檯子上。

除了我們以外，只有一批顧客。那是穿著華麗泳衣的一對美籍老夫婦。以好一副悠閒的模樣，優雅的享受著三明治。剛才那個年輕人從幽暗的櫃台裏邊，用托盤端著看似很甜的果汁，一邊與停好了車的小住君交談，一邊朝著這邊走過來。陽光底下，色素淡薄的小住君顯得幾近透明，四肢卻穩健得猶如牢牢札根於塞班島的大氣之中。

此地才是這個人的地盤，我禁不住心想。

光赤的臂膀被灼熱的陽光所燒烤，風吹涼額頭上的汗水，喝下的果汁又令人冒汗，他們幾個正在聊家常。這麼一來，對我而言，這兒也已成爲十足的家常，彷彿多年以前就是此地的居民。

「對不起，我跟他去採購一下。」小住君說：「你們慢慢聊。晚上一起出去吃個飯，我會給你們電話。」

揮揮手送走小住君，三個人留了下來。

「喏，那邊就是你們那家旅館的海灘酒吧。」挨壓子一面指一面說。右邊的海灘上，排列著與這家店舖同樣的桌椅。也有樂聲隨風飄來。

「很近麼？」

「就是日本所謂的海濱之家罷。」龍一郎說。

「是啊，好像有很多類似這樣的設施。」

挨壓子笑著加了一句：「供應簡單的餐點、啤酒、和甜果汁。」

「我們這兒的三明治可是特別好吃喔。」龍一郎對著我說：「中午之擠的，不得了。」

「好想來嚐一嚐。」我說。

忽然，剛才那種難受的感覺又來襲了。不可言喻的壓迫感、歪扭的空氣、透不過氣來的感覺。藍天、新鮮的海風、品氣高尚的小吃店老闆，都逐漸遠去，連旅遊的期望與解放感也都一併去遠。只覺唯有慘痛的窒悶脹滿心胸，近乎感冒、花粉症、或是高山症。好像沒辦法好好的搆到東西。

究竟是怎麼回事？

會是與榮子有關麼？

這麼一想，人又憂鬱了起來，屏住氣息，深深的自我探測一番，確信與榮子無關。

這時，挨壓子甩了甩她那頭烏亮的秀髮。

她閉著眼睛，好像想抖掉秀髮上的水珠子。那秀髮所抖動的軌跡看在我眼裏，鮮明如慢動作；它勾畫出鞭子一樣柔韌的線條，一次又一次的甩動著。

奇怪的是胸口居然清爽起來了。

而這種難受的感覺一經消失，就好像從未有過這回事那樣。我已經想不起來是如何受到壓迫的。我不知道是不是挨壓子動了什麼手腳，但我直盯著她看。

「怎麼了？」龍一郎問道。

「沒什麼，頭有點重。」

挨壓子笑笑，繼續說：「沒什麼大不了。在此地，這是常有的事兒。」

然後，她看看我。

我點點頭。

腦海裏浮現了靈魂這個字眼兒。

叢林裏、大海之中、乃至海邊，到處都飄盪著昔日死於此地的日本人的幽魂，數目之多，超過幾萬人。此地正是這麼個地方。

原來如此！那就怪不得了。

我思忖著。

在日本從未感覺過的事情，只要對方的人數一變，或許就能有所感覺。尤其自從弟弟出過狀況以後，我的直覺可更敏銳了。敏感度一天比一天增強。

所以才會這樣？

還是由於有個能對靈魂歌唱的人在場的關係？

因爲我這人已經死了一半？還是在繼續死亡之故？

末了一個想法止不住令我微覺淒涼。沒錯，任誰都在繼續死亡。只是細胞陸續不斷地新生，所有的一切都分分秒秒在微妙的光芒底下，搖曳著一路變化下去，或許唯獨我這人因著某種原由，從這種循環周期當中，開始一點一點地脫離了出來。

想必這並不是長生不老的美夢，而是一種悲哀的自覺細胞產生了，那細胞能夠淸楚的將萬事萬物「單純的看過」。

海邊已是夕陽普照，濤聲似也逐漸向遠方淡出。輕輕、輕輕款擺的椰子樹，開始散發出橘黃色的光輝。

「好美的黃昏不是？」

壓挨子穩靜地說，然後隨著鄰家海濱酒吧傳過來的樂曲，輕輕哼起歌來。

那聲音遙遠而又甜蜜如童年回憶中的收音機發出的歌聲，如是柔和、親切，而又令人懷念，令人不禁大夢初醒般眞正的實感到自己現今所在之處。

圓頂大天棚一般廣闊的穹蒼、大海。我此刻的心境宛若守著身旁的戀人，一心一意地只管欣賞夕陽，同時小狗一般對著這美好的空氣搖尾巴。

這是受到祝福的時光。

我全神貫注地自管觀賞，直到落日西沉。

也沒有任何特定對象，挨壓子無意識地繼續哼歌。即使這樣，那聲音還是眼看著穿透大氣，猶似世上最醇美的芳香那般飄散開去。那眞是一種美妙的歌聲：嘶啞、甜蜜、嚴謹準確、卻又隱藏著震顫。

這正是我初次聆聽挨壓子的歌聲。

一一　死亡與硫磺

塞班島夜晚的燈光有如鑽石。建築物少，照明大。空氣清淨，飽含著大海的水分。

我漫步於卡拉ＯＫ店、奇奇怪怪的土產店、以及洋涇濱日語看板充斥的霓虹燈強烈刺眼的街頭，吃查莫羅料理、穿著短袖衣服閒逛昔日的美國影片裏常見的那種寬闊的夜路，享受「新人生開始以來」的這份解放感。

只覺旅次中，尤其在時光流動如是緩慢的這個地方，我的記憶次序實在算不了什麼；根本就無所謂孰先孰後。此刻置身於此，所聞到的海潮味，既不是兒時、不是前番在高知所嗅到的那種，也不是呱呱落地之前所聞或是母親羊水的氣味。然而，又都屬於其中的每一種。而此時此刻，這氣味從我鼻孔沁入渾身每一個角落，將以甜蜜的回憶之一，永遠鐫刻在心版上。

美好的東西太多，與其爲記憶的先後次序傷神，倒不如大大的敞開感覺，讓那些美好的事物滴水不漏的沁入身心裏邊來。

此刻的空氣正足以令人理所當然的去接納那些事物。

此地的風景誠如週刊雜誌上所見的「昭和初期的銀座」，對我們人類是如此的雍容大方。看著那些照片我時常想，要能漫步這種地方，該有多心曠神怡啊；天空無垠無際、人人眉開眼笑，靜好如畫。

於東京爲自己曖昧不淸的記憶焦躁不耐，甚至感到罪惡，那些神經病似的感覺變得遙遠而又遙遠。

「生下來就是這個樣子。」小住君說著指指自己的一頭白髮。

他接著說：「我沒什麼家人。」

我們四個共餐後回到旅館的海灘酒吧。大夥兒喝了不少，可也沒有醉。挨壓子表示不能喝酒，滴酒不進，開車把一票人送回這裏來。

臨海的露天酒吧大爆滿，當地人和各國的旅客全集攏了來，喝啤酒或是雞尾酒，每一張檯子都點上了蠟燭，賴里賴巴的樂隊半生不熟的演奏些曲子，也算是生意興隆。

另一方面，大海則寧靜得怕人，月光將海面照耀得鮮明如一條大路。白色的沙灘輕偎著大海躺臥在那裏，呈一彎弓形一直連綿到遠方。

就在這情景當中，小住君重又帶幾分羞怯地開始了他的告白。他的告白總是來得突然，而且深刻。碰到這種時候，想必已經聽過多次的妻子，會是什麼樣的表情？又——來了？還是尊敬的神情？……我看看挨壓子，只見她手托下巴，好一副美好得無以言喩的面孔。賽似觀音菩薩那般又白又溫柔，甜蜜欲化。然而，那雙眼睛卻是炯炯有神地綻放著強烈的光芒。燭光底下，那是出乎意外的一種表情。我看過這種表情；那是母貓看剛才產下小貓時候，那種出乎本能的生猛的神情。經過三天，小貓穩定下來以後，母貓就不再呈現這副神情。唯有生產的爭戰結束，沾滿自豪與自己的血那種愛情裸露出來之時，才會出現這種眼神。

「我也沒聽過你們家族的事情。」龍一郎說：「連家鄉在哪兒都不淸楚哪。是哪兒了？總覺得你是在塞班島土生土長的呢。」

「靜岡鄉下的漁村啦。」

小住君笑笑，接著說：「父母親是叔姪，不，也許是更加親近的近親結婚。」

他沒有再詳細地解釋下去，只說：「不過，除了我一個人以外，其他兄弟姊妹外觀上跟普通人沒什麼兩樣。」

樂隊休息，眾人的講話聲開始和著波浪聲流動起來。夜晚的大海散發出美麗的光澤，光滑得有如要溶入白色的沙灘。

「我的父母親眞個是平凡的普通人。父親打漁爲生，是個壯漢，母親算是鄉下的胖歐巴桑，人可是好極了，街坊鄰居都喜歡她。我們雁行五個，哥哥、姊姊、我、和兩個弟弟。屋子裏沒什麼間隔，雁行五個全睡在一個房間裏。總是歡鬧成一團，硬是不肯睡覺，爲這個老挨母親罵。每天每天都快樂得要死。我就是這麼樣的一個小孩。

「吃頓晚飯更不得了，太熱鬧了，弄得人暈頭轉向。大哥大姊比我們大幾歲，負責照顧我們三個小的。我說這話也許有點什麼，總之，我們過得好幸福。小時候我甚至從沒有在乎過自己的色素比別人淡。

「不過，我還是感覺到自己有些地方和其他兄弟姊妹不同，那就是也不曉得什麼緣故，常常會預感到一些事情，好比天氣呀、受傷呀、考試的分數呀，不過，也就是這種程度而已。

「有一件事是我經常害怕的，這事我沒辦法對任何人說。入夜，大夥兒昏天黑地的歡鬧成一團，只點那麼一盞油燈的微暗中，母親的腳步聲逼近前來，房門嘩啦一聲拉開，罵一聲『還不快睡！』，大夥兒嗤嗤偷笑、一邊吱吱喳喳說著悄悄話……末了終於都睡著了。我也昏昏沉沉地走進夢鄉。一個良夜的結束，只爲了快樂的明天。

「只是從小我就以一年那麼一回的比例，時常於半夜裏忽然醒過來。

「那樣的時候，總好像開燈一樣猛然醒過來。每次都是這樣。然後，我就聞到一股濃烈的硫磺味。怎麼回事呀？是不是誰放屁了？我用瞌睡懵懂的腦袋這樣地想著。可是那氣味沒有那麼簡單，好像是從我腦袋裏發散出來的，趕也趕不走。我看看大夥兒，油燈和月光底下，個個發出健康的鼾息，東倒西歪地睡死了。窄小的鴿子窩，這副光景看起來繁雜、自在、教人放心。大姊的臉、大哥的濃眉、兩個弟弟小小的鼻子。我經常這樣地觀察他們。他們全比白天顯得軟弱、而且不設防，我不免有點擔心。不過，一到明天早晨，又都天下大亂地爬起來，搶洗手間、看電視、變得可厭或者可愛。到了明天早晨睡醒過來的時候，家裏又熱鬧起來了，我將不再孤孤單單一個人。一想到這個，我就變得好高興，心想再睡會兒吧。可硫磺味兒還是沒有消失。這時，總有個誰在我耳邊小聲說：『末了只剩你一個』。聲音非常清楚，就是搞不清什麼意思。可我馬上就有一種感覺，那就是現在睡在這裏的大夥兒只是個幻象，等我回過神來，全都消逝不見，然後就只剩下我一個人。這種感覺越來越強烈，於是覺得繼續活下去是非常可怕的事；那感覺是這麼樣的鮮烈，我怕死了，終於叫醒姊姊，握住她手說好可怕。姊姊的手好暖和，人雖然睡糊塗了，還是回握過來。幸好確實還在，這麼一想，每次都安心得眼淚都要掉下來。不過，還是有一種什麼沒有消失；我能感覺到父母和大姊都拿它無可如何的一片巨大的陰影。我並不想去感覺，可偏就能夠感覺到那種逼我們自覺渺小無力的某種什麼。在微亮中我只凝視姊姊那張面孔，看呀看地不覺間終於睡著了。

「到了早上，硫磺味消失，滿屋子盡是晨曦和往常一樣熱熱鬧鬧的歡樂氣氛。

「大姊對睡過了頭的我說：『你昨晚做惡夢，嚇醒了，是罷？』『嗯。』嘴裏這麼應著，那種感覺卻已忘記。不過我還記得那句話：『末了只剩你一個』。那低沉的私語。這時候大夥兒都精神飽滿、勁頭十足得煩人的在那兒準備早晨的種種，父親是早就出門了，母親正在忙裏忙外，整個屋子充滿了生機，足夠把所有的事給分散和淡化掉。可我就是忘不了那硫磺的氣味；那是死亡的氣味。

「預言的意思終於大白，那是大夥兒都長大成人各自獨立以後。……

「首先，父親在海上發生意外死亡。接下去因爲摩托車車禍死了個弟弟。……大姊在班上觸電死亡。不多久大哥病故。兩年前，另一個弟弟在他留學的國家染上愛滋病死掉。現在就只剩母親和我啦。母親一直待在日本一家精神病院裏。老人家對我的種種不很清楚，也搞不清我和挨壓子結婚的事。每次帶挨壓子去見她，她就把挨壓子混淆成死掉的大姊。雁行當中就只剩下我一個。所以直到現在，除了伊豆那種鹹不拉咭的溫泉以外我都不敢去；我討厭硫磺味。

「那以來，預言的聲音是聽不到了，可還是常常做夢。小時候大夥兒睡在大通鋪的夢；鼾息、打呼的聲音、磨牙的動靜。可個個都睡得好熟，以孩童時候的面孔。我看著他們的睡容禁不住在夢中心想：現在大夥兒全在這裏沒錯，可都會死掉啊。不過，此時此刻全在這裏，不會有問題的。到了明天早晨都會起床。……醒來好想哭，他們躺在棺材裏的場面我都親眼見過了，夢中的弟兄姊姊卻是那麼健康地沉睡，但他們都已不在人世。我眞個強烈的什麼是什麼都搞不清啦。再說，我還撇下母親一個人，住在這裏。」

那是——我剛想搭腔，龍一郎從一旁插進嘴來。

「那又不是你丟掉老媽不管，犯不著感到罪惡。」

這正是我巴不得想說的，和我準備講的一模一樣。只是出自龍一郎的口，勢必比我見效。這種時候的龍一郎總給人在說眞話的感覺，眞的看起來如此。那是一種技巧；將眞實的聲音同著堅強的力氣，以體恤包裹成一個彈丸向對方衝撞過去。

「嗯，我也盡可能叫自己這麼想。」小住君說。

「你是戰勝了死亡留存下來，還要繼續活下去。你獨自逃過了軟弱的遺傳因子或是脆弱易死的命運，將那些東西反彈回去了。」龍一郎這麼說。

挨壓子點點頭。

「所以，目前算是在諸事順利的情況，就只怕挨壓子死掉。」小住君說：「我有時擔心害怕得覺也睡不著。」

「聞聞看有沒有硫磺味？」

挨壓子用手梳了梳自己的長髮，然後送到小住君面前搧翻著。

「我聞到洗髮精和海潮的味道。」

由於小住君很難得的笑了笑，我總算鬆了口氣。

在黑暗的海濱跳動的他這場告白，像一場淒涼的夢也似的沁入我的心胸，教人好生難受。

「現在我弟弟正在這附近，他告訴我，」小住君望著我沒頭沒腦地問道：「妳是不是有個妹妹死了？」

我點了點頭，並不覺得訝異。有可能他已從龍一郎那裏聽說過，只是一時忘記了。而不管怎麼說，失去偌大一個家族的所有成員，在現代人來說是個稀罕的體驗，小住君既然體驗過這麼大的變故，無論具有什麼樣的異稟，也是不足爲奇的。從前由於死亡總是比什麼都貼近身邊，在一個小小的村莊裏，像小住君這樣具有異稟的人想必不少。

「還有，剛剛在飛機上呼喚妳的妳那位朋友，就是有點像妳妹妹的那一位。」

誰呀？龍一郎發問，我說是榮子。

龍一郎會意過來了，說眼神的確有點像。

奇怪的是在這不經意的瞬間，我這才突然對「死去的妹妹曾是龍一郎的情人」這事感到強烈的妒嫉。但小住君接下去的一句話頓時使這一股妒意飛到九霄雲外。

小住君說：「那位小姐……蓉子？還是玲子？總之是類似這樣的名字。那位小姐被一個女人刺殺了。」

「啊?!」

我驚駭得大睜著眼睛。小住君茫然地望著半空，好像真就在聆聽誰說話。

「你是說太太……？什麼意思？被那個做太太的殺了？啊，我明白了，愛上了有婦之夫？」小住君說。

我慌忙問他：「死了？」

除了這麼問還有什麼辦法！

「不，人還活著。」

我真的、真的鬆下了一口氣。飛機上，榮子曾經那麼樣強而有力的用心靈感應的方式呼喚過我。

小住君有如在解說電視畫面那樣地繼續說：「人正在住院。看起來心理上的打擊要比外傷嚴重得多。她靠著藥性很強的安眠藥睡著了。傷勢好像不重，不過，暫時不能行動。」

「幸好這樣。」我說。

你只能這麼相信，也認為多半是眞的；因為我有這種感覺。

「是我弟弟告訴我的。」

小住君微笑笑。

這時，挨壓子從一旁插進嘴來：「眞的是你弟弟麼，那人？」口氣天眞而冷酷。

「妳那是什麼意思？」

小住君有點惱了。

「因為只要是靈魂我都能感覺到，都能知道，可現在我就沒有感覺到弟弟的動靜。每次都這樣。」挨壓子說。

「那末，妳的意思是我在撒謊？信口開河？」

小住君盡量想用平靜的聲音說話，卻掩藏不住怒氣。

「不是啦，我不是這個意思。我是指告訴你這些信息的是你自己，是你自己感應到的。靈魂才沒有那麼溫和、那麼仁慈，它應該更任性、更獨立。別的不說，生前那麼個有時教人厭煩的撒嬌公，死後能夠說變就變成個仁慈體恤人的好人麼？他敢情會暗地裏保佑你我，可個性是沒法變成聖賢的。」挨壓子平淡地說。

「妳是說弟弟不在我身邊？」

小住君一副悲哀的模樣。

我與龍一郎面面相覷，兩個人都有著同樣的想法——不管孰是孰非，請兩位先且停止夫妻吵架。

「不，他一定在。只是傳達給你一些信息的是你自己的靈魂。我很了解你但願是弟弟的那種心情，可你不能仰賴他。要不然遲早會有個外表跟弟弟一模一樣的來路不明的靈魂跑到你裏邊來，你就會聽任他使喚，被他耍得團團轉啦。」

挨壓子微笑著繼續說：「正因爲只剩下你一個，你得更加堅強才行。」

喝醉了的小住君想必滿肚子反調，恨不得對著妻子怒吼，他是一臉這樣的神情。他深信不疑的事實，被老婆當著人前否定了。只因她的說法太過溫婉，月光下的妻子又顯得那麼樣白皙而柔軟，他也就不說什麼了。

我和龍一郎也默不作聲。

店裏的唧喳、燭焰、與濤聲重又恢復。

趕巧樂隊成員也陸續回到舞台上，拙劣的演奏突又帶著震天價響的音量再度展開。

於是坐在前面檯子上，看似本地人的一夥中年男女，轉向這邊，一齊鼓噪著叫喚挨壓子。

「挨壓子、挨壓子。」

「我就曉得會來這一套。」小住君說：「只要挨壓子在場，肯定被起鬨著唱上一曲。他們是附近的明星。」

「我去唱首歌就來。」

挨壓子說著站起，慢慢的、大大方方地穿過檯子與檯子之間，登上舞台。在如雷的喝采聲和掌聲之中，她嫣然一笑。

到此爲止，站立舞台的是我所知道的挨壓子。我還在悠閒自在地心想：唔——，一個人的音樂才能就是像這樣在本地人央求之下自然而然產生出來的。拙劣的樂隊奏出的序曲，怎麼聽怎麼像是「Love me tender」。

挨壓子拿起了麥克風。無意中看看龍一郎，那副全神貫注的表情止不住教我驚訝。搞不好就要發生什麼不得了的大事啦……想著，望一眼挨壓子，事情開始了。

她以柔婉而又嘶啞的嗓音唱出的歌，既不像普里斯來，更不似尼古拉斯‧凱吉，只能說是全然不同的另一首歌。她用大得驚人的音量唱出，聽起來卻遙遠如夢中的駝鈴。她正在以最快的速度用自己的色彩將空間塡滿。似俚俗，又好像很高貴；甜蜜、淒涼、一去不回，卻又生機勃勃，洋溢著能量，彷彿隨時可以取出、隨時伸手可觸。

周遭的顧客全都默默諦聽，也有捉對兒跳起舞來的。靜靜的，波浪一般她所施放出的某種什麼擴展開去，呑沒一切，然後抵達海邊……。

就在這時，忽覺有一股濃厚的、蒸氣一般的空氣，嘩——的湧上前來。我禁不住抓住龍一郎的臂膀。龍一郎重重地點了點頭。小住君則一副尋常無事的面孔。

那一股凝重的空氣轉眼之間瀰漫我們之間，在視覺上構成一層薄膜。爲此，看在我眼裏，挨壓子有如置身美麗的噴水那一頭。搖曳、潮濕、透明。嗓音也像是含帶著水分，有些扭曲的傳進耳朵裏來。

憑我有限的感應能力所能感受到的就只有這樣。在此歌也唱完了，予人以天籟苦短之感，恨不得一直聽下去。而剛剛這麼想，那一股凝重的空氣陡的霧消雲散，快速得令人驚呆。

「剛才是怎麼回事？歌聲的力量麼？」我問龍一郎。

「不是的，是沉睡海底的聽眾跑出來欣賞了。」他說。

「眞的？」

「我也不太清楚……不過，空氣歪扭了一下不是？」

「嗯。」我點頭同意。

果眞如此，爲什麼沒有像白天那一回那樣的教人難受不舒服呢？

「我的看法有點不同，可那兩口子先就把這種情況解釋成靈異現象。」

龍一郎悄聲地對我這麼說，唯恐被小住君聽到。

音樂改變成熱鬧快活的快節奏。挨壓子邊跳邊退場，讓本地的一位歐吉桑摟住來個親吻，她也香了回去，然後回到座位上來。

「怎麼樣，我唱的歌？」挨壓子微笑著問。

「雖然一頭霧水聽不懂，還是覺得好極了。」我說：「好想再聽下去。」

除此以外，我眞的無能用言語來表達內心的感受。那是一種原始慾望；陶然自得，巴不得永駐此地繼續沉醉於這種感覺之中。

「嗯，我也是。」

龍一郎也笑了。

「那末，我們一路走回去吧。」挨壓子說。

小住君默默地起立。因爲太安靜，且繃著一張臉，我當他哪裏不舒服。挨壓子一起身準備離開，座上顧客全回過頭來鼓掌。我們緊跟著她退場。管賬的沒有收我們的錢。

徒步走過建築物一旁，來到酒吧背後的旅館門前，準備回過頭去道晚安，卻見小住夫妻停在遠遠的後方；剛剛只顧對龍一郎說能夠跟他一起走回旅館，實在是太好了，卻沒有留意到那兩口子已經落後。

回頭走幾步，只聽小住君正在大聲開罵。

「幹嗎要跟那種老色鬼勾肩搭背的，妳個婊子！」

唉呀呀，糟糕，我想。

「發什麼飆嘛，你個醉鬼！我行爲不檢點又有什麼辦法？反正出身如此嘛。」挨壓子也吼回去。

龍一郎在一旁看著，沒什麼意義地解析說：「換句話說，小住君是從剛才起就老大不高興了，不管有沒有導火線，怕也會吵上一架的罷。」

「欸，我看他是喝醉了。」我說。

「每次丟臉的都是我。」

「你這人心地好窄小。沒醉酒時又裝作沒事人似的，屁都不放一個。」

「反正妳一直不都是高興怎麼樣就怎麼樣？」

……

兩口子無視於我們的存在，繼續爭吵著。

「勸止一下是不是比較妥當？」

聽我這麼說，龍一郎答道：「沒關係，咱們走吧。到了明天八成又和好如初啦。」

「也不曉得是靈性高尚，還是像對新婚小兩口，好忙碌的一對夫妻。」我說。

走到拐角處回首望去，兩個人還站在原地爭吵。

「他們就是這點好玩。」

「你這是第一次聽她唱歌？」我問。

「不，以前在加拉班的卡拉ＯＫ酒吧聽過。棒還是非常棒，不過，我這還是第一次在海邊看到這麼多的聽眾聚集來的樣子。」

「那玩意兒到底是什麼？」

「不知道。不過，聽說她經常面對大海，不以人類作對象開演唱會哩。那股迫力之驚人的，以人類作對象的歌唱比都沒辦法比……這是小住君告訴我的。」

「他愛死了他太太不是？」

「是啊。」

「不過，我還是生平第一次聽到這種歌聲。」我說。

那已不是歌唱，而是更加整體的一種東西；近乎弟弟所見所聞的那種。她把它們翻譯成歌唱的次元，整個的向你衝撞過來。那些東西包括任誰都在他的人生旅途上所看到所感受的、那氣味、活生生的觸覺、沒能接觸的悔恨、有關光明與神的事情、還有地獄之火。所有這一切。夠多麼驚人、夠多麼神奇！而附近那位老爹也領會到這個，所以才會引發夫妻爭吵。

我們到那小旅館的櫃台辦好住房手續，隨即進入房間。那是附有小廚房和陽台的寬大的房間。從陽台上可以望見大馬路。電影佈景似的街道仍然可見。我坐在紅色的沙發上眺望著。從冰箱取出啤酒來喝。有一種在此地居住了多年的錯覺。

趁著龍一郎淋浴的當兒，打了個電話到榮子家，卻沒人出來接聽。我也作了番淋浴之後，居然變得有些精疲力竭。兩個人躺在一張雙人床上，互道「今天好累啊」，也沒有做什麼，只互吻了一下，便像對老夫老妻那樣依偎著入睡。

末了我作了番祈禱：但願醒來以後，他那個人不至於撒手人寰，已然消逝得無影無蹤；果真那麼樣的一天理所當然的降臨，也求神千萬不要預先告知我。

一二　記憶

醒來，只覺頭很重，而且有點發燒。在天氣這麼暖和的地方居然傷風感冒，眞沒意思。

龍一郎準備同著小住君去潛水，再三邀我一起去，我還是婉謝了，決定在海灘上躺臥一天。

看著他一再邀我「走嘛，一起去啦」的神情，和孤孤單單準備出門的樣子，我禁不住納悶：「這人果眞是長年獨自雲遊全世界，屢遭風險的那個人麼？」

原來是一旁有人就能撒嬌撒賴仰靠人的一型，所以不得不逼著自己單獨遠行他去，一經明白這點，遂對正在把潛水衣攤到旅館老舊的地毯上作著準備的他那副背影備感疼惜，於是爲他泡了杯濃濃的熱咖啡。

謝啦，他說著喝起了咖啡。隔著他的肩膀，可以望見陽光普照的陽台。大朵的紅花迎著陽光搖曳著。

他是否又要到哪兒雲遊去了？

拿這話作比喻或嫌誇張，從前出了家的和尚，可是懷抱著母親和妹妹的牽掛遊走一生？

我看到小住君的車子開到窗子底下來迎接了。龍一郎離開房間，奔出旅館的大門，我從窗口揮手相送。

霎時之間刻印到相送者心版上的那一抹陰影——散發著「死亡」幽香的一絲兒淒涼——與被送者所感受的，是否同屬一種情緒？

龍一郎出門以後，我也懶得做什麼，便歪在床上。

臥房不同於起居室，完整的自成一間，有扇大窗子。打開窗子，一眼可以望遍海岸，好奢侈。乾燥的風習習吹入，使旅館廉價的白色蕾絲紗窗簾迎風搖曳。寬大的走廊開的有天窗，同樣的充滿了日光。

大白天獨自躺在這種地方，仰望著照在天花板上的四角形陽光，總覺得很像偷懶跑到保健室裏來賴床。閉上眼睛眞就是那種心境。我心曠神怡的感受著幻想中下課時間走廊上的一片嘈雜，和隨著鈴響，嘈雜聲嘎然而止的那種動靜。

這個時候，整個的靈魂就會回到兒時那種心虛卻也舒適的睡眠裏去。

似睡未睡的迷糊著。白色窗簾變成一個殘像，在夢中的畫面裏啪啪搖曳，看似鴿子，也像是旗幡。而當正式正道的睡眠滲透進來的時候，畫面那一頭出現了一團白茫茫的光。甘甜、冰涼、柔軟，以視覺來說彷若螢火蟲，以味覺而言，正如洋梨做成的果子露。而我能感覺到那光正在逐漸接近過來。

它從旅館櫃台上樓，經過走廊花圃一旁，飄向這個房間。

有如雷達那樣，我感覺著那團光芒的移動。

就在這時，一陣敲門聲把我驚醒過來。我從床上蹦起，看了看窺視孔，正是挨壓子。果然沒錯，我本身沒有任何能力，卻不知爲什麼獨獨能夠對挨壓子有所感應。

眞奇怪呀，我邊想邊開門。

「好嗎？」

挨壓子說著走進來。穿一身大紅大綠的夏季衫連裙洋裝，彷彿把戶外的陽光原封不動地搬進了屋裏，我好像聞得見日曬的氣味。

「好像感冒了。」我說。

「才不是呢。因爲妳人好，所以被一羣靈魂纏住了。等妳習慣了，又抓住竅門以後，很快就會散開的。」

「習慣？竅門？」我沒法理解：「告訴妳，我是感冒了嘛。」

「嗯——，那末，妳我一起來唱首歌可好？」挨壓子笑笑。

「唱歌？」

「是啊，唱什麼好呢？唱首懷念的日本歌好了。那末，『花』怎麼樣？」

「啊？要我同妳這位歌星一起唱？」

「有什麼關係？來，我們唱。」

挨壓子冒然唱起，我只好跟著唱。

春光明媚隅田川……

唱呀唱的，由於挨壓子的嗓音高昂又美妙，我變得神清氣爽，於是難得地大聲歡唱著。彷彿可以看見曼妙的歌聲自喉嚨、自丹田深處淙淙湧出。兩個人先是四目相對著微笑，等到嘴角也跟著笑的時候，歌聲也顯出明朗快活的笑容。相信你滿懷悲傷的話，唱出來的歌也會變得沉重無比。這原是理所當然的事，但一開始思考就變複雜了。而同著挨壓子一起唱的時候，很能明白這個道理。

天氣好、窗外就是大海。悠閒，又暖和。歌聲響徹涼風習習的室內。

唱完，挨壓子問我：「怎麼樣？有沒有覺得清爽一點？」

「這麼說倒好像清爽多了……。」

心情上甚至變得止不住去想：出門逛逛罷？游泳去呢？

「是不是？」

是不是？我把她這個問句當作關懷，明白過來眞就是她使我神清氣爽的。

「要住在這個地方，得鼓足勁道，保持一股氣勢才行。你要是稍稍鬆懈下來，馬上就會輸給靈魂。」

「也許可以變成一種修行。」

我說著笑笑。

我知道有一種看不見的東西：弟弟所感覺到的、我感應到挨壓子的接近，類似這樣的事情。至於你要怎麼稱呼它，那就是見仁見智了。挨壓子剛才爲我做的亦復如此。要名之爲什麼，倒不如去體會她盡心盡力地教給我這個萍水相逢的過客設法使自己的身體情況傾向好的一邊，這一點肯定要重要得多了。

「我說，要不要就在妳這裏嚐一嚐我們店裏做的三明治？」

挨壓子將一隻紙袋擱到起居室的桌上，用手招招我。

「要，要吃。」我說。

她接著問：「要喝茶？還是咖啡？」然後燒起了開水。

「咖啡好了。」

我邊說邊坐到沙發上打開電視。別人貿然到你房間來擅自燒開水，卻絲毫不覺得討厭，也沒什麼顧礙。也不讓你有需要感恩的負擔；她這個人的存在眞就像隻狗或是貓那般的令人感到輕鬆。

此外，三明治之好吃的。

「我告訴妳，差別在麵包好，咈咈咈。我們特地請人烘烤的。」

挨壓子得意洋洋地吹噓著。

有些發燒的頭、三明治與咖啡、陽光、家具老舊的房間。還有在陽台上搖曳的那些花朵。

只覺我已經在此地居住了好多年、好多年，並且同著這個人如此這般的生活過來。我的肌膚已然習慣這兒的空間，很覺舒適。

花朵的顏色就有所不同。陽光的成分也有別於其他地方。想必人待在此地，想法也會不一樣。還有強度啦、明度啦，這一切都讓人感到懷念，而且美好。

我表示想到超級市場去採購，挨壓子就說願意奉陪。末了決定由她開車，帶我到斯斯培最大的一家超市去。日光很強，白色的泥土路皓亮皓亮的。車子揚起塵土，沿著濱海乾燥的道路北上。

超市座落於一家大飯店正對面，外觀老舊，佔地之大不禁叫人感到荒唐。我推著手推車，在幾乎要迷路的店裏轉來轉去。色彩繽紛的各種商品體積極其龐大，眞就一副「對身體健康不好」的味道。我適當地挑選了一些青菜水果，以便在旅館的廚房自行開伙。

結賬時碰到挨壓子，我就問她：「這種吃法，不會有礙健康麼？」

「我可是專吃『小住牌三明治』哪。」

她笑笑，然後添上一句：「在家多半吃日本菜，味噌湯和魚啦、用醬油燒烤的肉啦之類的。」

我突然想起了昨夜的那場爭執，便問道：「對了，你們已經和好了麼？」

沒想到她一句話就乾淨俐落的打發掉了。

她說：「那個呀，那根本不算吵架。在我們是常有的事。」

果然，眞就是那種感覺……我了解了。和成對的夫妻交往，還眞要費點心思呢。

我們在歸途中的「菲律賓咖啡廳」喝了杯咖啡。(只因是一位菲律賓歐巴桑經營的，我遂擅自取了這麼個店名。)一邊吃著菲律賓甜點。也不知爲了什麼緣故，好好的一間店堂分隔成兩半，另一半是理髮舖，咔嚓咔嚓的銀剪聲不斷地傳來。你完全摸不淸到底是出奇得乾淨，還是齷齪得要命。陽光從大敞的窗口大量湧進，檯子上也閃閃耀眼。

淡淡的咖啡、甜甜的糕點、罐裝啤酒。強烈的陽光。彼起此落來往交錯的菲律賓話。

好奇怪的城鎮。抓不住印象，有一種怪稀薄的感覺。人人有時會顯得淡薄如畫。美麗的景色看似地氣那樣的歪扭。

「好奇怪的島、好奇怪的時間。」我說：「會住在這裏，眞是不可思議。」

「對我來說，任何地方都要比住在日本好過。」挨壓子應道：「又不必費太多心思去考慮這考慮那的。」

「可不是麼？用不著思考。」我說。

欣賞風景、吃飯、下海游泳、看電視，這樣已經心滿意足：是高知度假的擴大版。人可以鬆弛下來，卻也會變得遲鈍，是我所害怕、憧憬的一切。

「因爲我簡直就是被人追趕著逃離日本的。」挨壓子接著說。

「啊，對了，這麼說，我倒想起來好像在高知見過妳，有過這回事麼？」我問她。

「眞正相見之前，只在夢裏見過那麼一回。我夢見自己跑到一家公寓套房去拜訪妳，那當兒妳還跟一個小男孩住在一起。」

挨壓子的語氣，彷彿說的是極其平常的一件事。

「大致上還符合。」我說。

挨壓子接下去道：「這種情形時常發生——夢見就要變成朋友的人。小住他那個人也是，我夢見自己會在午後的機場碰見他，就跑去接機啦，去接一個素不相識的陌生人。沒想到他一眼就認出我是他在夢裏見過的人。他本來和朋友一起來，見過我之後把人家撂到一邊，只管找我約會，下一回起，索性單獨跑來找我啦。」

「該說是一拍即合罷，好厲害。」

我好生佩服。

「這有什麼。」挨壓子說：「因爲打從在媽媽肚子裏起，我就一本正經地一直在想『好想出去，好想離開這個身體』。比起這股強烈的意願，萬事萬物都變得沒什麼大不了。我現在算是用一種很奇怪的方式在實現那個意願。總之，我一直都非常討厭自己，討厭到全身出蕁麻疹，要不就長痘子長疙瘩的，甚至精神不安到需要住院的地步，眞是慘透了。不過，過了思春期以後，我居然開始受歡迎啦。雖然是肉體上，可一想到『被人所需求』，我就高興死了。妳不曉得我跟幾百個人睡過，眞是名副其實的挨壓子。別的不說，人家問我叫什麼名字，我說叫做挨壓子，事情可就又順當又快啦。」

挨壓子哇啦哇啦大笑，我也忍不住笑將出來。

「說得也是。」我說。

「是不是——？我呀，從小就拿按摩棒當媽媽長大的。」

「按摩棒？……妳是說那個？」

「是啊，就是那玩意兒，所謂的春具。我爸——就是丟掉我不管的那個人，把我媽用過的所有東西都扔掉了，丟得無影無蹤。我根本就不知道那玩意是用來做什麼的；怎麼可能知道？太小了嘛。可我曉得我媽把它藏在一個櫥櫃裏。我偷偷拿出來，放在一旁陪我睡，一面呼喚媽媽。那是媽媽留下的唯一的遺物了。住進孤兒院以後，被院方發現，狠狠的好刮了一頓，然後沒收。那時候好悲傷喔。……不過，後來我還不是發現了同樣的東西？就在男人身上。我當然愛死了，它既是媽媽、爸爸、也是朋友……是所有的一切。總算又碰面了！一想到這個的同時，我可也明白過來那是什麼東西了。後來我就變得跟個花痴一樣，我那身世算是當然的背景是罷？歷盡滄桑啊，比起來，在夢中見到還沒有認識的陌生人，根本就算不了一回事啦，眞的。」

瞧她笑嘻嘻地娓娓道來，我卻有一種悲壯慘烈的感覺。

「我現在很幸福，所以妳不用擺出這種表情。」挨壓子微笑著說：「我是爲追求幸福生到這個人世，好歹活了過來的。」

「是啊。」

「所以，小住他雖然時常看起來很不幸的樣子，我還是羨慕他。他擁有家人和媽媽的回憶。被某某人『放心，有我呢』的庇護和 feed 的回憶。」

她居然用feed——餵養這個字眼兒來表現。

「不過，萬一他有個三長兩短，在此地建造的幸福毀掉了的話，我敢情這才會變得不幸。人一有了會失去的東西，也才會有害怕的東西。可這就是幸福哪。妳是說明白自己所擁有的東西的價值？可我不像他，沒有嚐受過失掉本就該有的東西那種寂寞啦、黯然神傷什麼的；因爲我自始至終就一無所有呀。在辛酸度來說，他敢情要比我厲害多了。一旦沒有了他那個人，我眞不知道該怎麼辦才好。我不太明白那種悲哀，我沒有嚐受過。」

挨壓子說著笑笑。

儘管兩相比較是很無謂的事，可與眼前這個人相形之下，我那種從前只不過（？）死了妹妹和爸爸、跌傷了頭以至記憶受損，弟弟也不正常種種這一切，都不算什麼了。我不免對自己爲那些頂眞得要命這事感到羞愧。

「太好了。」我說。

我這一聲之深沉，相信身爲歌手的她必能心領神會。她再度風情萬種地嫣然一笑。

「我們回到海灘上游泳去吧。」她說。

此刻的海呈離沙灘很遠的淺水，透明而異常平靜，就只是海參太多了。渣巴渣巴走下去，動輒踩到又滑又軟的海參。而由於淺水灘太長，腳底下硬是遲遲不肯離地浮起。

一開始我們還在驚叫連連，過了一會兒也就習慣了，甚至用手撈起那癱軟成一團的東西。

潛進水中，陽光閃閃照射。燦亮的斑紋搖曳著在泛白如沙漠的海底遠遠地鋪展開去。上面靜靜的橫臥著成千上萬的黑色海參。牠們或是互相依偎，或是扭曲成一團，簡直像一大片神奇的植物那樣的在那兒呼吸著。

好一幅奇妙的光景。

這眞是個絕對的無聲世界，就連心靈深處、腦筋的每一個褶縫，都被靜寂所滲透。

從水中爬起，走向等候在海灘的挨壓子身邊。

「那些海參眞不得了。」我說。

挨壓子穿著藍色泳衣，正在喝罐裝啤酒。

她平淡地告訴我：「那玩意兒是長眠在海底的幽魂，就是死於戰爭的那些人。」

「不要再講啦！」我坐在她旁邊大叫。

「我說的是眞的呀。牠們在那裏靜靜地安眠。大夥兒擔心觀光客會覺得討厭，每天早上都要把牠們送往遠海，可牠們怕寂寞，不知不覺又回到淺水灘這邊來啦。」

「好討厭喔。」

「可那是眞的。妳不覺得數目剛好跟死掉的人數差不多？」

「也許罷。」我點點頭。

這兒曾經死過幾萬人。

這是一個非常不可思議的事實，無關乎戰爭的悲慘之類的事情。

好比長眠於墓地的同樣是死者，他們死於各種各樣的場所、各種各樣的方式。然而，此地的死者有所不同，他們同於一定的期間，死於某種特定的、悲慘難受的方式。這令我感到異常奇怪。置身於這萬綠叢中，安靜的海邊、藍天。無聲無響。由於輕悄私語般的天籟過多，反而變得毫無音響，我有這種感覺。

「原來海參就是那些亡魂的化身呀——。」我慨歎地說。

「不想再游了?」

挨壓子說著笑笑。

「不，還要游哩。」

「對對，就是要這樣。」

挨壓子點頭表示讚許。

喝啤酒，一邊躺在帆布椅上曬太陽。

身上塗以防曬油，巴不得曬成個黑鬼。

挨壓子眞就像個本地人，路過的每一個人都嗨——嗨——的跟她打招呼。其中有各種各樣的人——街坊鄰居、卡拉OK歌友、自家店裏的顧客……。她非常吃得開。挨壓子坐在海灘上，自始至終笑容可掬地揚手還禮。

也有一些專門釣馬子的。並非由於我屁股對著那邊而臥，而是被挨壓子吸引了來那般地走近前來搭訕。儘管不諳英語，起碼還聽得懂一些釣馬子的術語。

「嗨，妳在做什麼?」

「要不要一塊兒去喝兩杯?」

「一起吃個晚餐如何?」

「只有妳們兩位麼?要不要一起兜兜風去?」

我一面聽一面心想：看這樣兒，難怪做老公的要不放心了。不過，挨壓子的謝絕方式也很有一套，讓人有已然習以爲常的安心感。

「請問芳名？」

「挨壓子。」

「什麼意思？」

「Love, It means Love.」她回答。

原來如此……。在陽光灼烤著背脊的感覺中，挨壓子和那些人的你來我往逐漸遠去，不覺間迷迷糊糊地盹著了。

夢悄悄地從濤聲與來自酒吧的樂聲之間溜了進來。

夏日。

蟬聲。我還是個小女孩，待在家裏。趴在榻榻米上睡覺。父親的一雙光腳橫過眼前。黑黑的腳、剪短了的腳趾甲。妹妹在那一邊看電視。門簾、窗外的綠。妹妹的背影，打成兩條的辮子。我聽到父親說：「孩子的媽，朔美睡著啦，給她蓋點什麼吧。」母親回答：「我正在油炸東西呢，聽不見你說什麼。」廚房裏傳來油炸食物的動靜，也有香味飄送過來。我看見母親手持長筷子的背影。沒辦法，父親只好拿床被子爲我蓋上。妹妹回過頭來說：「姊姊醒著哪。」她笑笑，好令人懷念的小虎牙。

這便是所謂的feed。我領略過。我的身體還記得。即使失去一切，仍然像這樣的保持在記憶裏。所有的人都如此，大多數的人都父母俱在，而且鐫刻在心版上。儘管在本身爲人父母以前很少想不起來，記憶卻存活在那裏。直到死亡。縱使父母過世、房屋也沒有了蹤影、即使你本身也已七老八十，有關的記憶依舊長存。

「妳不翻翻身，就要曬成焦炭啦。」

挨壓子戳戳我。

我驚醒過來。發現自己睡在沙灘上。眼淚掉下來了。

「唔——」

我翻個身仰臥。

「雖說快要黃昏，日光還是很強烈。」

挨壓子在一旁笑嘻嘻的。

那是看起來有些沉痛的笑容。

「原來如此；她是看到我獨自一個人悶在房間裏無聊地睡大覺，特地跑來陪了我一整天的。」

我這才會意過來。她是這麼樣若無其事的跟我相共了這一天，以至我沒有覺察到。她就能夠在「無所覺察也無所謂」的自然情況之下，讓事物順利進行。

斯地、斯人，正是這麼樣的一個地方、這麼樣的人。

「呀，那兩個男生回來啦。」

挨壓子回過頭去對著店子那邊揮手，一邊說。

只見小住君的車子開進速食店的車庫裏來。感覺上變黑了一些的龍一郎和小住君，摟著行李下車。

太陽西斜，所有的景物都呈著淡淡的橘紅色。大海靜靜地準備入夜。店子的照明開始明滅。

那兩個人一路笑著走近這邊。
挨壓子起身。
我爲她終於有了這麼好的歸宿而高興。
我也隨著起立。
我們談著這一天的所見所聞，然後吃晚飯。
就是這麼樣悠遊自在的日子。

一三 1900

無風，且悶熱難當，索性光著身子睡覺。半夜裏電話鈴響了。

在這鎮上會給我們打電話的也只有那對夫婦，八成是這麼判斷的罷，靠近電話的龍一郎拿起聽筒喂了兩聲。從他那聲「好的，我換她來接聽」，以及黑地裏呈現的神情，我直覺地感到準是榮子打來的。

「喂喂？」

我剛剛招呼，遙遠的線那一頭立即傳來榮子的訴苦：「情況糟透啦。」

由於始終僵直著身體的某一部分擔心她的安危，所以一觸及其人的聲音所傳送的活生生的信息，我這才由衷地鬆下了一口氣。

「什麼情況糟透啦，嚇死人了。」我說：「想給妳打電話嘛，又怕妳媽打破砂鍋問到底說漏嘴，我擔心死啦。到底怎麼回事？發生了什麼事？」

她咈咈咈咈悶笑，細細的聲音越洋而來。

「看來妳已經從女傭那裏聽說大致上的情況了，是不是？我被人捅了一刀。這電話是在醫院的走廊打的。眞是討厭極了。這下子可不得了啦。」

「那敢情不得了。他呢？沒事麼？當時在不在場？」我問。

「我和他不是在外頭租了間套房麼？那天早上他到公司上班以後，我一個人正在吃早餐，他太太帶著刀子找上門來了。聽叮咚一聲門鈴響，我不在意地跑去應門。門一開，迎面就給捅了一刀。嚇死人啦。我是穿著浴袍給抬上救護車的。簡直像電影裏看到的，好香艷不是？他太太一看到血慌亂成一團。我要她趕快叫救護車，她就照做了。既然肯放我一條活路，又何必捅那一刀呢？眞是奇怪。」

榮子在那一頭嗤嗤地笑。

我說：「幸好撿回一命，太好了。可也嚇壞了我。」

「她捅得不夠深，我穿的又是質地很厚的浴袍，算是不幸中的大幸；惡人命大是罷？」

「妳好像滿沉著的。」

「可是朔美，那個時候的確好可怕吔。」榮子的聲音突然恢復高校時代那種率眞：「我說，耳環啦、戒指啦，不都是金屬麼？」

因爲她問得太過唐突，起初我還以爲她母親來到她身邊或者什麼的，令她不便繼續方才的話題，只好隨機應變的拿耳環、戒指來瞞混過去。

然而，事實並非如此。

她繼續說：「我平常習慣佩戴這些小飾物，走到哪兒，戴到哪兒，就連睡覺時候也不拿掉。所以一直就有與皮肉相連的感覺。可當那把菜刀戳進我穿著浴袍的肚皮時候，我這才打心底裏感覺到自己和那些金屬是截然不同的兩種素材。當時我滿腦子只有這個感覺；好厲害的異物感。」

我被她活生生的聲音所帶來的迫力所懾住，無言以對，自管糊里糊塗地答道：「是啊，就是這樣。」

「妳自己還不是腦部開了刀。」

榮子笑了。

「我可是打了麻醉劑啊。對了，妳精神上有沒問題？衝擊很大罷？」我問她。

「頭一天有點混亂、有點亢奮，第二天起就沒事啦。我也不曉得怎麼會這樣。如今是巴不得早日出院，到新宿去逛逛，吃吃中村屋的咖哩炒飯呢？還是和田門的牛排？心飄飄地盡想著要出去玩兒。要不然就在想：恨不得在家好好兒泡個澡，還有訂購的 Dolce & Gabbana 名牌洋裝不知是否來了。全是貪婪的慾望。只覺平日的尋常生活變得充滿了好棒好棒的幸福。不過，果眞出院以後，恐怕再也不敢到那幢公寓去囉……。他好像已經幫我退掉那房子。往後只怕誰來按門鈴，都不敢出去應門了……種種種種，東想西想的，不過，全都是空想，不出院就不知道事實如何。」

「出事後有沒見過他？跟他談過沒有？」

「沒有，只通過電話。」

「妳父母親呢？有沒生氣？」

「那還用說。老兩口一個成了淚人兒，一個氣死了。老爸看都不到醫院來看我。我最擔心的是出院以後不曉得會怎麼樣。所以，白天我媽在的時候，我就盡可能裝出黯然的眼神。哈哈哈。警察跑了來，他那個人卻沒辦法來，朔美偏又不在身邊。我無聊死了。眞是糟透了。」

僥倖撿回一命還要說這種話，未免太可笑了，我於是跟著大笑。

「那末，他太太呢？」我問。

「好像住進醫院裏去了。」

榮子繼續說：「不過，八成很快就會出院罷……誰知道。我倆到底會怎麼樣？如今這好像已經跟我無關。

我反倒比較關心明天傍晚就要重播的『東京愛情故事』的情節。」

「妳就這樣多休息吧。反正出院以後有許多事情需要考慮呢。」我說。

「簡直像是暑假作業。」

榮子繼續說：「我呀，從挨了一刀到救護車開到以前，一想到自己可能會死，就不知爲什麼滿腦子都是他

那個人和朔美妳。咈咈咈，我這人朋友少得可憐不是？」

我沒有告訴她我曾經感應到她的呼喚，以及她所以會第一個想到我，八成與我是個半死的人有關。我只是

笑笑說算是我的榮幸。

「等朔美回國，我肯定已經出院，準又是沮喪得要死的時候，妳務必給我電話喔。」

榮子說著，掛斷了電話。

「好像沒什麼大礙是罷？太好了。」龍一郎說。

他這句話給我的感覺是不多不少，心裏怎麼想，嘴裏就怎麼說：他肩膀的線條、體溫猶存的床單上的皺褶、

和呼吸之間起伏波動的胸脯……在在都肯定了這一點。何等的健全！

人人都在不經意地肯定「我活故我在」。

感覺這個房間的空氣，任由思念天馬行空地馳騁於鋪展在窗下的那片夜晚的大海、馳騁於海潮的氣味之間。

月光底下，岸邊的貝類和海參，任憑一漲一退的冰涼的海水沖刷著。牠們那種冷涼、那種黝黑。

星辰閃爍，羣樹在清新的氧氣中搖曳的模樣。豎起耳朵來感覺將夜晚捲入的聲音那份鮮烈。

與另一個肉體肌膚相親，以便跟同一素材而成的自身以外的宇宙相依偎。

打鼾、挫牙、說夢話。指甲和頭髮長了、眼淚鼻涕淌下來、臉上長疙瘩，痊癒，飲水排泄、一路重覆下去。

流動復流動，永不止歇、永無結束；這兒確實存在著這麼樣的一股潮流。

心臟的跳動。

正確的、規律的在黑暗中鳴響。

你用自己的耳朵確確實實地捕捉那心臟的跳動。

「可我就是不解，小住君怎麼會知道遠隔重洋的一個素不相識的人有了生命的危險？」

聽我這麼質疑，龍一郎就說：「我雖然不太清楚，不過，一個人只要想知道的話，總會有弄清楚一切的法子罷，我想。」

他這答覆簡直像是在朗誦一首拙劣的詩。

「你指的是什麼？」

「我的意思是不管有名無名，總之世上具有特殊異能的人，比你我想像的要多得多。就好像那是理所當然的事情。印度啦、西藏啦，就有很多本事高強的人，他們能夠未卜先知。即使不屬於這個範疇——好比偉大的冒險家、實業家、或者富可敵國的億萬富豪、魅力十足的大眾偶像……，總之，超出我們想像之外的人就有很多。人類也眞夠厲害，最厲害的地方莫過於將那股不得了的能力和自己的日常結合在一起。人人每天每天都各自在某一個地方吃喝拉睡。夠多麼不可思議！」

「是啊，人嘛。」

「好奇怪喔。」

「龍一郎，你目前有沒有在寫小說？」

「妳這樣問未免失禮了。我已經積了不少稿子呢。」

「那末，爲什麼不多出幾本書？肯定有人在等著看哪。」

「所以呀。」

「你喜歡哪個作家？」

「每次出外旅遊，我就拿不定主意要帶哪本書去，東挑西挑，末了帶走的總是卡波提那本《給變色龍的音樂》，所以，我想我大概是很喜歡這位作家。那本書又不是袖珍本，重得要死，還走到哪兒帶到哪兒，擱到枕邊，已經看過好幾遍還要再看。」

「我也來讀讀看。」

「我手頭上現在就有。」

「借我好不好？」

「好啊。」

他從枕邊取出一本老舊的硬殼書籍遞給我。

儘管污斑點點，而且已經發黃，我卻能夠感受到這本書的生命依然存活著。

「這位作者好幸福。」我慨歎道。

「我也希望能夠像他這樣。」龍一郎說：「他生前鐵沒有想到自己所寫的東西居然會在這種地方，成爲素昧平生的一個日本人旅途上的精神支柱。」

「是啊。」

「妳喜歡我的小說麼？」

「喜歡，雖然有點陰暗。」

「眞的？還有呢？」

「沒啦。」

我笑笑。想必我這副笑容所傳達給他的信息要比語言還多，他也笑了。

夜半平平常常的對話那份美好，正是與之緊緊相偎的空間的氣味。你和另一個人同處一室，卻比獨處要來得自由而有依有靠。語言之外的多數事物，俱都豐滿、柔軟得芳香四溢。你只覺置身沉默與寬恕的穹蒼底下，讓那新鮮的空氣所包圍。

首先聽見龍一郎鼾息時候，我的神智還有點清醒，然後，誠如拿隻手錶去貼緊犬仔就可以使之安然入睡那樣，龍一郎鼾息的節奏遂變成一首搖籃曲將我包裹了起來。

一個人很快便能夠習慣於生活。

確實，吃飯睡覺的地方便是你的居所。這是根本所在；包括所見所聞的一切信息均屬英語、夜晚的海邊很寂寞、以及市面上出售的衣服都相當粗糙種種。

說起來這個島嶼比哪兒都容易過日子，是個好地方，只因戰爭遺留下來的後遺症，仍有令人感到窒悶之處。例如每天早晨必定來襲的短暫卻又劇烈得足以令身體傾斜的頭痛、半夜裏不時團團圍繞著折騰你的沉重陰濕的夢魘、再就是置身空無一人的一片閃亮的海灘，只要一閉上眼睛，便能感受到好幾萬人的動靜和低低的嘈雜聲。

對於這些，我也已經有點習慣了。

大量人口的死亡這股扭曲了的能量，在這島上原本與海參一樣的耽於午睡，如今似乎被我這個日本人所喚醒了。這事著實令人難過，可也無能為力。

「除非像挨壓子那樣以超渡亡魂為業，要勉強自己去插手是很殘酷的，還是不要去聞問得好。」小住君說。看到我點點頭，他笑了笑，繼續說：「龍一郎心腸好，一開始真不得了。他想去聽聽他們的心聲。結果把身體都搞壞了。現在好像明白過來了。總之，信不信靈魂這種東西，或者有沒有興趣，全在乎個人的自由，不過，你要知道世上可是存在著只有專業的行家才應付得來的大批特殊能量聚集的場所。妳也感覺到這是千真萬確的事實罷？」

「嗯，來到此地以後，我開始有這種想法。」我回答。

挨壓子唱歌，小住君則把他弟弟的靈魂召喚到這裏來祭拜。這簡直像是在旺季過後的避暑勝地撿拾空罐頭那般，予人以永無止境的徒勞感，雖然這種說法對已故的人有些不敬。

這兩個人老給人一種虛空的印象，彷彿已經中途退出人生的旅程。他們遠離故國，只曉得終日凝望大海。

年紀輕輕卻已老邁不堪的一對夫妻。

不可思議的人生。

躺臥小住速食店前面的海灘，閱讀從龍一郎那兒借來的書籍，成了我的日課。

午後，依舊苦於輕微的頭重，一面在遮陽傘底下看書。太陽從那邊移向這邊，我眺望著海水的顏色隨著日光的質感一點一點地變化下去。

速食店始終生意興隆，頭天見過的那個很具「塞班味兒」的打工仔——那個膚色黝黑的日本人，總是一邊抱怨沒空兒潛水，一邊請我溫吞吞的啤酒。活潑輕快的音樂與出出入入的顧客所造成的喧嘩，給再怎麼明亮，仍顯得有些陰暗的這個海濱帶來活力。

我不免心想：其實，在此地一直這樣地待下去也無妨。

在如此輕易融合進去的節奏裏。

我既不寫小說，也沒有祭拜靈魂，就只是單純地活著。大自然為我分攤了這個事實的重量，只差沒有說：「妳只要待在那兒，就已經算是參與了。」

不多久，出外潛水或是收集資料的龍一郎就要回來了。

我是三次裏總有一次要陪他去素潛——不穿潛水衣潛水一番。如若逗留時間拖長，我準備去申請潛水執照。因此，我不在場的話，他好像都跟本地的友人或是小住君到遠處去潛水。

黃昏時分，太陽西斜，書本逐漸看不清了，龍一郎就會沿著海灘走過來。人曬得黑黑的，已經換好了衣服，正在衝著我笑。

大海與夕陽釀成的金黃，而跟這片金黃揉和在一起的情人的俊影。

我起身，撣去身上的沙子。

我們商量要到哪裏去吃什麼。

這麼簡單的事情，此刻在我的祖國可就變得沒那麼容易囉。

我忽然心想：弟弟此刻是否深切的體會到這一點？我想起了在高知生機勃勃地釣魚，而且早睡早起的他那很是童稚的四肢。

「據說挨壓子今天晚上要親自下廚做菜請我們吃呢。」

龍一郎這樣地告訴我。

小住夫妻就住在速食店二樓寬大的屋子裏。

那是以橘黃作基調的頗富於南國風味的裝潢，完美，卻又似嫌草率，有架超大的電視機。

是個相當舒適的房間，不料這天晚上剛用過餐，我的頭突然劇痛，而且發燒，終於不支倒在沙發上。

「可不是吃東西中毒的！妳做的菜好吃極了。」

我拼命地嚷著，一面抱起了頭。

龍一郎擔心得臉色發青，小住君焦急地製作冰枕，挨壓子則將我摟進她柔軟的胸懷裏唱歌給我聽，卻一點也不見好。

「偶爾就會來這麼厲害的。」

挨壓子說著，交給我一副藥：「喏，把這個吃下去，睡一會兒。」

「行啦，我回去睡，就在隔壁嘛。唉喲喲，好痛……」

我拼命說，那夫妻倆卻表示明天休假無所謂，硬把我推上臥房的雙人床，逼著我躺下。外國製的強力阿斯匹靈很快就把我擺平。

記得在朦朧意識中看了看錶，時刻是夜晚八點鐘。

醒得很突然。

猶如打開電燈開關，一張眼便醒了過來。

看看錶，十一點鐘。居然一睡三小時……想著，動了動脖子。看來或多或少睡了一會兒總是比較好罷，頭痛好得多，燒也幾乎全退了。

多可怕的風土！

半開的門那頭傳來笑聲和電視音響。窗外可見黑暗的海面，和打烊之後的速食店成排的白色椅子。置身異國，「大夥兒就在隔壁的房間有說有笑」這種感覺，與其說讓你感到孤獨，倒不如說帶給你安心。我像個傷風感冒了的孩童，茫然而又幸福地聽著他們的談笑風生。

我喜歡挨壓子自然的殷勤和熱忱。

也不知是由於一路受人親切的幫助和關照，還是太過缺乏這些，因而學會的，總之，她那種無私無償的殷勤和熱忱，肯定是從兩者之一而來。

我起身，搖搖晃晃地來到起居室。

「喲，起來了？」挨壓子說。

「要不要來杯咖啡？」小住君起身。

「已經不要緊了麼？」這是龍一郎說的。

大夥兒一團和樂，每個人臉上都漾滿了甜蜜的美容。

「這兒可是天堂？」

想著，我開了句玩笑：「要是能夠博得大夥兒這麼多的關懷，偶爾鬧鬧鬼也不錯呢。」

沒錯，只要拿當風土病就行了。

吃著挨壓子所烤的美味蛋糕，藥效所帶來的迷迷糊糊的餘韻也消失了，這才無意中發現剛才起就播放了半天的MTV音樂全是 hard rock。

「這是特別的MTV麼？」我問。

「是啊！日本不流行這玩意兒。我們就在這裏放大聲量儘著聽 hard rock。」

由於小住君回答得太過熱切，我於是問：「小住君很喜歡 hard rock 是不是？」

「喜歡啊，愛死啦。」

小住君神采奕奕地回答。這眞是出乎意外的另一面。

「我並不怎麼喜歡，可跟他一起生活以後，也變得巒詳細了。」

挨壓子接著說：「因爲搖滾樂是他活力的泉源嘛。」

「啊？你早就知道了麼？從小佳君平日的穿著和爲人，根本就想像不出他會是個搖滾樂迷。」我對龍一郎說。

「我早就知道啦。因爲一塊兒出去小型旅行時候，車上從頭到尾都在聽，睡覺的當兒也偷偷穿上梅塔里卡的T恤，我馬上就看出他是個『隱形的地下 hard rock 小子』。」

「人眞是不可貌相不是？」我說。

失去大多數的家人，如今遠離祖國，在塞班島上經營速食店，在眾多的幽魂纏繞之下從早忙到晚，而唯一能夠激勵他的心靈支柱便是 hard rock。

我說的並不誇張；我從沒有見過這麼快樂的小佳君。我稍稍提出個疑問，他立刻探身向前，像個吹噓自己的孩子怎麼好怎麼優秀的父親那樣，熱切地談起了有關這方面的音樂。電視上，激情的四重唱、披肩的金髮、和尖銳的吉他疊句，正在那兒瘋狂地叫囂，挨壓子善體人意的將音量放大，使得這間屋子似已成爲一干hard rock 樂迷的聚會。

這個人以前待在這個樂團，這個樂團又發生過這種事，所以這首曲子便是詠唱這件事的……小佳君如數家珍地說著，一面看電視，也不知有多幸福的樣子。

我打工的地方是播放「雷葛與六十年代搖滾」的店子，因而對這方面的領域很是陌生，奇怪的是我並不討厭生疏的這些樂曲，對小佳君的解說也不覺厭煩，想必是由於他打心底裏熱愛這種音樂的緣故罷。

「這玩意兒正在流行的時候，我們剛剛認識，兩個人還結伴特地到日本去聽現場演唱呢。」挨壓子也加入了敍述的行列。

「妳想利用錄影帶的記憶裝置轉錄，結果沒錄成，為這個咱們還大吵了一架不是？」

「對呀，倒數第四首曲子。」

這兒也鐫刻有他們夫妻倆的歷史。

我喜歡看一對男女並肩共瞻同一方向的某種什麼，勝過他們相對依偎的熱絡樣子。無論是兒童、電影、或者景色都好，我就是喜愛看兩個人一同歡笑、一同和樂、彼此扶持的和樂場面。

葛雷懷特、金克斯、梅加底斯、欣・李吉、泰斯拉、艾安米甸、雷奧、AC／DC、莫特里克……對我來說簡直是咒語的這些名詞，給孑然一身而相濡以沫的這對苦命鴛鴦的晚餐桌上，帶來小小的安慰。正如卡波提於龍一郎的失眠之夜與他緊緊相偎一樣。這些事物總是在不知不覺之間給予我們很大的幫助。類似這種瑣碎卻又極其重要的事物。意想不到的禮物。

「眞好，有東西可以讓你把精神投注進去。」我說。

「只是喜歡而已。」

小住君難為情地笑笑。

正是這份純樸把這個人引領到此地來的罷，我茫然地想著。

就在這時，坐在對面笑逐顏開的挨壓子神情一變，陡的僵起了面孔，在這同時，龍一郎也驚呼一聲。他倆不約而同地望向起居室的門，門外是通往樓下玄關的樓梯。我和小住君也隨著望向門邊。

只見弟弟，我的弟弟由男就站在那裏。

穿一身藍色的睡衣，以一副茫然淨好的表情站立門邊。身邊飄漾著遠離塵世的澄澈的氣氛，他那張面孔使人想起躺在靈柩裏的眞由。

由男茫然的環顧我們之後，慢慢地走近前來。

我招呼一聲「由男？」，他卻好像聽不見，自管穿過我們之間，逕直走向陽台，剛剛混入映在窗玻璃上的陽台上的椰子樹和對面的樓房與星空，便消逝無蹤。

沒錯，眞人怎麼可能跑到這裏來？

「是個活靈哪，好清楚。」

挨壓子接著說：「可是，也不曉得是誰？」

「是妳弟弟麼？」小住君問我。

「嗯。」我點點頭。

「打個電話回去看看。」龍一郎說，臉色發青。

「我這就打。」

我慌忙打電話回家。

「喂喂，喲，是朔美。怎麼樣，那邊？」

出來接聽的是母親，好一副悠閒自在的口氣。

「嗯，很好。由男怎麼樣啊？」我問。

「在呀，小傢伙好得很。要不要換他來接聽？」

「好啊。」

「妳等著。」

等著叫人的「保留」音樂，撩人心焦。

過了一會兒，咔嚓一聲接聽的還是母親。

「抱歉，他在睡覺呢。」

「是眞的在睡覺麼？沒有死掉？」

「呼呼大睡，沉得跟死了一樣。」

母親笑笑，我稍稍安下了心。

「我會再打電話，請媽轉告他。家裏怎麼樣？都好嗎？」

「老樣兒。幹子感冒躺了一個禮拜。她男朋友跑來探望，我們全見到啦。」

在日本的我家的生活氣味飄送過來了，那是母親一過世便會煙消雲散的一種既脆弱又強韌的氣味，只有那個家才有那種氣味，只因太過理所當然，以至誰也沒有覺察。

「是個很現代的帥哥。」母親說。

「好想見一見喔。」

「看樣子是剛剛交上的。」

一番閒聊之後掛斷了電話。

「好像沒事。」我對著把目光投注我臉上的大夥兒作了這樣的宣告。

「說在睡覺哪。也許是夢見我們這兒了。我家那個弟弟有點怪。」

在這幾個行家面前，我作了個莫名其妙的解釋。

「他具有驚人的異稟是不是？」小佳君說：「妳剛才被靈魂纏身，準是在夢中大聲求救，令弟才會跑來看看情形的。」

「這孩子眞好！這麼遠還跑來。」

我大嚷，好像事不干己。亢奮中一切都變得虛幻如閱讀一部靈異小說。

「他是累極了，所以現在才會在那裏睡大覺；要使形象這麼清楚地漂洋過海，可沒那麼容易哩。」

「我第一次看到這樣的。」龍一郎趣味盎然地喃喃道。

就這樣，我在既沒有喝酒，也沒有服藥的情況底下的的確確見到了弟弟。在場的每一個人也都目睹。這意味著某種空間連結到一起去了，使之串連在一起的不是什麼執著或是詛咒，只不過是弟弟喜歡我這個姊姊的一番心意救了我，如此而已。而他那番心意已然傳達了給我，經由他清淨的表情和姿影。

「不過，以他那個年歲來說，這股念力未免太吃力了。他今年多大？」

「十一罷？」

「從小就具有這種特殊的能力不同於後來才加在身上的那種，這表示你有這方面的能力，那就必定在某些方面有所虧損，以便保持平衡。但願這虧損的部分不是成長上所必須，可他還沒辦法自我調適罷？」

「好可愛的小男孩，妳弟弟。將來管保會成個美男子的。」挨壓子笑笑說。

在座每一個人都那麼樣的泰然自若，彷彿看到的只是弟弟的照片，這一點也大大地安慰了我。換上一般人，有過那種事後肯定會大驚小怪亂成一團的。也眞是，弟弟要是待在什麼事都有可能發生的這個地方，也就犯不著畏首畏尾的過日子了……我想。

而龍一郎八成看出我的心事，遂說：「早曉得帶他一起來就好了，拖也該把他拖來。」

我點點頭：「接他過來怎麼樣？哪怕三、四天也好。」

這件事雖然困難重重，但並非不可能。

那兩個人也異口同聲地說：「對，把他接過來吧，好想見見他。」

半夜裏，電話鈴響了。

我們已經回到旅館房間，龍一郎業已入睡。剛才睡過一陣的我，此刻睡不著，只好起來看書。

因此，立即拿起話筒。

「喂喂。」

是弟弟的聲音。

「由男麼？你起來了？」我說：「要不要緊？每天過得可好？」

「馬馬虎虎啦。阿朔不在，好沒意思喔。」弟弟把嗓音壓得很低。

「大家都睡了？」

「嗯。幸虧學會怎麼打電話。我剛才做了個夢，夢見阿朔被一個軍人纏住，我打算去救妳，到了那邊，發現阿朔和一個女的、龍哥、還有個白濛濛的男生，一起待在好像播放著什麼吵死人的音樂的地方。講對了沒有？」

「你來過啦，穿著睡衣。」我說。

「這可省了機票錢。」弟弟笑了：「可是我沒怎麼看淸楚屋子裏的模樣什麼的。」

大概是只感應到意識的型態罷，我想。

「到塞班島來吧。」我說。

眞想接他過來。

「不行啦，怎麼能去？」

「我們商量看看嘛。來玩兒吧。」

弟弟不作聲了。他穩定是穩定，但是沒有精神；並非由於剛才在夢鄉裏大事活躍過的關係，而是在高知恢復過來的某種什麼又枯竭了，從電話裏我能明顯地感覺到這個。

「考慮看看。你不是很想來麼？坦白地告訴我實話。」

「媽媽會……。」

「總有辦法說服她的。」

「……嗯，我考慮一下。」

「親身坐飛機來要好得太多了。還有，用你自己的鼻子去聞一聞大海的氣味，鐵要有意思得多。」我慫恿他。

「好想去喔。」他說。

我聽成了「好想活喔」，他的口氣聽起來就有這麼眞摯。（譯註：日語想去、想活發音俱爲iki tai。）

「我去向媽提提看。」我說：「你告訴媽頭不大對勁兒，賴個兩三天床看看，這樣比較容易摻你到這邊來。」

「知道了。」弟弟說。

我強烈地感受到他陡然振奮起來的一顆心。

掛斷電話以後，我有些後悔不該只顧自己談戀愛，一開始就帶他同行該多好。我不能否認自己起初未嘗不想撇開弟弟，單獨與龍一郎雙宿雙飛。

剛才有過一件事是別人所不知，獨獨我一個人才知曉的。

那便是弟弟幼時有個習慣，每逢心裏難過或想求助於人，就會故意橫過家人面前走到陽台外面去。

一四　something's got to give

近來我一直在思考歷史重演這事。

由龍一郎開車前往機場接弟弟的途中，溫吞吞的風從敞開的車窗吹進來，覆蓋全島的濃綠搖曳騷動著高聳參天，天空蔚藍得懾人。我以耳目感受著這些，一面思量著經常思考的某一件事。

正如那天挨壓子到機場來接我那樣，佇立機場前面那條寬廣的馬路上，風裏飛揚著裙襬，正在仰望耀眼的天空，最近經常盤旋腦子裏的那個思緒，忽然成爲一股美好的確信，宛若音樂盒的旋律那般無機地響起來了。

我相信歷史是會重演的。那想必是篤信宗教者所謂的因果輪迴，其實犯不著以這種名詞相稱，本來就是簡單而理所當然的事。

例如弟弟和我因爲在高知有過頂頂歡樂的假期，遂種下此番塞班之行的種子。如今結果了，弟弟就要來了；只不過稍稍改變形式，將規模放大，搭乘飛機，爲追尋同樣的歡樂而來。

萬事萬物差不多都是如此。播種、萌芽、結果。前因召來後果；再細瑣的事也會誘發一些什麼，然後產生某種後果。

然而，在我的身心裏邊，卻衍生了與這種循環周期全然不同的東西。而我終於明白過來了。

我終於領悟自己已然在不知不覺之間走上了不歸路——再也沒法回頭了。

我已經無法再回到碰傷腦袋之前的現實裏去。有朝一日，現在的我必能與過去的我取得和解，握手言歡，讓我恢復從前那種可以理喻的人生……而我已經知道這不是眞的。來到此地，在這使人眷戀得幾近酸楚、海潮與蒼綠的叢林氣息濃郁得幾令人窒息的島上生活了一陣以後，那份確信日益加深，我身心裏的某種什麼有了決定性的偏差，再也無法回到以前的我了。

只對未知與未來寄以期盼的一種新細胞，突破了那歷史重演的結構，癌細胞一樣的在我的腦子裏蔓延開來。

沒法回頭了。

對此，我既不悲，也不喜，就只是待在這裏如此這般的將自己溶入、舞進人生與風景當中，如是而已。宛如理所當然，就只是如此而已。

「飛機好像降落了！」龍一郎嚷道。

我把龍一郎留在車子裏，獨自走向入境處。

弟弟小得不相稱的身體，同著龐大的行李一起出來了。滿臉笑容、神采飛揚、比此地的任何居民都要白而又白。

我高興死了，高舉雙手拼命地搖著。

把弟弟接到塞班島來，是件簡單卻也是不得了的難事。

母親倒是出乎意外，以「不行啊，等等……也罷，就讓他去好了」的味道，很快地表示妥協，純子女士可是堅決地反對到底，說什麼不上學，還要叫他一個小孩子單獨坐飛機，簡直是胡鬧。不管我怎麼解釋說有我這個姊姊在，可以放心，回程又一起，甚至很快就送他回國，都不行。打了好幾通電話磨了又磨。

末了，平日從不表示慾望、溫順如羊的弟弟竟展現熱情，大哭大鬧著要來塞班島，這一著遂成了決定性的殺手鐧。

「阿朔，妳好黑喔！變成南洋人啦。」

這是弟弟所講的第一句話。接下去他直嚷著熱死了、熱死了，走出機場，宛如要深呼吸那樣地聞了聞戶外的空氣。

龍一郎倚在車上等候著。

他笑著揮手。

「龍哥，好久不見。」

弟弟飛奔過去，龍一郎立刻拿起弟弟的大行李，放進後車廂裏。好和諧美好的一幅光景。

車行中，來到我初來時第一次感到透不過氣來的地方，弟弟皺起眉頭說：「這個島上的空氣好濃厚，好像到處都是人。他們到底是什麼？就是所謂的鬼魂麼？」

「很快就會習慣的。」我說。

龍一郎也從一旁規勸他：「你又不是來這裏工作的，這種事嘛，就交給專家去管，你就像個跑來度假的小朋友，儘管玩個痛快就行啦。」

好——的，弟弟高高興興地回答。

至於我，一想到馬上就要回國，視野所及的一切都變得難分難捨。旅館的房間、烏賊般曬在陽台上的潛水衣。小住君店裏流洩過來的收音機震天價的聲響。排列沙灘上的白色椅子。海洋、椰子樹、被陽光曬黑的人們。附近的狗、吵人的空調、常去的那家廉價咖啡館、超市的紅籃子。一切的一切都叫人感到依依不捨。

也沒有在此地盤桓多久，卻有居留了多年的感覺。

晨起，到海邊，吃過三明治，洗衣服，然後上街。黃昏時分，總是直到漫天霞紅，被陽光曬呆了一整天的腦子這才恢復正常。

而在這怡人的涼風之中。

只見海面叫人心驚的渲染成一片澄紅，你不由得爲這份絕美舉杯乾掉杯子裏的啤酒以表敬意，接著淋浴、到外邊吃吃館子，再沿著海邊一面欣賞夜景，一面走回旅館。再來是看電視、上床。

充實滿足、一切遙遠如夢的每一日。單純如傻瓜，美好得幾令人感到可恨。

歸期將近的某一日，與龍一郎出去兜風。

弟弟已經和小住夫妻倆混得很熟，這天跟著他們上街採購準備帶回去的禮物。或許是出乎機靈的體恤，刻意讓我們獨處的。

「上哪兒去好？」

「到植物園去吃中飯吧。」我說。

那是島嶼北方佔地相當大的一座植物園，我與挨壓子去過一次。在那兒的販賣部可以喝到現榨的果汁。

「好啊。」

龍一郎說著，讓車子風馳電掣地飛跑了起來。

馬路非常寬廣，被日光照射得白花花的。除我們以外幾不見其他車輛，路兩旁的綠叢飛快地流淌而過。而透過那些綠叢，隱約可見閃閃發亮的海面。耀眼而又騷動的那片銀光，似乎直鋪展到遙遠的那一頭。

車窗打開，頭髮與面頰任由疾風吹刮之下，人幾乎喘不過氣來。……海潮味、砂塵飛揚的馬路的氣味、白色建築。以平靜安詳的步子來來往往的行人，以及他們那色彩鮮艷的服飾。……這一切都以驚人的速度接二連三的飛馳過去。……本來想規誡他開這麼快會出事的，但一想到這句話只怕會被風撕碎達不到他耳朵裏，也就算了。

龍一郎全神貫注在開車上，一本正經地直盯著前方。飛馳而過的所有景物瞬息萬變，顯得異常新鮮。

這時，我有個強烈的感覺。

在圍繞著我的這個世界的核心、在眼花撩亂的這些景色當中，我眞個痛切地感到了。那就是——

啊，對了。有朝一日我和龍一郎都會從這世上消逝。

我們將化成骨、化成土，溶化於空氣中。

那氣體串連在一起，將整個地球團團籠罩起來，包括日本、中國、義大利、所有的國家。遲早我們將乘風環繞全球。斯時，此刻確實安在的四肢都將消逝無蹤。

所有的人遲早都將如此。

誠如眞由、誠如父親。

目前正在存活的所有的人，早晚都必效尤著隨風而去。

而此時此刻，一個人確確實實地存活在這裏，能夠以唯有此時此刻才存在的肉體，一股腦兒去感受周遭所有的一切，是多棒、多美妙的事啊。

感動之餘，眼淚突然湧了出來。

速度不容你感傷。風馳電掣中感傷立即風乾，轉眼之間便霧散於連串的瞬息萬變之中。

而淚水亦然。

穿過低矮熱帶芙蓉的林蔭道，坐到小山坡遼闊的草地上，以三明治和果汁，來了頓名副其實如詩如畫的野宴。

草地大得不由你不懷疑如若深入腹地探險，眞就能夠遇難。

除了濃鬱的蒼綠還是蒼綠，天空藍得透明，從山坡上可以俯瞰全島。景致清明得能夠感覺到風吹過遠處的市街與叢林的模樣。

「由男能夠來太好了，看他好快樂的樣子。」龍一郎說。

「嗯，趁年輕時候嘗試各種各樣的事一定比較好，好比單獨坐飛機、或是待在說英語的圈子裏指手劃腳地買東西什麼的。這樣可以給他那種喜歡用腦筋去思考的孩子帶來很大的自信。」

「對呀，我是長大了以後才開始這麼做的。該說是悲慘的感覺罷，自覺在這個世上微不足道，甚至連蟲豸都不如；一個人要能嚐受一下這種感覺也不錯。我不是指的被虐狂，好比行李被偷了，護照偏巧在那裏頭，旅館又沒有預先訂好，租下的公寓嘛，房東冷冰冰對人愛理不理的，話也說不通，好死不活洗澡水又停水，類似這樣的。可碰到這種不如意的時候，心底裏就油然生出一股鬥志——我一定要想辦法克服它！自覺身心裏有一種新的、未知的東西萌生出來了。這麼一來，開始進修外語，也因爲不再認爲自己特別保險，也就不至於幹些無謂的傻事，荷包就不會鬧恐慌。所以，以他那種年紀或多或少能夠增加一點見識，總是好事。」

「是啊。」我表示同意。

好友親手烹製的品氣高尚的三明治。甜甜的天然果汁。天空湛藍欲降，以伸手可觸的純度，遙遠而又遙遠的覆蓋在我們的頭頂上方。雲絮淡淡的、有些兒透明地流淌過去。

海潮的氣味輕微可聞。

鋪展在腳下的景色豆粒一般綿續到遠方，綠叢與市街、無人與眾人的營生、森林與大海，所有這些對稱與平衡，全都毫不吝惜地曝露眼底。而天空純淨得驚人的色彩又溶入這一切當中，憑添幾分輕亮。

我仰望著天空直到脖子都痠痛了，感慨說：「好厲害的天空喔。」

「眞的，一點兒不錯，之藍的，看著看著，腦袋都要恍惚起來了。」龍一郎回答。

接下去兩個人都默然。

想必這時兩個人都不約而同地想到了眞由。

也不知爲什麼，這片天空、有關弟弟的話題、還有今天的氣氛，在在都不由分說地令人想起她。我與龍一郎之間夾了個眞由、我有過一個妹妹，今天這片天空和景色多多少少與她那個人近似。爲什麼在這以前我沒有像這樣的想到她那個人？簡直不可思議。

賽似眞珠的皓齒、從小就小巧纖細的一雙手。

吃西瓜時候駝著背的那副樣子。伸長兩腿時搽上了趾甲油的十趾。

紮起來的茶褐色秀髮。

種種這一切。她喜歡大晴天，即使待在小公寓裏，仍舊耿耿於懷地牽掛著陽光照不照得到什麼的。她那獨特的笑容——柔情萬種而又甜美如蜜的笑容，還有波紋般擴散開來的高昂如鈴響的笑聲。妹妹的所有這些殘像，突然一股腦兒鮮活無比的復蘇過來，只覺一心一意地渴望見她，渴望得痛苦難熬，叫我坐立難安。

也眞是奇怪，置身異國天空下，始才如飢如渴的思念起已然香消玉殞的妹妹；這或許是由於以往內心裏始終存在著一絲遺恨與不甘，不甘於彷彿被擅自自了殘生的妹妹所嫌棄、所背叛。

稍早，在那兩個男生出海潛水的當兒，我在挨壓子屋裏觀看瑪麗蓮夢露最後的影像。那是死前不久所拍攝的一部未完成的喜劇片，可以說是近乎NG集錦的一部東西。

片中的夢露姣美、明朗、而又溫柔似水，鏡頭活潑開朗，不由你不認爲「瞧她這個人如此朗朗歡笑，誰會想到馬上就要眞的離開人世了，太不自然啦」。

片子裏，她穿著洋裝緊抱從泳池裏爬起來的一干落湯雞孩童、爲了演戲出糗的狗明星忍不住笑場、光著身子裸泳，在在綻放出自然的光彩，說什麼也想不到她已因酗酒、嗑藥，發高燒到站都站不穩的地步。

然而，只覺她自始至終一直在發散著什麼。透明、閃亮、眼看著就要消失的一種謎樣的光線。太過漂亮、焦點太過貼合，光彩奪目得怕人，卻又不覺濃烈的光。

看過這部片子後，心裏有個疙瘩牽牽掛掛的，我一直在茫然地思忖著。

到了夜晚臨上床之際，總算明白過來了。是眞由。眞由也是同樣的情形。死前也跟夢露一樣看似與藍天、空氣、與夕陽化爲一體；了無生氣，卻又那麼耀眼得陶然自得，動作是如此甜蜜的與世界調和在一起，像件貴重無比的寶物那樣地引人注目。

原來如此；儘管弄不清是藥效還是死期已近這點使得她們類似的。

眞由不在了麼？眞的不復存在於任何地方了麼？天空湛藍成這樣、影子也如此分明，只須好好地去感覺，便會發現所有的一切俱都這麼棒、這麼美好得懾人，眞由也感受不到了。

「你們回來啦！」

弟弟從海邊小狗一樣地奔近前來。

他接著小聲問道：「你們兩個可曾多多少少私下裏談了些體己話？」

「不，也沒有特別談什麼，我們只談了些人生和關於旅遊時出的麻煩。」

「有沒有共度一段像個約會的時光？」弟弟更進一步探究。

「什麼啦，你個小鬼，吃醋了？還是刻意體恤我們？」

「是刻意體恤你們。」弟弟說。

我們坐在速食店外邊的檯子那兒。眼前是大海，泳罷剛才出水的弟弟的頭髮，滴滴答答地滴水。挨壓子端著一大盤切好的西瓜走向這邊。

我心想：這種時候，她爲什麼永遠都是笑嘻嘻的？她那副笑容讓一隻手上托住的西瓜看起來更可口了，使人的心境甜蜜如在欣賞一部古老的南國影片。好喜歡她這個人和她這種才幹喔，簡直愛死了。

「喏，免費奉送的西瓜。」挨壓子說：「我還得在裏邊招呼，你們慢慢吃。」

她說著，放下西瓜，逕自回店裏去了。

「龍哥呢？哪兒去了？」弟弟問。

「加油去了，說馬上就來。」

我接著告訴弟弟：「別爲我們費心思，像個傻瓜一樣。」

「可要不是我在這裏的話，你們就用不著這麼快回國不是？」

具有超自然靈異能力的弟弟很能了解我的軟弱和傷痛所在。

「我自己的事自己會考量，所以你用不著爲我操心，親愛的弟弟。」

我笑容滿面地接下去問道：「倒是你，打算怎麼樣？」

「我不想回去。」弟弟說：「我好想一直待下去。行不行嘛？我希望住在這裏幫忙店裏的工作。」

他這迫切的願望撞動了我。

「可是，你也知道這事很難，你自己其實也這麼想，是不是？」

聽我這麼說，他點點頭：「是啊，我知道幾乎不可能。」

「你我往後都得到更多的地方去見識更多的事物，去接觸各種各樣的人，這是躲也躲不掉的。何況我們隨時都還可以再到這兒來。」我說。

「嗯，我知道。不管我想得再多、看得再多，到底還只是個小孩子，肯定有許多事情是不要去插手比較好是不是？就拿媽媽來說嘛，遲早總要再婚，我們不可能大夥兒永遠同住在那個家裏，不是麼？」

弟弟的口氣深切得像個老人。

「由男會長成個好孩子的。」我說：「你鐵成爲一個成熟、歷練豐富又大受歡迎的帥哥。」

到時候，我必照著當初所希望的，帶著他四處炫耀去。

「我說世界上眞是什麼樣的人都有。我這還是第一次碰到像小佳君和挨壓子這樣的人。」弟弟側著被陽光曬黑的臉對我這麼說。

依然幼小的鼻子、纖細單薄的四肢。早熟而深沉的眼色。這兒隱藏著一股氣勢，讓你感到他的面前展現著以未來呀、可能性等等言之未免無謂的千萬條大道，多如這片大海中數不清的海參，可供他選之不盡、擇之不絕。

「我和由男決定回去，龍一郎你呢？打算在這裏多待一陣麼？」

這天晚上，爲了歡送我們姊弟倆回國，挨壓子預定在隔壁的海灘酒吧開一場小規模的演唱會。早該提出的這個問題並非錯失時機，只因比起上一次的訣別太缺乏危機感，安心之餘才會拖到了現在。

這時，由男正在沖澡，我則在更衣。

在塞班島的最後一夜，還是穿白的算了，不經意地想著，我穿上了白色的衫連裙洋裝。皮膚被烈日烤黑了，連自己看著都覺害怕，白衣好歹還相稱些。

「咳——！」龍一郎大歎了一口氣。

「什麼啦。」我說。

「我正在想，妳要是自始至終不問我這句話，我可怎麼辦才好呢！」

他笑了。

「沒理由不問不是？奇怪。」我也笑笑：「男人有時會變得怪細膩的。」

「可是，妳我到底不是親人；在機場道別，就此各奔東西，並不是完全沒有可能。」龍一郎一本正經地說。

他說的確實沒錯，我試著去想像他講的那副情景。太過悲哀、太過寂寞，完全不對勁。

「那末，你到底怎麼樣？也沒見你去訂機票，不打算回去？」我問他。

「回去啊。再過一個禮拜就回去。然後就要在日本住一陣子啦。」龍一郎答道。

「住哪兒？」

「我準備在你們家鄰旁租個套房。」

「眞的？好高興。」我喜道。

那麼一來，回去也不會無聊。這下子可以放心啦。好快樂。沒有比這更完美的了。這樣就好。沒什麼應該急的。

「總之，先出本書再來考慮別的。」

「這麼說，起碼會待個一兩年囉？」

我笑了。

「嗯，我們一塊兒來作國內旅行。」他說。

是因爲生性怕寂寞，喜歡有人作伴，還是熱愛我的緣故？我還不太了解這個人。或許往後可以兩個人共同去探索。

「我猜由男這還是第一次聽挨壓子唱歌罷？」龍一郎說。

「嗯，管保會大吃一驚的。」我說。

快樂極了。塞班島眞的帶給我好大的快樂。這是一個夜晚的開始，彷佛空氣始終就在這樣歌唱個不停。靜悄悄從窗口進入的風與黑暗的氣味。羣樹沙沙搖動的枝條。

快樂極了。

夜未央，酒吧裏人影稀落。

有如音樂會開始之前音樂廳裏播放的樂曲那樣，濤聲提高了聽眾的期望。

海潮味兒，到處瀰漫著已然滲入我肌膚和髮中的強烈的海潮香。

月亮以騷動人心的迫力輝燦於中天。

伴奏的就只有小住君那一把吉他，他已在舞台上調起弦來。我這還是第一次聽他彈吉他，心想，但願不要帶有hard rock的味道就好了……。

穿一襲塞班味十足而色彩鮮艷的禮服，完全不像個日本人的挨壓子，氣派堂皇地步上了舞台。

「我有一種不得了的感覺。我說阿朔，她唱的歌說不定很神奇罷？我的心又興奮又緊張得直蹦跳呢。」

坐我旁邊的弟弟這樣地對我說。

「你就等著瞧好了。」

龍一郎拍拍弟弟的肩膀。

挨壓子開始唱了起來。

一五　3AM・永恆

回到國內已是冬天，街頭寒冷徹骨，只管用恍惚不清的腦子一個勁兒地想著：東京這個地方怎麼會這麼空閒？既然如此空閒，何以偏又無山無水而目不暇給？

還有，出乎意料的是我的打工副業泡湯啦。回來才曉得店老闆已經結束了營業，他好像在我的刺激之下忽然興起了旅遊之心，到牙買加去了。

打電話到店裏沒人接聽，第三天親自去看看情形，發現門上留了個條子，上面寫著：「暫時休業。貝里茲。」哈，什麼暫時呀，我想。我忘記我們這位老闆是比我更馬虎、更不徹底的人。我知道遲早會有這樣的一天，卻沒料到會是現在。這才我領悟到我這個人每天準時上班工作，是如何的「抑制了他那顆驛動的心」。

良久，我茫然呆立店門前。冬日淡藍色的天空。將光禿禿的枝條伸上天去的路樹。穿著毛衣來來往往的行人。

一陣洩氣，我轉身離開。

這天晚上，我打了個電話給老闆的好友。

「那傢伙啊，聽說在誰個的家庭派對上遇見了來自西藏的一個算命的，那人要他最好馬上到牙買加去，他就帶著老婆去了。敢情去個年把十個月的就會回來罷。他要我問候妳，說他會給妳寫信。」

嘴裏說著「哦，我明白了」，心裏卻在想：為什麼西藏來的傢伙要他去牙買加？想來他肯定穿了套一看就曉得是個雷葛迷的服裝去參加那個家庭派對，被人家看出嗜好才要他到牙買加去的。這點可是有點蹊蹺。

不過，想到離別原來就是這麼樣貿然降臨的，我不禁黯然。和老闆的交情算是夠久的，從我還是個常客的那個時候起，只要推開門扉，貝里茲永遠在那兒。從水槽水龍頭出水的大小、酒杯與碟子的配置、到播放的音樂所醞釀出來的氣氛，在在都恍如昨日的習慣到切膚之親的地步，如今卻不能再到那兒去了。

臨別前夕，龍一郎曾說「妳我到底不是親人，在機場道別，就此各奔東西也是有的。」，當時我只拿當戀愛中的男人可能有的不安，如今回想起來，說這話時他臉上的神情倒是怪頂眞的。原來如此啊，我總算領略了。這種唐突、這種茫然若失的感覺，這是任何人與人之間都可能發生的。

想必龍一郎是透過旅遊，痛切地領略到這些。

我不知道這些，而今終於明白了。

這麼一來，我得考慮在國內再找個工作做做了。

我討厭朝九晚五辦事務。

那會令我發狂。換上打工，又只能選擇合自己心意的店子或者擔任收發傳達的工作。服務業這一行當中，我能選擇的其實也很有限。

我只得先且向朋友們散播目前「失業」的消息，一面天天往游泳池跑。幹子有了新男友，似乎根本沒有心思游泳，弟弟回國後認眞上學，我只得獨自埋首游泳了。

泳罷的歸途，每次仰望冬日的晚空，我就止不住如飢如渴的思念起塞班島和小住夫妻、以及龍一郎。有「體恤你的人」在那兒的島上的天空。黃昏時分金光鱗燦的大海。

好希望有誰能夠了解我，了解我在這兒，而且受到包容、受到寬恕。

阿朔：

我過得很好。

想拜託妳一件事。

可否分一些媽媽醃製的酸梅乾給我？

因爲龍一郎討厭那玩意兒，我已經很久沒吃了。妳相信麼？每年夏天只靠著酸梅乾過日子的我這人，居然許久沒吃了！

這就是所謂的「結婚」麼？想是這麼想，可我還是想吃得要命，所以後天見面時，務必帶些來，好嗎？

這種事本來一通電話就可以解決，只覺好像有點空，也想寫信。妳知道直到兩三年之前，我始終在每日睡眠只有兩小時的演藝界昏天黑地地打拚，根本不懂得如何排遣餘暇殺時間。我一向不單獨出門，總有經紀人陪在身邊。

我不知道這位經紀人原來並不喜歡我（也不討厭我；因我不是那種任性不講理的女孩。）陪我出出進進，純粹是職業，是不是？這從目前不再見我這點足可證明。那人並沒有出乎私交想要跟我見面。想到這點，我覺得好寂寞。我們曾經同住一室、出雙入對，結果卻發現人家並不需求你。那人是個女性，我們一直都相處得非常融洽。

我常觀賞自己演出的電影或者電視。邊看邊想：我這人該不會是個自戀狂罷？糟糕，眞不會演戲，簡直沒才華嘛。儘管龍一郎沒有這麼說，還誇獎我具有存在感，能夠醞釀出一股罕有的氣氛什麼的。可是演技這麼差就無法可施了。看來退隱才是正途。

不過，看著在畫面上活動的自己，實在是不可思議。

如入夢境哪。

這個人是這麼笑、這麼睡覺的；偎在心上人的臂彎裏，原來是這種表情。

……那就像碰見了你非常喜愛的親人，只是那是你自己。你會覺得好可憐哦，忍不住想抱抱她。

告訴她我好想見妳。

那末後天見囉。見了面我是不會談到這些的。無論如何，快樂地期盼著跟妳相見。

眞由

正在整理書櫥的時候，發現了眞由寫給我的一封信，打心底裏悚然一驚。

完全記不得收到過她這封信。這下子我眞要認爲這與我碰傷腦袋有關係了。

在眞由來說，那個時候已經相當危險。

那時她已然聽不進任何人的話。

只曉得精疲力竭地用全身去向世人表達：看啊，我就在這裏，你們千萬不要忘記。是眞由，眞由就在這兒。她的文字、她的語氣，在在都構成懷念的波濤，滾動起伏著充滿一室。原想拿給母親看，想想還是算了。

只怕母親看了，不免再度興起「早知道也許還可以防止她自殺」的懊悔。

此刻，就連我也禁不住這麼感覺。

死亡的氣味、絕望的印象。枯渴。希求。

她的精神狀態讓她感到失去的遠比得到的多。

很多的事都可以拿來當理由。

沒能制止。她於是加速地奔向死亡。

鬧得慌，決定去找榮子。

原以爲出院後她家爲了這次的事鐵鬧得天翻地覆，沒敢跟她連絡，不想她居然主動打來了電話。

好像高校以來就沒有到過榮子的家。所謂「好像」，是因爲完全記不清了。只因她在電話裏說「妳這還是高校以來第一次到我家呢」，我才曉得原來曾經去過。這麼看來，準是由於碰傷了頭部的關係；我眞的完全不記得了。

然而，一站到她家門前，刹那間我「自己這雙腳」，使一些情景以瞬息萬變的快速鏡頭，突然湧現眼前。

當時所穿裙子的底襬、Haruta少女鞋。寬廣的庭園，踩著鋪地的小石子兒走向厚重的木門上附有豪華門鈴的玄關。

啊，對了，我不是來過這兒麼？我看過這個庭園、踩過庭園裏的泥土。

這使我喜出望外。

彷彿一腳滑入時光隧道與高校時候的自己相遇、也像是在造訪只在夢鄉裏見過的一幢洋房。

興奮地按鈴，比記憶中老了一些的女傭和榮子的母親，並肩迎了出來。

這又使原有的李伯大夢式隔世感益加濃烈，我的腦子遂又恍恍惚惚地模糊起來了。

「謝謝妳來玩兒。」

那母親微笑著說：「碰到這種時候，做爹娘的可是一點辦法都沒有。那孩子多數時候儘著悶悶不樂地躲在自己房裏。」

這位母親漂亮、完美、有情有意、可以說無懈可擊，無奈就有正因爲太過完美，所以「不好」的遺憾。

我只嗯了一聲，便走向榮子的房間。

「朔美，想死妳了！」

榮子故作不正經地一把抱住我。黑眼圈、瘦了些，精神萎靡卻不改那股子剛強勁兒。

只覺性格儘管近似，但她無論如何也不至於走向眞由那條路。到底差別在哪裏？成長的環境，我領會到這句話，卻也感到無限的惆悵。

銀質糖罐兒、成套的Wedgwood 茶具、餅乾加上三明治。女傭用推車送來了正宗完美的英國式下午茶，榮子微笑著道了謝，臉上卻與她母親一樣的蒙了層陰翳。

「被禁足了？」

我吃著三明治，邊問她。

「又不是小孩兒，還沒有那麼嚴重啦。」

榮子笑笑，繼續說：「不過，一要出門嘛，就一再釘著問要去跟誰碰面，也不准外宿。」

「那當然囉！」

我笑了。

「妳這麼認爲？」

榮子也笑笑說：「而且，我就要到夏威夷去了，同著母親和阿姨。準備逗留個半年罷……等到所謂餘溫冷卻爲止。」

「眞就是有錢人的作風，事事如此。」我說。

在這個家所釀出的一股舒適的壓力之下，我開始感到有些透不過氣來。

自窗口射入的淡淡的冬陽。蕾絲紗窗簾。那一頭是庭園裏修剪整齊的樹木。蕭索中顫抖著的水池裏，可見掠過水面的錦鯉太過通紅的影子。

在這種環境成長、受到疼愛、被飼養，終至無法離巢高飛。

我甚至覺得榮子眞正的苦惱毋寧在此。

「快別這麼說，我並不想去。也不是很不想去。」榮子說。

「不過，出去散散心好歹可以改變一下心情。半年算什麼嘛，很快就過去的。妳就到那邊去鬆弛一下身心吧。」

我繼續說：「就拿我來說，也不過到塞班島去了個把月，精神整個恢復過來了，簡直像重生過來一樣。首先，風光就不一樣，單是這一點就有很大的不同吔。」

「眞的？那末，我就寄以厚望好了。不定還眞不錯呢，什麼都不去想，也不工作，只管瞎拼買東西、游泳。沒錯，就當作盡一番孝心好了。」

榮子這才由衷地笑了。

看著她，我不禁心想：榮子畢竟眞的是身心俱疲了，她準是打心底裏感到害怕哪。脂粉未施的素臉底下穿了件雪白的開司米料毛衣，打了個麻花辮的她，看似女童，顯得纖弱而惹人心疼。

因此，我們沒有談及她的男友，盡講些有關電影和塞班島的種種。

這麼一來，只覺置身庭園式盆景也似的這個房間裏，時光流動得特別慵懶。有一絲淒涼的悔意飄漾在屋子裏，讓你覺得哪怕遠赴夏威夷散心，這份淒涼的悔恨也消除不了。

過了好半天，我終於問道：「出事以後有沒見過他？」

「沒有。」

榮子只講了這麼簡單的一句，微笑笑，不容我繼續問下去。

然而，過了一會兒，卻又主動地對我說：「我不喜歡由爹娘替你擦屁股解決問題，然後擺出一副沒有過這回事的樣子，這不是跟十幾歲的小女孩一樣麼？我希望跟他碰個面，好好地談一談。可是太難了。」

「爲什麼？」

「經過天翻地覆的那麼樁大事件之後，我還能夠到公司去麼？……電話裏是談了一些，歸根究底是我沒有勇氣再約他見面。其實，要跟他重拾舊歡是很簡單的。只不過……在我自己還沒有弄淸楚想要怎麼樣以前，還不想這麼做。這陣子只管東想西想。」

她向來討厭將熾熱的慾望毫不保留地表現出來，因而嘴裏說想見他，那表示內心裏可眞的是發狂地想要見到那個人了。

「如果不多的話，我可以幫點小忙。」我說。

「怎麼幫法？」

「我可以掺妳出去散步一兩個小時。妳們公司不是在銀座麼？來回算他四十分鐘好了，還是有時間可以見見面。我陪妳回來的話，家裏不會懷疑，到了那兒，我可以出面叫他出來。也許沒有時間做愛，喝杯咖啡總夠了罷。」

「妳不必爲我這麼做的。不過，當眞可以麼？」

榮子的眼睛閃亮起來了。

「如果只此一次，下不爲例的話。」我說。

我們出去買點東西、喝喝咖啡，晚飯前趕回來。可以留朔美一起晚餐麼？……

榮子靈巧地告訴母親，做媽媽的和那女傭於是滿臉笑容的將我們送出門。

一坐上計程車，榮子到底變得沉默寡言。挨刀子可不是演戲，而是被人捅上一刀，意味著有人想殺你。這的確是一股沉重無比的壓力。

良久，這才她開了口。

「我好久沒有到我家附近以外的地方來了，街頭好美。」

確實，各式各樣色彩繽紛的陳列品在冬日澄澈的空氣中輝映，美如童話。燈光暗淡的計程車裏，埋入座位的榮子那張素淨的面孔，似也成了其中的一部分。

往常外出時候，永遠經過完善的化粧，衣著也極其考究的這麼個女子，此刻居然以家常衣服去與心愛的人相見，這對她來說，需要多大的決心！

我走進榮子男友的公司，將他喚至會客室。我沒有見過他。等待的時刻，有些兒緊張。不一會兒，從電梯裏急步出來了一個「神情微倦，看似富有而又高尙的普通一般的歐吉桑」。他也不在乎負責接待的女職員好奇的目光，大大方方的同著我走出公司大門，他這份認眞和坦蕩令我產生好感。說到這個，我倒是想起來榮子的父親就是這一型的人。

「榮子在那家咖啡館等你。」我指指對面。

他道了聲謝，便穿過馬路朝對街走去。

我們約好半小時後在三越百貨的第凡內碰頭。超過預定時間十分鐘榮子尙未現身時候，我還在心想：這兩個傢伙眞可惡！十五分鐘後，看到她款款走向這邊的模樣，我於是從心底裏原諒了她。

她整個的人宛如經過整形還是美容一樣。

這麼樣的燦然生輝。一雙眸子恢復了生機，發散出來的亮光與先前迥然不同。素淨的臉蛋與毛衣的白，半圓的月亮一般朦朧而又明亮的浮現在夕黯之中。未搽胭紅，兩頰卻紅紅的，腳步輕盈如舞。

「抱歉，來晚了。」榮子說。

「如何？」我問。

「他說等我從夏威夷回來，兩個人再一塊兒好好地考慮考慮婚事。」

「眞——的？」

「好像是眞的。」

榮子嬌羞地笑了。

原來她有意跟他結婚呢，既然如此，明白地告訴我不就行了麼？（雖然告訴我也沒什麼用）我一直都不知道；沒有想到榮子這次的用情之深、之認眞，這下子我可也明白了她眞心的分量有多重了。同時也領略了她來自先天遺傳以及教養的那股子頂眞勁兒。

人類也眞簡單，而這簡單竟也是偉大的。

冬日傍晚的都會、閃亮的街頭、霓虹燈。下了班這才要出門的人們，而在這片熙熙攘攘的熱鬧中，榮子嬌小的身軀顯得分外渺小。

她小聲對我說：「我們回去吧，朔美，多謝啦。」

她那副笑容是如此的充滿了孩子氣的信賴，又是如此的美麗，以至我反倒不好意思起來。

就像是獻花給初戀的美人兒老師，博得她嫣然一笑著回禮，因而飛紅了臉的幼稚園小朋友一樣。

半夜裏，獨自在起居室裏看錄影帶，弟弟下樓來了。

「阿朔，妳在幹嗎？」

「看電影。」

「哼——。」

他跑到廚房去喝溫在熱水壺裏的麥茶。我要他也給我一杯，他就倒了杯帶了來給我。

「我才要問你在幹什麼哩，怎麼，睡不著？」我問他。

「不，我九點鐘就睡了，剛剛醒來。現在幾點？……三點鐘？」

「是啊，三點。」

「阿朔，妳總是熬到三更半夜還不睡覺。」

弟弟這樣地對我說，神情開朗如健康寶寶。

「是啊。」我說。

畫面上是個歌星正在夜總會裏高歌。

「挨壓子也不曉得安不安好。」弟弟說。

「我昨天跟龍一郎通過電話，他說大夥兒都很好。」

「好懷念他們喔。」

「嗯。」

「好厲害呀，她半夜裏唱的那些歌。」弟弟說。

「嗯，眞的。嚇了一大跳。」

人人爲某種事物太過感動的時候，反而不會一個勁兒地談論它。回國以來，這還是我和弟弟第一次談起那晚的音樂會。

那天晚上，逗留塞班島最後的一夜。

一些片斷接二連三地浮上腦際。

我那身白色洋裝、夜風與海潮的氣味、海灘酒吧龍一郎伸直著擱放檯子上的黝黑的臂膀。還有月亮，在海面上搖曳的月光。弟弟的短褲、甜甜的廉價雞尾酒。熱鬧的人羣。濛濛亮的沙灘。

在小住君不甚高明卻是味道十足的吉他伴奏下，挨壓子一連唱了好多首歌。

記得有比利何里第的無名的歌，以及其他總之是古老而又甜蜜的許多首歌。由於陷入太深，單是聽著，就讓你覺得整個的人快要溶化。儘管這樣，內心的一角又有些緊張，只覺有那麼一道令人眷戀的激情的堰堤在自己的體內渦漩，你強忍著眼淚試圖不要給沖走。因爲一旦被沖走，擔心對至美的事物知之過詳的恐懼，會使得你禁不住僵硬起來。

然而，聽著聽著，人就不由自主地被那暴力性而又溫柔似水的歌聲所解放，主動地流向塞班島鮮活的夜晚之中。

但願永遠待在這個地方。

父母、兄弟、情人都可以不要。

因爲感覺裏他們都像在此地。

只希望永遠在此空間、在此生絕無僅有的這片活生生的聲浪中悠游。

任誰聽了都不能不這麼想，就是這樣一種天才之歌。

那是由雪白、粒子精細、甘甜、燦亮而又像是涼風似的什麼所構成的東西。

弟弟感動之餘，大張著一雙眼睛。

接著，宛如在巨大的音樂廳舉行那樣，如雷的掌聲和采聲團團地包圍著她。人人都因爲今夜有幸在這兒聽此歌聲而欣喜若狂。

「對不起，盡唱些無聊的歌曲。到頭來只有變成牽就他那個人的演奏技術和滿足一般人的喜好啦。」

挨壓子走向我們的檯子，一邊這樣地分辯。

「挨壓姐，太棒了。」弟弟讚歎說。

挨壓子親了一下弟弟的面頰。小住君笑著，一副「小孩兒嘛，可以原諒」的表情。

「閣下的吉他也很不錯呢。」龍一郎笑笑說。

一切的一切都這麼樣的和諧。濤聲重又一波波地造訪靜下來的酒吧間，別人請客的酒一杯又一杯端到我們這個檯子來。

我們幾個大人不用說，就連弟弟也喝了個夠。

不久，時刻已過半夜兩點鐘，酒吧打烊，熄燈，海濱暗了下來。眾人向挨壓子道了謝，又說過晚安之後，便各自向自己的夜晚散去。

「我們散散步罷。」

說這話的是挨壓子。

大夥兒都醉醺醺的，弟弟更是酩酊大醉，走在海灘上，一面發酒瘋。

在離開我們那家旅館與速食店所在的角落頗有一段距離的地方，四周已然漆黑一片，杳無人影，唯有眼前的海面讓人感到墨黑而龐大無比。

脫掉鞋子以那雙光腳正在與波浪嬉戲的挨壓子，突然穿著衣服游起泳來。

她坐在遠遠的淺灘烏亮的水中嚷道：「好舒服喔！」

「千萬不要游向外海，怕有鯊魚！」

繼這一聲牛頭不對馬嘴的忠告之後，小住君脫掉鞋子，嘮哩砰通踩進水裏準備去將挨壓子帶回沙灘上。

留下來的三人笑笑說：好恩愛的夫妻呀。

不多會兒，人魚般渾身濕漉漉的挨壓子，腳步沉重地回到了海灘上，在月光底下唱起歌來。

那腔調猶似在夜晚的氣息之間仔細穿梭的一首低吟。

我不由得看看錶確定一下時間。指針模糊的標示出凌晨三點的直角。三點啦，這個意念剛剛閃過腦際，只聽歌聲的音量陡地提高。

恐怖啊。

身上起了雞皮疙瘩。有生以來第一次感到「只要能夠逃離這裏，犧牲一切在所不惜」。

挨壓子讓我覺得害怕。

她簡直就是非人類的某種什麼；無關乎美不美、歌唱得好，或者神聖乃至邪惡如魔鬼，而是使你感到彷彿直接觸及人所以是人的源頭。

那是很可怕的；終你的一生也不見得能夠觸及，就像是一口無底深淵，或是不戴墨鏡，以肉眼去直視太陽一樣。

那歌聲似將持續到永恆。

又好像只有那麼一瞬間。

我只片斷地記得緊握我手的弟弟那隻手，和被一股意志——我要把所有的一切都看進眼裏，而且從頭到尾記錄下來——所支撐的龍一郎那副側臉。

小住君無聲無息、毫無動靜。

還有，那副情景我也記得。

只覺有一股濃重的空氣，以一種驚人的速度，從大海以及背後的叢林那邊襲向前來。我只能這麼感覺，可看在弟弟這種通靈者的陰陽眼裏，會是什麼樣的一種東西呢？

「阿朔！」

弟弟連哭帶嚷地一把抱住我。

就在這個刹那，不騙你，整個世界眞就萬丈光芒地閃亮了一下。

那光芒之強，令人頭暈目炫，幾乎站不住。

然後，歌聲終止。

挨壓子依然以秀髮滴水、濕衣貼身的落湯雞模樣行禮下台，大夥則茫然出神地鼓掌。

接著而來的是一片寧靜。

那是幾近森人可怖的一種靜寂，不單是挨壓子之歌消失之後外在世界的靜寂，我同時感知自己的身心裏邊同樣岑靜得彷彿變成一片空洞。

「那玩意兒到底是什麼？」我問。

「阿朔，我說出來的話，妳不會笑？」弟弟說。

「我不笑，你說說看。」

「那個時候，好多鬼魂都集攏過來了；好多好多，多得根本數不清。」

弟弟接著說：「剛才金光一閃的時候，我看到一道大裂縫。」

「嗯。」

「永恆就在裂縫那一邊。」弟弟說。

「嗯。」我應道。

一六　哲學家的密室

接獲老闆來信，是兩個禮拜之前的一個寒冷的早晨。

朔美：

貿然結束營業，非常對不起。

匯上一筆錢，是妳未領的薪水外加一點，算是退休金罷。

此地很好，天天偕同老婆跑舞廳。

也結交了一些新朋友。

此地時光過得慢，日日悠遊自在，賽似人間天堂。

我們打算在此地多待一些時日。

歡迎前來遊玩。

貝里茲店主

這封信以我眼熟的、纖細秀麗如出自人妖手筆的字跡書寫著。看這樣子是完啦，他會回國繼續經營此店的希望是泡湯了。老闆已經消失到音響和慢速唱片的王國去啦，置身現代日本，偏又執著於經營七十年代的事物，想必他已身心俱疲。

沒辦法，我只得認眞地另覓新職。

我在高級住宅區的一家麵包店找到了工作，一週六天，每日上午十一點到午後八點。

店老闆是法國人，只能講些不成句的日語。他是巴黎一家經營了好幾代的老字號麵包店的二少爺，以「讓正宗的法國麵包進軍日本」作號召，意氣風發地來到了此地，是個拘束的人。

沒想到這位歐吉桑又是和貝里茲老闆完全同一類型，看來我這人很容易博得這種人的好感。前來當面應徵的人很多，我卻是一炮成功。製作麵包的技術人員有三名，外加出納、看店的、以及我這個幫手，是家規模不大的麵包店。

其實對我來說，這種工作最輕鬆自在了。

既可以學到製作麵包的方法，又得以學習法語會話。

麵包只做硬殼軟瓤的那種，且一天只出爐三次。我總在麵包出爐前半小時站到店頭去幫忙。此時，店堂裏邊，熱騰騰的麵包羅列，只等著鍋氣和酵母味兒消失。

傍晚才叫美妙。

站立賬檯，只見暮色中，一些家庭主婦、學生、和衣著整齊的銀髮族，開始一個接一個上門來排隊。

想必周遭店鋪不多，這家麵包店光亮的照明，在街道黑暗的剪影中，遂顯得分外晃亮如一座燈塔罷。

前來光顧的客人幾無來自遠方的，所排隊伍也還沒有到供不應求的地步，人人臉上也就沒有那種迫切和過分的期盼，有的只是一份平靜的喜悅——「明天早上可以吃到美味的麵包啦。」

也不知什麼緣故，烤麵包的香氣總叫人夢魂牽縈到可怕的地步。

麵包香撩起你濃重的鄉愁，讓你滿心想回到在天涯海角某一個地方的某一個光輝燦爛的早晨。

即或吃掉一百斤剛出爐的麵包，怕也達不到烤麵包的香味所醞釀出來的那種情境。

我佇立那香氣中，凝望著那些靜悄悄的行列逐漸產生。夜晚徐徐地漫上來。窗口透著亮光的住宅街、晚餐的動靜、山脈般連在一起的屋瓦與屋瓦的影子。不多久，大量的麵包送上來，我以崇高如神明的心情將麵包裝入袋子裏，笑容可掬地遞出去。

如此這般，我也開始愛上這份工作。

誠如愛塞班島、愛我弟弟、愛我那情人。

我猜，我這樣就可以了。

我只有日復一日如此這般地重複同樣的事情。

難得的一個假日。

接近黃昏時分，我打算邀弟弟一起去逛逛書店，探頭看看他房間，只見正在對著電視機玩電腦遊戲的弟弟，以比我勾頭探望還要快一些的速度回過頭來。

奇怪，並沒有什麼可疑之處啊，我不由得暗自一驚。

「阿朔，準備出去？」弟弟問。

「嗯，到書店去。要不要一塊兒去？」

「不，我想玩到一個段落爲止，所以不去了。」

「知道了。那末，我走囉。」

我說著，關上了門。

沒有什麼異乎尋常之處。

平常的笑容、很是我們這個家族的那種冷漠，所有的一切都沒什麼特殊之處。只不過屋子裏的空氣和他那副眼神，透露著些許的疲倦。

這是成長期的男孩子所慣有？還是來自腦神經的疲乏？我完全搞不懂。會變得神經質也是沒辦法的事。只覺這些時來，他並不像置身塞班島時候那般的生機勃勃而自然，也不似當時那麼樣地向我敞開心門。

街上非常寒冷，人人都穿上大衣，陽光卻透著一絲兒春意，彷彿嶄新而又甘甜的某種什麼那般，微微的發出那麼點亮光。這種微妙的感覺，恐怕也只有在日本才能夠嚐受得到。街上所有的人都能感受到春意，宛如那是他們柔軟皮膚的一部分。

車站附近的一幢大廈裏有家很大的書店。從前出院後無聊得要命的那個時候，我曾經過了一段每日跑水族館去觀賞翻車魚，歸途繞道書店買來一大堆書，再到貝里茲挑個昏暗的角落看半天書，然後回家的日子。貝里茲的店老闆對我「滾落階梯，跌傷了腦部，以至還沒法正常工作」的奇怪遭遇深表同情，過了段時日之後終於雇用了我。

那正是冬天。

重生的新我以邁出新人生的第一步站上那家店頭、從窗口眺望細條條的枯樹枝，正是寒風瑟瑟的冬季。

人所以會感傷，是因爲太過空閒。

精神上一鬆弛下來，成串的回憶就會成爲亡魂漫上心頭。回憶讓你感到舒適，卻是很快就厭倦。在巴不得速戰速決的心情之下，你讓意識跳回「重現」這個強光之中，瞬息之間又將之拉回，但近來有關貝里茲的種種，卻好像依舊模糊而又如影隨形地環繞在我四周。

書店人擠人，擠滿了學生和公司的女職員。我劃開人潮，挑選了一大堆書。

簡單的法語會話書、有關麵包的書籍、雜誌種種。

也到新書部門瀏覽了一遍。

在許多堆積平放的檯面書當中，有一種厚厚的書引起了我的注意。

《哲學家的密室》，笠井潔著……既沒有看過，也不曾聽說過，是我平時不會去看的推理小說，而且又來得厚，拿在手上沉甸甸的。手頭上的錢也沒了，可我爲什麼寧可放棄麵包書也非買下這本磚頭書不可？

這便是所謂的命運了。

總覺得無論如何也要這本書。

只覺有一種不知來自身體哪一部位的聲音——遠到無可如何，卻又近在咫尺而且確實能夠觸及——正在堅決地慫恿：買下吧、買下吧。

到家，弟弟不在家。

「最近有了新朋友，好像找人家玩兒去了。」純子女士這樣地告訴我。

奇怪呀，我想。

不過，我又反過來說服自己：「斷姊」（而不是斷奶）也是必要的，總不能事事依賴我這個老姊。

我回到自己房間裏，讀起了那本書。

背景是巴黎，主角是一個聰明的巴黎佳麗娜迪亞和她所敬愛的神秘日籍青年——飛翔。

……她對愛情是健全得近乎傲慢，又充滿了好奇心，他則從比較多元的視野去看人世的結構，並且在難以處理的黑暗中生存，哼哼……我這樣地邊想邊往下讀。

然而，讀著，讀著，我開始變得難以忍受；坐立不安。也不知爲了什麼緣故，感覺裏書中的男女主角竟是如此地令人懷念而可親，宛如多年的至親好友。多叫人著急啊。

這種感覺簡直異乎尋常。

前番造訪榮子家，在玄關上忽覺以前似曾來過，這就跟當時的感觸頗爲相似。

爲什麼？

我思之再三。

飛翔這個青年原本是個好人，可就是總有些陰暗的一面；是因爲這一點和龍一郎有點近似？還是娜迪亞的小姐脾氣與我重疊之故？抑或只緣於我能與他倆明朗的靈魂產生共鳴的關係？

不，不對，應該不只如此。雖不知何時何方，總覺得我曾經見過他們。對於以往讀過的任何小說，我從沒有感受過如此複雜的懷念之情。

爲什麼會這樣？

當時我這副深陷苦思的模樣，看在旁人眼裏肯定有點可怕。

我抱著腦袋，深深地潛入自己裏邊，以尋求解開謎底的線頭。

而我想都沒有想過這麼點細瑣的芝麻小事，居然成爲解謎的契機。

唉呀呀，驚訝中線頭鬆開了。接著靈光一閃，答案出來了：流暢如黃昏變成夜晚。

結論明快地浮現。

「原來我讀過呀。」

我看過這位作家的系列小說。愛死了，小小年紀卻也痴迷得愛不釋卷。

記得有《拜拜，安琪兒》、《薔薇女郎》，再就是《啓示錄兇殺案》，每出一本我就買一本。飛翔原先在西藏修行，格魯法師要他「到世上去與罪惡爭戰」。他是盛暑也不開冷氣，連窗子都不打開。娜迪亞則死了母親，與父親住在一起。做爸爸的是警方的人，好像是一名督察罷。

在第一部作品裏邂逅這對男女主角的時候，興奮得通宵閱讀。時值春季，清晨時分正在假寐，母親與眞由敲門邀我一塊兒去賞花。眞由趕巧遇上空檔，留著一頭短髮，大夥兒就在有著集市的櫻花樹下一起吃炒麵。

那個時期，家裏的窗簾是黃色，夕暉裏顯得分外耀眼。

那當兒我的身長似又拔高了一些，怕有一六二公分罷。弟弟可是個小不點，穿了條連身背心燈籠褲。接下去是開始穿短褲，上幼稚園，第一次遭別的小朋友欺負哭著回來，母親則乍乍與前任丈夫分手，正是秋天，成天價喝酒哭泣，使得純子女士束手無策，之後，純子女士開始住進來，成爲家裏的食客……

如果以言詞表達就是這種感覺，可又不是像這樣以簡單的一番概略便能打發，該說那並非言詞，而是更多、更大量的某種資訊的洪流。封閉的某些資料，由於陰差陽錯按錯了鍵鈕，於是大堆大堆一股腦兒的輸了出來。

我慌亂了。爲什麼由於這麼個小小的契機，使得事態演變成這個樣子？

大堆資訊氾濫成流，順理成章，轉眼之間重新排列，眼看著就要組合出一個故事來。而這些處置的流程擅自進行，乾淨俐落，我只有呆立一旁觀看的份兒。它們到底想創造出什麼來？

那便是號稱「我」的故事、個人史，且是層次更高、更加完善的東西；那東西已然完成，圓熟而立體，嚴密得不容我的情絲毫入侵。

巨大的漩渦，大海一般將周遭的人與事全盤捲入，漲潮，退潮；漲潮，退潮；然後塑造出被我獨特的色彩所渲染的世界中唯一，或者與大家共通的一副剪影。——我感覺到這麼樣的一股渦流。

我那副剪影猶似安德羅美達，熟悉、美麗，顯得遙遠。（譯註：安德羅美達爲希臘神話裏埃索匹亞國王凱菲烏斯與卡西奧匹亞之女，被拿當上供的活物拴在岩石上，末了被帕爾塞士所救出。）

然後，我從書本上抬起眼睛。

只見所有的一切都漾滿各自的歷史存在眼前。

眼前的世界與方才赫然不同。

是我的記憶恢復了麼？

我這樣地出聲自問，內心裏卻已不再有直到剛才還盤據我心頭的那種感覺——曾經喪失部分記憶，且陷入記憶混亂的那種自覺。

只覺房間裏看似一成不變的各樣東西，忽然各自顯示出另一種資訊。

它們依次的，然後一股腦兒的將另一種資訊展現眼前。

書櫥是上小學時母親買給我的。父親過世那夜，我只管愣坐在那兒凝望著櫥角。上面的硬傷是幹子高校時候，預備站到窗口跌了跤，連人帶書櫥倒向地面造成的。那是在西武百貨公司買的，那當兒只有池袋才有西武。同時買下的還有下面的餐具櫥，記得新任爸爸在夫妻吵架的時候，演戲一樣對母親大吼「我看妳是忘不了妳前面那個老公」，同時用力捶一下桌子，把裏面的玻璃震出裂隙，使得弟弟也嚇哭了。

這些無關緊要的瑣事接二連三浮上腦際，彷彿利用電腦，以「這座書櫥」叫出資料一樣。在無來由的沒法選擇資訊的質與量的情況之下，我有點混亂了。

無論關乎任何事物都一樣。

剪刀、書本、走廊、門扉、鉛筆。

我覺得好玩，決定下樓看看。

母親在那兒。

廚房裏的那張餐桌，啊，那是前年新買的胡桃木大餐桌。母親去逛伊勢丹百貨公司，看上了這張桌子，遂叫他們寄來商品目錄。把餐桌搬運到家裏來的是個很像勞勃狄尼洛的貨運行員工。弟弟一屁股坐上桌子，母親可是眞的生了半天的氣。

要命，停止不了。

我有些怕怕地看看母親，母親畢竟是人類，又連我仍是胎兒以及幼兒時期，看不見、只能憑著感覺所得的那些記憶，也都排山倒海而來，只覺壯闊而又巨大的一片混亂正與記憶的片斷共舞。

「妳怎麼了，朔美？有點不對勁兒呢。」母親說。

「什麼地方不對勁兒？」我問。

然後對著母親凝視。

「臉上好像虛脫沒勁兒，看起來跟小時候一樣。」

「剛睡醒的關係罷。」

我說著走進廚房，在記憶恢復的方式——記憶的洪流一般氾濫出來的每一樣事物，宛若有意呵責我不該將它們置諸腦後那樣，一疊連三的輸出大量的資料——所造成的混亂中泡了咖啡。

仔細看下去，發現碰傷腦袋之後的回憶，竟也微妙如麵包上面抹以薄薄一層奶油那樣，芳香馥郁而又自然的重疊著塗抹在那些舊事上。好奇怪的一種感覺。未免太過明快、太能夠了解了。比起昨日之前那種單憑著直覺摸索，只存活於「現在」的情況，此刻的自己未免太過沉重，簡直像捧著好幾本百科事典在行走。想到往後就要在這種不可思議的世界活下去，只覺有點可怕，又好像撿到了便宜。另一方面也覺得這種情形其實沒什麼大不了，自然能夠應付得了。

端給母親咖啡，一邊暗自感謝帶來這種情況的娜迪亞和飛翔，我上樓準備繼續看那本書。一抬頭，發現弟弟就站在樓梯頂端上。

他以一副凌厲的神情盯著我看。

臉上有那麼一抹近乎畏懼的什麼。

沒等我說「怎麼回事嘛」，他搶先一步發話了。

「想起什麼了嗎？」

我好生驚訝：「你怎麼知道？」

以「弟弟」爲標題貯藏起來的資料——從他出生那天早晨到塞班島種種，而爲了避免這些資料一下子塞滿整個腦海，我苦心地試著一點一點的加以集中。

弟弟答道：「我憑著跡象知道的。剛剛屋子裏突然有一種阿朔分裂成新舊兩個人，然後又合而爲一的跡象呢。」

什麼嘛，把同一個人分成新舊啦，又是什麼合爲一體啦，簡直把人拿當機器人玩具，太過分了罷。不過，想到他八成能夠直接感應到我此刻的狀態，我也就不說什麼了。事實上他的眼神告訴我他了解一切。換上別的一些人，在合鏡般一勁兒展現的這股記憶力播弄之下，很可能會發狂，但我只覺那些目不暇給的花樣很是稀奇，能夠的話，甚至想將之牢牢記住。（譯註：合鏡爲日本物事，兩面手鏡合爲一對，便於前後對照。）

我天！人的腦袋眞個是容量相當驚人的一架電腦，甚至具備了對自己不方便或者此刻並不需要的資料就不輸出的功能。這並非比喻什麼的。如果輸入的盡是些美好的資訊，則你思考的就會全是美好的事物，連帶著相貌也變好了；這種說法未嘗不是眞的，而只要不輸入消極負面的東西，則成功乃至修正過往那份陰暗面的冥想，總之重新設定程式都是可能的；人腦所構成的這部電腦就有這麼機械、這麼精密而又老實到死心眼的地步。

不過，我是不會選擇這條路的。

好不容易到這人世來走一遭嘛。

還是多多體驗各種各樣的事物吧：無論是可笑的、奇怪的、可怕的、甚至是巴不得置之於死地的那種憎恨……遲早還是一一去體驗的好。

我居然純眞得老老實實的用心靈去描繪幼稚園小朋友的抱負也似的這種冀望。

「短時間內腦子裏可能會很混亂，可很快就能夠條理清楚安穩下來的。」弟弟說。

「我很高興你這樣安慰我，可你爲什麼一副黯然神傷的樣子？」

我所以這麼問，是因爲弟弟說那話時，神情悲壯得像隻行將被宰殺的雞子。

「我感到有點寂寞。」弟弟說：「總覺得失去記憶的那個偏頗的阿朔，比較了解我的苦楚。」

「你個傻瓜！」我噌他。

放在今早以前，關於這事，只怕我的看法也跟他沒什麼兩樣。

「坦白說出眞實的心情是好事，可從這種消極的想法是產生不出什麼積極的東西來的。兩個苦人兒靠著同病相憐維持友誼是最糟糕不過了。你那會兒不是見過天氣好、大海當前、大夥兒快快樂樂有說有笑的光景來著？」

弟弟點點頭。

「呆瓜。我們不是有共通的歷史麼？一起長大、吃同樣的東西、擁有同一個母親；雖然你我的父親不是同一個人，結果還是一樣。你這傢伙眞是小鬼一個啊。」

我忽然覺得好心疼這個弟弟，於是目不轉睛地對著他凝視。我從光亮裏似乎輕微的感受到他的未來，卻是沒能看見。

「嗯，我明白了。對不起。」

弟弟說得很小聲。

我笑笑，返回自己房間。

高興之餘，給挨壓子打了個電話。

「也不曉得怎麼回事，接二連三想起一大堆事情，想停止都停止不了，眞是不得了。」

「呃？這樣的？眞個是什麼樣的事都有。」

挨壓子笑著，若無其事地對她背後的小住君說：「朔美說她恢復記憶啦。」

我所以喜歡他這對夫妻，就是因爲天大的事他們也能拿當平常事，若無其事地聽你訴說。

「小住說，短時間內所有的記憶一股腦兒恢復過來，使得妳腦子裏混亂成一團，不過，很快就會平復下來，他說是他死去的弟弟這麼講來著。」

她所說的居然和弟弟所言差不多。

「謝啦。」我說。

「告訴龍一郎了麼？」

「還沒有。我打算寫信告訴他，畢竟是不常有的事兒嘛。」

「哦。那末，我們就瞞住他囉。」

「我會再給你們打電話。」

「好的。我們這邊還是老樣子。一直都是這個樣兒，所以歡迎妳再來。」挨壓子說。

由於是新結識的朋友，交談中也不至於混亂，確實是穩定下來了。

穩定下來——果眞像他們所說的穩定下來以後，我會是什麼樣的景況呢？

敬啓者：

寂寞又閒來無事，遂想到給你寫信。

白墨水好美、藍信箋好悲傷，是不是？

……可記得有過這麼樣的一首歌？

龍一郎，你好嗎？

好想念塞班島。

我這邊嘛，誠如電話裏告訴過你的，貝里茲沒有了，我目前在當麵包店的售貨員。

日子雖然很快樂，卻總是心想，要是能夠在看得見大海和山林的地方從事這種工作，心情就會更好；我還是非常想念塞班島那家速食店。

我深深感覺到人畢竟創造出與山巒、海潮的氣味、以及沙沙作響的森林息息相關的高級住宅區。

有關安心與舒適的印象，始終沒變是不是？

人類開開闢闢豪華的照明以代替用感覺去測知太陽的移動；爲了舒解親近大自然的渴望，建造出遙遠的屋頂的剪影，以代替大海和山林。而塞班島多的是這樣的天地，無論是大海、山巒、乃至叢林，多到使你嘔吐的地步。

比起大自然的力量，人類所創造出來的仿冒影像，儘管不夠浩瀚、不夠宏偉，卻是溫柔而從不背叛你。

庭園式的盆景固然幽美，卻是缺乏日照、颱風、和大寒流。

總之，東京高級住宅區居民們品味高尚的食慾，和表現了他們對大自然高度嚮往的那種不惜耗資千萬的迫切的美意識，實在是不可思議到可以寫成小說的地步。

至於我家，是專蓋來出售的老舊成屋。

既有庭園，櫻花樹和毛蟲也少不了。

比起我們那家麵包店所在的那條街，我認爲總算還感覺不到人工美。

如此這般，我盡想些無謂的事打發閒暇。

早一點回來吧。

我的記憶幾已完全恢復，前後相通，條理也變分明了。

恢復記憶的契機是小說。

小說產生的空間那份鮮活，可眞是超越時空不是？

寫小說是一種神奇的行業，一種特殊技能。我是越來越尊敬你了。

如果沒有發生這種事，我們就只會不經意地讀一本書，將所得印象和書中人物放映到心幕上，然後忘記。

不過，顯然我們已經擁有「誰某」的記憶，直到永遠。

有一些人在那兒生活、思考種種事情、感覺，對了，他們顯然具備人格活生生地存在著。

有如聽到高校老同學的信息那樣，我與故事裏的諸人物重逢，往日共歡樂共傷痛的強烈記憶蘇醒過來的同時，我與我相連結的瞬間，那些人物的人格仍然依偎在近旁。不知道你能不能明白。

不管你喜不喜歡，我們都知道布斯克里夫和凱西的人格。

你喜歡的美國作家卡波提小說裏，不是有個叫做什麼討厭鬼喬埃的小頑童麼？那個小傢伙儘管非常討嫌，卻又相當解人，不由你不喜歡上他，是罷？

小說是活生生的。

它活著，而且朋友也似的給予這一邊的你我影響。

我親身體會到這一點。

哪怕只有短短兩小時或者一個晚上，在閱讀某一部作品的當兒，我們都活在作者所營造的世界裏。儘管這事司空見慣，也一直被人所樂道，卻是眞的。

那部小說叫做《哲學家的密室》，作者是笠井潔，屬系列作品，高校時候我曾經迷過。而我完全忘記這回事，無意中買回他一本新作，只覺書中人物個個似曾相識，看著看著，所有的記憶突然統統蘇醒過來了；說恢復就恢復，簡單得簡直嚇人。那種了無痕跡的恢復法，我甚至都覺得曾經喪失部分記憶這事已然遙如隔世。

想必我的情況多半是龍一郎你、塞班島、弟弟、還有其他許許多多的事情重疊在一起，一點一點開始的。的確，從醫院裏回來，接觸這些日常、接觸榮子和你之後，記憶是一點一點的恢復過來了。其間我讀過各種各樣的書，也曾在觀賞電視影片的時候心想：這部片子我小時候看過。可就是沒有前後串連起來了的感覺；或許這也是一種錯覺。搞不好我忘記的事還有很多，不定記憶早已完全恢復，只是我自以爲喪失記憶而已。因爲唯獨這件事是我自己始能了解，而沒辦法去與旁人相比較的。

只是恢復記憶的直接契機既不是老朋友，也不是家族的照片簿，而是一個虛構的世界、虛構的現實，這是饒富趣味的一件事。

準是我腦子裏「看不見觸不著，但確實存在」，且又掌管某些什麼的部分，亦即記憶裏最是近似故事的某種什麼，在恰當的時機底下受到了刺激。

又，不定是這部小說裏的那對情侶相處的方式，重疊到滿腦子「想你，想你，沒你什麼都變得沒意思」的我這人身上來了。類似這樣的東西堆積起來，從無謂的瑣事到要緊的大事，算是雜亂的共存於腦子裏，那肯定是你寫小說的當兒，鮮明地呈現你腦際的那副情景所在之處；也是通靈者所謂「看得見、聽得見」靈魂的那種地方。我覺得是這樣。

小說一旦完成，它就以一個宇宙開始發揮永恆的機能。殺人，乃至封閉一個人的一生；多恐怖的職業！就因爲盡做些這種可怕的事情，你才會老顯得沉重而拘束，彷彿被不屬於這個人世的某種重力所捆綁。

好奇怪不是？

印象良深的是書中女主角娜迪亞所獲致的結論——既然達不到幸福與舒適，唯有懷抱希望，且爲了愛，度過眼前的人生——其立足點居然是與我此刻置身之處味道頗爲相似的所在。

我不知道那是因爲我與那女主角同樣在嬌生慣養的環境裏長大，還是由於我是女性之故，抑或兩者都有。

一切的一切，哪怕是古遠的往事，感覺裏全顯得又新又近。

屋子裏所有的一切，以及附近的路樹，又隱藏著多少信息？

我眞覺得活下去便是忘記。

由於是一下子想起了所有的事情，也就跟忽然失去記憶同樣的慌亂。

這就如同發生故障的電腦一樣不是？

下次再見的時候，我看起來不曉得會是什麼樣子，是不是又有什麼地方有所改變了？

我没有像小說裏的人那樣，舊的記憶恢復之後，這回可又把新近發生的種種全都忘得一乾二淨了。放心，有關塞班島的一切；還有那天夜裏並排坐在陽台上，望著來來往往的行人和天上的星星，感到滿腔幸福的那回事，我都記得淸淸楚楚。

總之，目前我已成了家人心目中寶貴的「百科活事典」，是凡大夥兒忘了放在哪裏的東西，或者某個親戚的兒子的名字，我都能夠立時記起。

母親還說：「把她當喪失部分記憶的人去對待的習慣還是改不了，眞要命。」

好有趣的人生。

對了，我倒是想起來眞由剛死的那個時候，有人說我們是「對幸福貪得無厭的一對姊妹」。

如今我很能了解那句論斷。

那是來自遺傳。母親、我和眞由的父親，對快樂和舒適一向都貪婪而又坦誠得幾令你懷疑他們這對夫妻會不會是義大利人。

然而，經由一些瑣事，可以看出我與眞由之間有著很大的差別。

好比到風景絶佳的地方去旅遊……也就是奈良。我們全家從三輪山的瞭望台上觀看夕陽。那眞就像是將大和這個字眼兒所具有的神秘力量化作風景的一幅似朦朧又清晰、祥和而又圓融的景色。**（譯註：大和爲日本的異稱，亦爲日本古代的國名之一，相當於現今的奈良縣。）**腳底下的市鎭在夕陽照耀之下，恍若古代的黃金城市浮現眼前，心蕩神馳地躺臥在那裏。

父母親、我、和幼小的眞由，一家四口人坐在那兒呼吸著味道清新的空氣。回首望去，只見萬綠叢中至美的一座濃綠的山，承浴著夕暉聳立在那裏。

當時，如若有誰看著我們好一幅天倫樂的這個全家福，放句冷箭說：「別看這一家子眼前其樂融融，要不了多久，做父親的將死，母親再嫁生下一兒，然後離婚。二女兒嘛，會當上女演員，卻始終紅不起來，過了段擬似婚姻的同居生活之後終於自了殘生。那長女則跌傷了腦部，末了與妹妹的男人親密交往。」我們聽了肯定氣瘋，然而，大夥兒全都一無所知。我們只管笑盈盈地觀賞夕陽。父母親恩恩愛愛地商量晚餐就吃懷石料理和茶粥，難得的這趟旅行，使得他們又像對情侶一樣。我敢說誰也不會去相信那番鬼話。**（譯註：懷石料理爲茶道品茶之前的簡單飯食或點心。）**

誰會想到結果眞就變成這樣！

而變成這樣，是夠多麼悲傷的一件事！

總之，每逢景色像這樣絶美得懾人的時候，眞由就會怕起來，而絶非出於厭倦地鬧著要回家，她就是這麼樣的一個女孩。

而我是相反的典型，碰到這種場合，我一定說：「我們爬上山去吧，那兒肯定看得更清楚。」

兩個人的差別究竟是怎麼來的？

早在娘胎裏、早在呱呱落地之時，便有靈魂和它的顏色之類的什麼。就是這種東西人各有異。可是爲什麼會這樣呢？人與人何以要分道揚鑣？儘管擁有同樣一對父母，姊妹倆何以一個活著，另一個卻早早就奔赴九泉？

我希望多活幾年。多知道、多見識萬事萬物。我很高興自己和眞由的差別。我這份近乎冀望的什麼到底源自何處，我眞的不清楚。

徜徉在自己所生長的街頭，不免被古老得可怕的那股記憶的洪流所淹沒，眞就想對著日本國淡淡的晚霞呼喚爸——爸——！多令人懷念啊。我聞到兒時的氣味；爸爸毛衣上毛線的氣味，還有路邊冰涼的井水的氣味，我都能夠一一感覺得到。

不同於塞班島不由分說的那種懾人的晚空，日本的風景是如此的纖細、脆弱，而又微妙，你如果不敞開全副感覺，就沒法作正確地觀賞。

生於斯長於斯、有好長一段日子只能片斷地記起零碎的事物、其間又重新結識你……。

這一切都有如躺臥病床徘徊在生死關頭之際，冰枕冰頭，朦朦朧朧似睡未睡中所做的一場好夢。遙遠、美好、而又甜蜜。

很像挨壓子所唱的歌那種獨特的嗓音和旋律，又像是塞班島清晨杳無人跡的海灘那白色的沙子。

有朝一日，彷彿陡然之間煙消雲散，所有的一切都獲得包容的區隔日降臨的時候，不知是否又能夠與父親和眞由重逢？

爲什麼獨我一個人留在此地？毛玻璃外邊陰雨綿綿，我的心情……無從描述。

可這是謊言，事實上今天並沒有下雨。

從早起便是美好的大晴天。

日本冬季澄澈的空氣是很令人留戀的。

趕快回來吧。

我們可以一起涮火鍋。

好想見你。

見了面，有好多好多話要跟你談。

但願永保想跟你多談的心情。

我不想掉隊、不想走失。只願隨時傳達下去；縱使沒一個人能夠了解也無妨，只希望把我這份心情傳達出來。

這眞個是不知所寫而不是不知所云了。

我倆的歷史是非常美好的。

像一篇故事，可又那麼理所當然。誠如世上所有的電影或是小說所言，那是獨一無二的。

而要能感受這種理所當然的事，似乎最好是先暫時喪失再恢復記憶。

一切的一切都棒極了。

美好的感覺。誠如秋日的枯葉那種乾燥的氣味、顏色、和聲音。以一種古典的說法，便是「很能了解萬事萬物存在的道理」。

暫且享受這一切。

那末就此擱筆

朔美

重讀一遍這封信，所知道的是我眞的好想見龍一郎。

我拿他當完全了解我的一個人，渴望把內心裏的某些什麼傳達給他。

我將把我此刻的幼稚和內心的動亂，當作某天夜裏苦悶而又興奮的心情記憶銘刻在腦子裏。

我準備這樣地活下去。我要拿當一個場景，永遠記住這天夜裏透過信箋所看到的書桌的顏色，以及燈光底下的自己這雙手。

我也要記住暖爐的熱氣、被爐火烤得又紅又熱的面頰、自樓下傳來的母親與純子女士的交談聲、以及這天晚餐的咖哩香。

思想著這些入夢，夢見的竟是貝里茲的老闆。

我倚靠在貝里茲的櫃台上，想著時間怎麼過得這麼慢。

柔和的茶色店堂裏，黃昏降臨了。

也不知什麼緣故，季節居然是夏天。

草香從窗口飄入。

可以望見晚空那一片亮藍。

老闆正在烤肉。

店裏漾滿了美妙的聲音和肉香。

沒有顧客。

「要不要偷個嘴？」

老闆用小碟子盛了烤肉給我。

手指上可見他經常戴著的土耳其玉指環。

烤肉柔嫩鮮美，我說這要有啤酒多好，老闆聽了，真就拿出啤酒請我喝。

空閒嘛，沒關係。今晚Z先生他們好像會來，只怕到時候會忙得死去活來，得趁現在充充電才行。

老闆說著笑笑。

我不禁心想：老闆眞是個大好人，我好喜歡他。

老闆又說了。

咱們這個小酒吧眞是個好店子；你們在這裏幫忙的又都是好孩子，工作嘛，輕鬆、穩定。二十幾歲的時候，我可是做夢也沒有想到自己能夠營造這麼理想的場所。

蟬鳴可聞。

也聽得見路過的一對親子之間的對話。

我說：傍晚的烤肉配啤酒、柔和而瀰漫著愛的氣氛。心情太好，好得幾近悲哀。

可我又緊接著說：不行，老闆，好事不能說出口，一出口就會完蛋。我也喜歡這個場所和店裏所有的人；我不想失去這一切。

老闆只管笑著說：我會永遠經營下去的。

醒來，竟是唯獨我一個人給趕出夢鄉的冬日早晨。悲傷之餘，我半哭著起床。

我天！人類何其愚昧；活下去，乃至一路增加令你夢魂牽縈的人與地，是何等的辛酸，卻偏要一再一再的去重複這種剜心的痛楚。這究竟是怎麼回事？

在夢勢驅使之下，我唯有一個勁兒地這麼想著。

一七　悠閒自在的人

「嗨，妳給我的感覺眞的不一樣啦。」

打開房門一看到我，龍一郎劈臉就這麼說。

我向來不大喜歡到成田機場去迎接從國外歸來的人，哪怕是至親。想來這與我自己出國回來，不願意前來接機的人看到滿臉風塵的我這副憔悴模樣不無關係罷。通常是從機場駛回東京的車子裏呼呼大睡，以至百年的戀情也醒於一旦，巴不得趕快到家洗個澡，好好地睡上一覺。因而龍一郎回國那天，我也沒有去接機。

儘管這樣，一想到自己的心上人與你共朝夕、置身於同一個時光之流裏，平平常常的黃昏也顯得格外甜蜜了。即使打個電話，也能夠從從容容無拘無束地交談。

感覺裏，夜晚變得寧靜而悠長。

平日由於不想讓自己感到寂寞而勉強使之痲木的感覺，如今眼看著一個接一個地開放了。如同受到季節性陽光照射的花朵那樣，靜靜地、確實地綻放了。

他回國的第二天，我於是到旅館去與他相見。

小時候，最喜歡父親從國外出差回來。總覺得從國外回來的人都有些緊張而散發出一股清新的氣味。其人本身就予人以一種重生的新鮮感。

許久以來很難得的沉睡了一番，一顆心仍然在塞班島海濱彷徨的他那個人，才眞叫新鮮。

從天氣晴朗的窗口望出去，可以看見新宿區超高層巨廈的光景。我彷彿看得見春日嶄新的風吹過街頭的情景。

龍一郎爲我泡了杯茶。

「要不要出去吃點什麼？」我問。

「嗯，就這麼著。從早上到現在什麼都沒吃，餓死了。」

說完，他沉默了好半晌。

「什麼事？」我忍不住問道。

「我剛才就一直在找句合適的話，現在總算找到了。」

龍一郎繼續說：「妳看起來好幸福、好快樂的樣子。」

沒錯，我是幸福的。

這並不是說我變得很 high。high 是必然附帶有負面作用的一種偏頗狀態。不定哪天夜裏，你所虧欠的部分將突然一股作氣地洶湧而來。

我的情況毋寧說比較接近「安心」。

精神上我變得較前輕鬆。想來，自從碰傷腦袋以來，由於勉強在一連串模糊不清的記憶裏過日常生活，遂構成了相當程度的精神壓力。自己到底還記得哪些事物到何種程度？還有，把哪些東西全忘得一乾二淨了？而你老是有機會去揣摩這些，這的確是件不自然的事。什麼到底記起了多少？事實上又遺忘到什麼地步，成天就在這件事上打轉，哪是一般人過的綱常日子！

儘管我盡可能不去在意這些，但那一抹不安卻始終悄悄地盤據心底。而今那一抹不安沒有了，我只覺每天每天都非常快樂；彷彿從往常與人交談時始終纏繞著我的那份緊張裏解脫出來了。

早晨起來，推開窗子，聞到由柔和的陽光和草香交織而成的春的氣息，看到枝頭上的櫻花蓓蕾，再想到要不了多久，滿樹花苞將盛放出淡紅色的一片空間。年復一年，花開花落。人也如此這般地生存下去。萬事萬物全都這麼樣的不可思議，而何以會對這種情況感到不可思議，也是件不可思議的事情。那就像是有個名叫「自己」的精髓，從身體深處湧現，視力也比平日良好許多的一種感覺。

時常看到和尚和吃藥成習的藥罐子當中的一些自戀狂，在書本裏將這種心境形容作「至福感」，說他們有多幸福，一旦身歷其境，我始才領略到那確實是一種非常爽快怡人的心境；世上沒有任何東西能夠危害你的心情。

在店老闆執意慫恿之下，一口氣看了幾本這一類的書籍。當時只管心想：這些人也眞囉嗦，還特地把自己的幸福拿來形諸文字呢。等到本身經歷過這種心境，這才體會到他們務必留下文字藏之名山的那份使命感。不想讓任何人妨礙衝向前所未聞的人生而去的感覺，另一方面又希望和所有的人分享這種經驗，我很能明白這種心情。換句話說，正因為有過艱辛難過的煎熬期，才會想將之記錄下來；想必是出乎未來的自己想要教授過往的自己那份心意罷。

不過，一旦身歷其境，你就能夠完全了解。沒什麼，就只是無比的幸福，如是而已。正如神經衰弱或是沉緬於悲傷，就只是單純地置身於那種狀態罷了。

我把這種情形述說給龍一郎聽，他緊緊地抱住我，然後說：「看著妳這人一路變化下去，我深深感覺到人類眞個是一種容器。就只是一種單純的容器，內容可以千變萬化，也能夠變成另一個人。基本上妳和路上的任何行人沒什麼兩樣。由於命運的安排，妳不得不陸陸續續裝進新的東西，可只不過是用來盛裝千變萬化的那些東西的妳這個人類深沉的底層，總存在著叫人感覺到『朔美』的某種什麼——八成是靈魂罷，就只有這東西不知爲什麼永遠不變，始終盤據在那兒，容納所有的一切，並且試著去享受那些。而一想到妳至死都窩在那兒，我就又心疼又難受得坐立不安。」

我止不住笑了出來：「你這張嘴太靈巧啦。」

他也笑了。

我也從他身上學習到一樣東西。

那很像瀰漫這整個房間的嶄新的陽光；也是事物試圖向上伸展的一種跡象。

性格如是強烈的兩個人在一起，在「戀愛」這場可怕的狂風暴雨播弄之下居然沒有滅頂，應該歸功於他這人本質上具有天才性的距離感。

人與人，各自都是世上獨一無二的個體，兩個人之間所形成的空間也只有一個。

一經明白這點，況且知道了除此以外尙有看似特別好玩有趣的另一個空間，無意中人就會縮短彼此的距離想看得更清楚一點。

不過，只因他是個作家，便能止所當止；唯有兩個人之間始能存在的一片近乎背風的向陽地那種暖和、明亮、且又是單獨一個人所無法營造的空間，這兒瀰漫著能夠衍生出種種事物的一股微妙的空氣。而龍一郎就能夠適可而止的只管小心翼翼地去培育兩個人之間的這種空氣。

在他心目中，這種優先順位是截然而分明的，這也是他這人有趣的地方。

不過，使眞由感到難受的怕也是這一點，我想。

有天夜裏，口渴得居然醒了過來。

月光照在天花板上。

一片死寂，彷彿時間消逝了，四周莊嚴肅穆得毫無動靜。看看時鐘，時刻是三點鐘，不折不扣的深夜。

良久，我睜著眼睛躺在那裏。

來了，又來到了違隔許久的地方。

我已經有很久沒有陷入這種情況了。碰傷了頭住進醫院的那個時候，半夜裏經常以這種情況睡醒過來。那眞就是名副其實的「情況」，待得回過神來，人已經在那兒，因而沒法以片言隻語來表達。

就只是什麼都沒有了。只曉得自己飄浮空中。知其所以然，也有著心理準備。至於今日何日兮、上床之前自己曾經做過什麼，卻是一片茫然。

然而，多遙遠啊。既無感情，也沒有感覺。只曉得自己的身體在虛空裏休息。自己到底有多大？三歲？三十歲？我眞的不知道。就連今天是何年何月何日、上床之前曾經度過什麼樣的一天，我都不清楚。如若有人告訴我這全是夢，妳是個這就準備出生的胎兒，我也能夠點頭同意；我只有安靜、赤裸、白紙一張的漫空飄浮。

每逢這樣，我就禁不住自問：我是不是快發瘋了？

所幸如此這般地躺著，躺著，所謂的記憶開始成爲一絲細流，一點一點地蘇醒過來了，把我這隻漂泊的小舟推向懷念的岸邊，輕輕拴起。

入睡之前所見道晚安的母親那張笑臉。

自己擁有許多心愛的人。

曾經與如今見不到的人們共度一段美好的時光。

夏夜的艷火、海邊閃閃發亮的夜光蟲、下大雪的晚上，同著眞由從窗口眺望黑暗中飄舞的白色結晶，一面在小小燈光下，和著收音機裏傳出的心愛的歌謠一起歡唱的情景。

奇怪的是記起來的全是這些瑣瑣碎碎，然後，現實裏屬乎我自己的空間的分量，一點一點地增加了，將我這艘迷惘的小舟拴了起來。

塞班島如夢如幻的血紅太陽即將沉入大海時分，挨壓子紅通通的面頰，和夕陽灼烤下顯得透亮的茶色頭髮……。

那是勾頭探望蓓苞乍放的鬱金香，頓覺芳香撲鼻的一種組合。

幼小的弟弟哭叫著四處尋找母親時候，那種拚命得可笑的步子。

龍一郎、或者以往同床過的人們同等溫暖而又重疊在一起的足部那種感觸。

乍乍步出電影時候，仲夏耀眼的陽光。翻土移植之際，所觸及的泥土那份冰涼。

淨是這些感覺的殘像一勁兒撩撥人想活下去、想牢牢記住，希望連結到一起去的慾望。

而我仍然希望連結在一起。

那就像是祈禱。祈求你的兒女、親屬、家畜、田園能夠平安無事；祈求今年會是個好年頭，也讓你能夠感受到這個好年頭所帶來的幸福——打從開始有人類的荒古以來，就衝著某處一直重複又重複了過來的呼喊。

而命運就有這麼唐突。你的未來是如此地不可靠；頭部重傷成那個樣子，卻能夠倖存至今，這與當場就那麼樣地跌死同樣地稀疏平常；而人人所害怕的正是天有不測風雲，人有旦夕禍福的這種無常感。

我好像已經明白了這些，心情也恢復了正常，於是起床到廚房去找東西喝。

正在泡咖啡，發現餐桌上有個信封，無意中拿起來一看，禁不住嚇了一跳。那是專門收容自閉症兒童和拒絕上學兒童的一所私立學校所印發的小冊子。我能想像到這意味著什麼。只是家中任何人都沒有提過弟弟已經淪入這種情況，而我昨日似還見過他準備去上學的模樣。

到底發生了什麼事？在塞班島曾經親密如雙人組摔角搭檔的弟弟，如今似已置身遙不可及的遠方。

縱使同住一個家裏，吃同樣的食物。

我倒是清清楚楚地明白了這一點。

到了早上，我拿這事去問純子女士，她的答覆是：「他自己要來這本小冊子，說想到那兒去念書。所以今天早上妳媽帶著小由觀摩去了。」

「可他不去上學怎麼行？轉不轉學的事以後再慢慢考慮不好麼？」我驚訝地這麼說。

「說老實話，自從打塞班島回來以後，他就沒有再去上學啦，我們也是上禮拜才曉得的。」純子女士說。

啊——?!我忍不住大嚷一聲。

「他請了長假來著。」

「那他每天還照樣揹著書包出門？」

「是啊。還是哪個大人還是年長的朋友打電話到學校去，巧妙地替他請的假哩。所以我們才會這麼久才知道的。」

「我完全不知道這回事。」

「剛剛聽說的時候，你媽和我都料定準是妳打的電話，只想著姊弟倆這回又不曉得在圖謀什麼，並沒有看得很嚴重。可後來知道打電話請假的是個男的以後，我和妳媽這下子可眞的慌亂啦。」

「他可曾說過外邊有朋友?是什麼樣的一夥人？」我問。

「就是不知道啊。他是死也不肯講是誰幫他打電話請假，只一口咬定再也不要到那種學校去上學，要上嘛，除非到私立學校去。」純子女士說：「也不曉道究竟是怎麼回事。」

「我們家幾個小孩個個讓阿姨操心，眞是抱歉。」

聽我這麼說，純子女士笑了。

分明是別人家的事情，她卻爲我們操心到寢食難安的地步，那是因爲對純子女士來說，這個家庭是她目前的居所。

原來家人是可以增添的，只要增加住處、相共日常，想必可以無限量地要增加多少就增加多少。

對於平日隨和大方的純子女士這位尋常主婦而言，不知道是好是壞，總之一碰上關乎弟弟的事情，立即突顯出她性格上剛毅的一面，發揮出我和母親都缺如的才能，該說是出自母性的一股熱忱罷。

而每當這樣的時候，我就對她倍感親愛，心想即使有朝一日與這個人各奔東西，心目中她仍是我的家人。

這眞是不可思議的事情。

正在與純子女士說話的當兒，母親回來了，進門就要求我把由男帶出去。弟弟則哭紅著一雙眼睛逕直回房去了。

「事情的原委回頭再告訴妳，小傢伙獨個兒在屋子裏哭只有越哭越氣悶，妳就帶他出去吃個飯什麼的罷。」

說這話的母親，眼神裏透著一絲怨懟——妳弟弟會變成這樣，妳也要負一部分的責任呢。

我只有答應：「好啊，交給我好了。」

說著，連忙趕往弟弟的房間。

弟弟躺在床上，那雙眼睛看了教人忍不住心頭作痛。

那不同於棄貓那種因爲天眞無邪所以令人心痛，而是一看就知道這個小人兒正揹負著個人所無法承受的重擔，你又無從爲他分擔的那種傷痛，讓你看著感到可憐。

但我「快樂的」能源並沒有怎麼爲之所動。

「我們到外邊去吃飯好不好？」

我笑著邀他。

「我不想去。目前這麼個活潑健康的阿朔，單是待在一旁就會讓我感覺好累。」

他依舊一針刺對了我可厭的痛處。

這麼個小不點的身上怎麼會有如此厲害的直覺？好個微妙的技巧，好多成年人都不見得有這種本事呢。而這種能力對這小傢伙又能夠派上什麼樣的用場？

「可你窩在這裏還不是會餓肚子，樓下嘛，媽她們正在談論你的事情，所以最好的辦法是出門去。我也不打算多問你。聽說你想轉學？」我繼續說：「說你一直沒上學？眞有你的，我全不知道。」

弟弟聽了，亮起眼睛自豪地說：「我苦了好一陣子。心想這次不想勞妳操心，設法自己解決。」

「這一陣子你一直在哪兒耗來著？」

以老老實實的好奇心這麼一問，他的話匣子被我撩開了。

「我搭電車到處遊玩到處看；好比多摩川的河堤什麼的，也交了幾個大人的朋友，有的是擁有超自然能力的通靈者、有的是我好喜歡的人。他們教給我各種各樣的事情，又請我吃飯。後來，還夥著一個小太保順手牽羊偷人家店裏的糖果，不過，只偷過那麼一次而已。他人很好，同他一起混了一天以後就沒再見過他；我是在遊樂中心打電玩時跟他鄰座認識的，他還請我吃冰哪。」

「聽你說了半天，發現人家一請你吃東西，你就拒絕不了。」我說。
總而言之，他是滿心想做各種各樣的事情，我算是明白了這一點。他恨不得轉眼之間就變成大人。
「可是，那是因爲我身上沒帶多少錢嘛。」他分辯說。
「說的也是。」
我想了想；路邊萍水相逢，卻讓他備感珍惜的某一個新人類或者美國佬。儘管稱不上卓越，可我知道這孩子正在拼命地努力，也曉得他分明巴不得向我或者其他的人誇傲他的努力，卻又不得不隱瞞，以至內心憋得慌。
看到弟弟其實隱瞞了活潑健康的一面，我總算鬆下了一口氣。原以爲是在學校受到同學欺凌甚至更加悲傷的情狀。
「交朋友是好事，可是得小心噘。千萬不能被搞同性戀的傢伙之類的所引誘。」我說。
「我才不怕呢。我知道什麼樣的人沒法當好朋友交。你每天上街，就會發現眞正空閒、眞正悠哉悠哉過日子的人還眞不多；不管在公園裏還是河堤上，大夥兒表面上看起來很悠閒，心裏頭可是忙亂得好像在颳颱風。」
弟弟繼續談他的成果：「那種人很叫人不舒服，總覺得說著說著，隨時可能變臉。所以我交上的好朋友全是心情上眞個腦子一片空白，在大街上晃蕩的人。」
「說的也是。」我說：「喏，吃飯去吧，沒講完的到那兒再繼續說。」
「那末，我有個請求；因爲沒錢，所以沒能完成的一件事。」弟弟說。
「什麼事？是不是想吃牛排？」
「不，不是的。我想見見我父親。」

在我沒來得及回應之前，他搶著繼續說：「見了面，我不是要他安慰我，或是向他告狀，我只想問他一件事。」

母親並不喜歡去會見離了婚的前夫。連我也不甚清楚他們分手的理由。弟弟想見爸爸的話，母親固然不反對，但心底裏並不怎麼高興。因此，弟弟自然而然與他老爸漸漸疏遠。想來母親的意思是等孩子長大到能夠自己找上門去看生父的時候，高興去就自管去吧。至於年幼的弟弟，則不便向媽媽開口。那人目前居住在橫濱。

「行，我陪你一起去看他。然後我們到中華街上去吃中餐。」我說。

「可以麼？」

「事後保不住會穿幫，被媽曉得，我想。」

「嗯。」

沒有交通工具，我說叫龍一郎開車送我們，弟弟說不要。

「怎麼了？這麼說我倒是想起來你最近好像很討厭龍一郎，是不是？」我說。

沒錯，自從龍一郎回國以來，弟弟一直都沒想見他。

也許是吃他的醋罷，想著，我於是說：「我明白了。我們坐電車去。」

不料，他還是一副欲言又止的樣子。

「什麼啦？」

「知道麼？阿朔，妳受騙了。」弟弟說。

「什麼嘛，難不成你的意思是他有個姘婦？」

3-2

我笑了。

「那倒不是。」

弟弟有點支支吾吾的。

「賣什麼關子嘛，叫人牽牽掛掛的。快說！」

我試著逼一逼他。

「可知道眞由爲龍哥打過兩次胎？」

「不知道。」我說。

要說驚訝嘛，與其說驚訝於有過這種事實，無寧說弟弟知道打胎這個字眼兒，且將之說出口這事更加令我震驚。

也不曉得是不是與美國佬打交道打壞了……我邊想邊警告他：「我說你小子小小年紀就講這種話，搞不好很快就會使女孩子懷大肚的。」

我接著心想：關於肉眼所看不見的事物，小傢伙確實具有異稟。而他既懂得利用這份異稟，也曉得假藉它來使人發生動搖，繼而收編過來，站到他同一陣線上。我不想因爲年幼無知就原諒他這一點，但眼前這件事可是有點不同。他讓我感受到不想使我受到傷害的體恤，和說不上來的一股悲傷。

「你是什麼時候、在什麼情況下知道的？直接從龍一郎嘴裏聽說的麼？」我問他。

「對不起。」弟弟說：「對妳是不是很大的打擊？」

「不……我要想一想。」

我眞就思索了好一會兒。

「這是老早以前的事兒了……搞不好是眞由主動說要拿掉的；她是除了小由你以外的小孩兒都不喜歡。她自己都還沒有長大嘛。不過，她要是告訴我就好了，也不吭一聲，說撒手就撒手。如果一定要說出我的心情的話，反倒是他與她有性關係這事使我感到衝擊。一般人管這種情形叫大小通吃——姊妹倆共事一男，不是很不體面麼？」

由於很認眞地思考，也就終於向弟弟吐出了心底裏的眞言。

「妳怎麼一點兒都不在乎？」小傢伙問。

「你在乎，是因爲你一向非常依偎眞由。」我說。

比起嚴厲的母親和很是男性化的我，眞由要溫柔得多，想必他是把對於女性的孺慕轉化到眞由身上去了。這傢伙眞傻，將來肯定會爲了女人吃盡苦頭的。

像眞由這一型的女子老愛把男人拖進她自己這個泥沼裏不放；我其實也有這樣的地方，只不過巧妙地加以抑制而已。眞由自始至終秉持一種獨特的價値觀，那些男性一旦與她交往，縱使再怎麼身心俱疲，也不再被現實裏的其他女性所吸引，這便是眞由的生存體系。要命的是她本身偏又無所自覺，也就不免有更加陰暗可怖的一面，每目睹她的媚態，我就止不住慶幸自己不是男性。

與和平絕無關連的技術、終把女性朋友趕跑，只能結交到異性友人的她那種做法、潛意識裏認爲這個世界上唯有她一個人在受苦受難、受到傷害的這個小小宇宙的女王。

而我目前居然與曾經墮入她情網的男人打得火熱，不過，眞由眞的是個眞摯的女孩，他又是個聰明人，想必免不了對眞由悲慘的命運產生憐愛之意。

「對了，你還沒有回答我你是怎麼知道的呢。」我說。

「夢見的。」弟弟回答：「可那並不是夢，妳相信麼？」

「關於信不信這事，你不必再一一問我。」

「我跟眞由碰了面。」

弟弟說，夢裏，他置身從未去過的一個地方。

有道長廊、有花圈、還有許多個小房間。又有色彩繽紛的布條，也有海報什麼的，可就是給人背面之感的地方。

肯定是後台了，我想。眞由開始與龍一郎同居時候，曾經上台演過戲。那是她演藝事業當中風評最佳的一齣戲。八成就是那個劇場的後台。

弟弟穿過忙裏忙外的人羣，進入張貼有眞由名牌的房間。

雜亂的房間裏，化好雪白濃粧的眞由，獨自坐在附有小檯燈的梳粧鏡前面的小圓椅上。身上穿的是金色花紋的衣裳。確實沒錯。我也記得。眞由當時飾演的是觀音菩薩，身穿不知哪位名人設計的豪華戲裝。

弟弟懷念之餘很想去碰碰她，但他沒能做到；一則，那張透白的笑臉神聖得懾人，再則，儘管在夢中，還是知道眞由已經死亡。

「小由，坐。」眞由溫柔地對他說。

弟弟坐下。

眞由是你定睛看過去，她就變得模糊不淸；不經意地望向她，則又深濃得幾乎晃眼。

「我有兩個沒有生下來的嬰孩。」眞由說。

弟弟一時之間沒能會意過來。

「我悔恨的就只有這個。你去轉告阿朔，就只有這個叫我感到悔恨。謝謝他倆在塞班島的植物叢中想到了我。還有，告訴她朔美的朔字可不是新月的意思。爸爸很遺憾媽忘了這一點。爸說只要曉得這個就沒問題啦。你記得了這麼多麼？」

弟弟點點頭。

「好孩子，長大囉。」眞由微笑著說：「你可千萬要成爲一個幸福的大人喔。」

弟弟哭了。

因他知道眞由在強作平靜地慰勉他。

「可知道大團圓這句話？」眞由問道。

弟弟搖頭。

眞由於是勉力挽住話頭繼續說下去。

「只要能夠看到大團圓，我就無憾了，眞的。有天我可能會投胎轉世，重新走一遭人生，但這回我可不要那麼急了。我就是急著走完人生而已；誰都沒有錯，我一直都是這麼個想法。小由你也是很早熟，所以要小心，千萬別像我這麼著急。多注意媽做的飯呀菜呀，還有她買給你的毛衣。再就是同學們的臉啦、附近人家因爲施工給拆毀的時候啦，你都要多看看。實際上活著的當兒，什麼都糊里糊塗的，一旦走下人生的舞台，就一切都瞭然啦。例如天空是藍的、一隻手上有五根指頭、上有父母、或是和路過的陌生人打招呼種種，這些全跟咕嘟咕嘟暢飲甘泉一樣的水那般。每天每天，你必須去喝這一切才能活下去，否則就只有渴死。我是個笨人，所以詞不達意，沒法表達得很清楚，可事實確是如此。請你轉告大家，我並不後悔。從前我總是頭一個禮拜就把所有的暑假作業做完，包括每天該寫的日記，然後看到暑假快結束的時候大夥兒和和樂樂忙得不亦樂乎，就又好生羨慕。可縱使這樣，我還是會搶著做完，因爲擔心做不完。我就是這麼樣的一個小孩。不過，下回重新來過的時候，日記我就不再一口氣寫完了；無論是夏日的暑熱也好，陽光也好，我要把當天所見所聞所感，記在當天的日記裏。我呀，就是走得太急迫了，如此而已。」

弟弟點點頭。

眞由起身，執起水壺準備爲他燒水泡茶……弟弟夢到這兒便醒了。

這便是他所言夢話的全貌。

在開往橫濱的電車裏我拼命地思考著他這個夢所代表的意義，遂變得沉默寡言。

窗外，是一片光亮的夜都市。

電車輕輕地搖晃著，只管將形形色色之人的人生載往目的地。

空虛、寂寞，想到眞由，我那死去的同胞手足，如今就只有滿腔的淒涼。

除非我也撒手人寰，前往同一個地方，終我這一生怕是只能保持這種感覺了。

想見她、想挽回她、好悲哀。

喜歡她、時而又覺得可惡可恨，好想碰觸她。

這種感覺重複、循環、封閉的圓圈。

從車站打電話連絡，弟弟那位老爸儘管大吃一驚，卻也表示現在正好有空，他將立刻趕來，並指定在中華街街口的一家茶樓碰面。

想想我有多少年沒見到那個人了？不由得要緊張起來。一個妙齡女郎平白管一個素昧平生的人叫爸爸，與他同住一屋，還為他的換洗衣物操過心；忽覺那麼樣的一段日子怪令人懷念的。

姊弟倆喝了好幾種中國茶，吃過芝麻湯圓，正在快活地等候著，那位「爸爸」進來了。毛衣底下穿了條牛仔褲，感覺上很年輕，只是比起同住一起的那個時候，臉上的皺紋增多，身架似乎小了一套。

「兩個人夥著離家出走了麼？」

「老爸」笑了。他接著看看兒子，瞇起眼睛，展顏現出打心底裏感到高興的樣子。我覺得他這副歡欣的神情比什麼都見效；弟弟八成感到單單為了此時此刻，他也幸虧長大了。儘管做父親的嘴裏沒有說「雖然你我天各一方，爸爸還是很愛你的」，卻讓做兒子的深深體會到父親是多麼想見他。

「由男，你長大了。」那老爸說。

「爸爸。」

弟弟眼看著就要哭出來。

「朔美給人的感覺不一樣了，成熟了好多。我們有多久沒見了？」

「眞由的葬禮以來罷。」

「那個時候眞是遺憾，眞由還那麼年輕。不過，我們有這麼久沒見了麼？一點都沒有這種感覺。媽媽呢？好嗎？」

「嗯，託福，還是老樣子。」

發現自己居然使用敬語講客套話，很覺可笑。

我們曾經同住在一個家裏，一旦失去理由，他就只成爲普通一般的歐吉桑；「理由」竟是如此的重要。

臨時湊合而成的假「家人」，漫步在中華街上。

大街上熙來攘往。行人眉開眼笑的一張張面孔，讓你覺得恍若置身異國的節祭大拜拜。路邊盡是熱氣騰騰的小吃攤，店頭陳列著見所未見的林林總總的食品材料。

我非常喜歡中華街，小時候第一次來逛這兒的時候，歡鬧過頭還流了鼻血。

母親表示當時眞覺得丟臉透了。

這股無以言喻的生機與活力，總會撩動沉睡我心底裏的某種滾熱的什麼。亂七八糟重疊在一起的廉價霓虹燈廣告、前來吃喝的眾人那種歡欣鼓舞的模樣。再就是每一條巷弄裏擠滿好多家小店舖，人潮摩肩擦踵絡繹不絕地流淌過去。

此地有個國度、有一種秩序，讓我感到稀奇與敬意。就是這麼樣的心情。

弟弟和「老爸」手牽手。

燈光照亮一路上對著兩旁店舖指指點點加以說明的「老爸」，以及認眞傾聽的弟弟這對父子倆的面孔。

太好了，簡直跟做夢一樣，我想。茫茫然漫步此間，止不住從親愛的人們以及錯身而過的路人臉上感受到等同的某些什麼；那或許是疼惜、晚餐的菜香、或者擺在那個人家的開水壺和茶壺。還有他們的爺爺奶奶、婚禮或是中元節、乃至去過的外國和帶回來的禮物。

再就是人人都有的那股子土味兒、對那些風貌的懷念之情。人類營生之所所散發出來的那種氣味。家家都有對父母，他們換尿片、夫妻吵架；如此這般增添過來如今在這裏閒逛的眾人。無論貧富，入夜以後同樣窩進棉被裏做夢。

這一切事物所醞釀出來的溫吞吞的熱氣。

此時此刻漫步此間，有朝一日卻撒手人寰而煙消雲散，到了那個時候，只怕這條街照樣熱鬧、照樣的生機勃勃，這讓你感到安心，卻也不免心生惆悵。只覺自己已然成爲氣體，忘了還有副肉體。

也像是晃晃盪盪終將消失不見的一抹幻影。

「爸還在大學裏教書麼？」

心裏已經沒有了隔閡的我這樣地問他。

老爸把我們帶進一家中國餐館，飽餐一頓之後，吃著葛粉甜點，話題遂轉到了這個上頭。

「還沒有給炒魷魚哪。」

他專門研究亞洲文學，會講多國語言。

「將來索性到爸那所大學去念書算了。」弟弟說。

「到了那個時候恐怕已經不幹啦；我已不再在課堂上上課了。」

「聽說再婚後很美滿，也有了小孩，是不是？」我問。

「那就是我的弟弟還是妹妹囉。」

弟弟以好一副不可思議的神情說。

「是個一歲大的女嬰，名字叫做莊子，既簡便，又傻氣的名字。」

「聽起來好像將來能夠成爲一個偉大的人呢。」我說，心想眞就是好簡便的名字呀。

「同樣跟中國有關，淵源可沒妳那朔美二字來得風雅哩。」

「老爸」笑了。

嗯？我納悶，弟弟也有同感罷，姊弟倆面面相覷。

「我這個朔美的朔字，不是指開始要滿月的新月麼？媽曾經這麼告訴我來著。」我說。

「名字不是我取的，所以眞相如何我不淸楚。不過，我聽到的可不是這樣，敢情妳母親忘了還是記錯了。」

「那末，您知道是什麼意思麼？」我問他。

「我沒把握能夠講得很詳細，喏，妳父親不是很愛看經濟書什麼的麼？據說是教人家如何成功的書，好像就是從那類書上引用來的。那是中國的古書，我也知道那典故，所以還存的有印象。」

「那是什麼樣的內容？」

「據說漢朝時候有個叫做東方朔的怪人，也不知什麼緣故很得皇上歡心。他這人很奇怪，皇上無論賞賜給他任何東西，他都不領情；賞他布帛，他就順手往肩膀上一搭就拿走，給他生肉嘛，朝懷裏一塞，弄得一身髒兮兮，如果是銀子，他是右手進，左手就拿去孝敬女人，就是這麼樣的一個人。」

「這不是百分之百的佳話麼？」

「不，往下去才好呢。周遭的人都說他怪，是個不折不扣的怪人，他就回答：『不，古人隱於山林，我東方朔可是隱於朝廷。』就是這麼個故事。」

「我還是不知道好在哪裏。」我說。

故事的主旨我是知道，可就是不明白眞由到底想告訴我什麼。

「可是，月亮要浪漫得多，也比較女性化，是不是？」弟弟說。

「可我覺得妳很符合這個名字。」「老爸」這麼說。

「我好像也能夠明白。」弟弟附和道。

「我知道您的意思……」我對「老爸」說。

我的確很了解他想說什麼，可就是有那麼個地方連結不上去。我曉得的只是眞由的一片好意，以及眞由期望於我的一絲淡淡的體恤。

「這就行啦。」「老爸」說。

他這人是個很厲害的醋罈子，跟母親在一起的那段日子，幾乎永無安寧的時候，如今倒顯得沉穩而自信滿溢。

我不想認爲他與母親共處的場所不對，但目前他顯然適得其所的生活在很舒適的地方。

弟弟完全改變心情，以一個小孩該有的樣子歡笑著。他就能夠反應得這麼快、恢復得這麼快，這便是青春的力量所在。

送我們上計程車時候，「老爸」一疊連三地說「要再來看我啊」，又吩咐司機「麻煩你讓他們看看熊橋」，然後一直站在那裏揮手相送。

弟弟到頭來還是沒有問他老爸任何特別的問題。不過，我猜他想問的八成是「爸現在還認不認爲我是您的小孩？」這個問題從乍見時「老爸」那副燦爛的笑容和臨別依依揮手的樣子，便已得到肯定的答覆，我可是更甚一步的感動萬分，彷彿這就要出遠門去旅行。

是的，同著弟弟兩個人，到遙遠而又遙遠的天涯海角去雲遊。

而在車過夜晚的熊橋之際，這種心情變得益發強烈。

模糊的燈光裏，熊橋呈現出「H」形的剪影，附近一帶，這港中的各路燈光立體重疊著交相輝亮。安眠於港中的眾多船隻，正在靜靜地照亮夜晚的海面；紅、橘黃、白色的光，有的遠，有的近。

螺旋形道路成排而美妙的曲線之光。穿越其中宛如在光芒裏移動。我們轉眼便滑過一切都顯得絢爛豪華的夜景。

「簡直像銀河！」弟弟嚷道。

他接著問我：「可曾來過這裏？」

「來過呀。」

我來過好幾次，只是今天覺得最美，比上回所見要美上好幾倍。

「好像在旅行呢。」弟弟說。

說話的當兒，車子已然穿過光芒的螺旋，回到了夜晚的高速公路上。

這種感覺、回顧一下濃縮了的某一段時光、當時備感惆悵——這便是旅行。

到家給龍一郎打了個電話，只是還沒辦法提及眞由，打算見了面再告訴他。我先且講了一下朔美這個名字的由來，他聽了只管呱啦呱啦大笑。儘管噌過去一句「你也差不多了罷，拜託」，他還是笑個不停。

而想到心上人的此番大笑正代表了眞由所說的話和亡父所期望於我的，我就止不住心花怒放地洋洋得意起來。

十八 What about your friends

榮子的來信、來自夏威夷的情書。

妳好嗎？

此地眞就是夏威夷的感覺。

每天每天都非常的夏威夷。

上次的事，謝啦。

眞的，非常非常謝謝妳。

單憑著那個美好的回憶，吃起飯來頓頓如山珍海味。

也能夠快樂逍遙的游泳。

既能夠盡盡孝心，逛街購物也成爲一大樂趣。眞的謝謝妳。愛妳、好愛妳。

榮子

行雲流水的漂亮字跡、幼稚的文筆，不過無論如何，這封信讓我彷彿看到榮子曬黑了的笑臉和高爾夫休閒裝底下伸出的纖巧的四肢。

我能夠感受到榮子在當地想起我之後變成什麼樣的心情，這麼一來，我也隨著自覺我自己本身似乎變得好一點了；變得潔淨許多，成爲一個善良的好人。

弟弟是在一個溫暖的五月早晨離家的。

是個颳大風的日子。羣樹的枝條大幅度的搖擺，路上行人個個飄揚著衣裳，使得街景顯得比平時充滿了生機。

因爲起早了，遂跑到弟弟房間裏去看看。

他正在晨曦底下打點行李。把一些重要的東西拚命往一隻小皮箱裏塞。好像眞就要出遠門去旅行。

「一般學校說什麼也不能讀麼？」

我站在門口望著屋裏的情形，一面執意地挽留他。

「我試過各種各樣的方式，還是不行嘛。」

「通學呢？不住學校宿舍，從家裏走讀不行麼？那所學校也有人這麼做罷？」

「不行，我總覺得不行。反正已經決定了嘛。」弟弟說。

「不要啦，我會好寂寞、好無聊哪。」

看到我撒賴，小傢伙反倒曉喻我說：「阿朔，我周末會回來的。」

母親穿一襲很是「監護人」的套裝，送弟弟前往。兩個人的背影從門外遠去以後，陽光普照的庭園遂顯得一片空曠。

同著純子女士回到廚房，只見餐桌上還擱著弟弟喝到一半的茶杯。

有點受不了。

一天到晚待在家裏，小狗小貓一樣跟前跟後煩死人的，如今說走就走了。從他襁褓時候到現在，想都沒有想過會有天各一方的日子；儘管這種日子遲早肯定會來，可就是沒有想到會選在這個時候以這種方式採取自立。準是全家人夥起來爲他一個人操心操過了頭，逼得他不得不採取這種人小鬼大的作爲。

「結果要是對小由有利就好了。」純子女士說：「這次的事情使我想了很多，我也考慮到總不能一輩子賴在這裏。」

「啊？連純子阿姨也要搬出去？」我以悲慘的聲音嚷道。

「當然不會馬上就出去的。快別擺出小孩子氣的表情。」

純子女士笑了。

一經成爲日常，即使奇特的事情也會習以爲常；一家人與外人還有表妹雜居在一起，吃飯，在擁有各自的權利之下生活著。是這種生活方式所帶來的弊病出現在弟弟身上了麼？找不到答案。關於我的記憶，也不能說毫無關係。貝里茲關了門、我和龍一郎交往種種，所有這一切都或多或少相互影響，終於變成這種形式呈現出來。

萬事萬物都在演變，無所謂好壞，只管變換著形式不停地演變下去、流淌過去。

我一直陪著龍一郎找房子。

先後看過多少家啊，多達二十家呢。可神經質的他，無論人家說什麼，或者我轉煩了，建議「這一家就好了嘛」，他還是絕不妥協。

看過幾個空屋子之後，有一種奇怪的感覺。

每次一開門，剎那間，前任房客的氣味頓時飄漾而來。如果是新蓋的房子，就只聞油漆味。我於是在腦子裏描繪龍一郎居住那兒的情景。附近如有巷弄，我就想像買好東西相偕返家的我倆。如此這般，人與人在有限的時間裏營造好多個未來，一旦告吹，許多個未來也隨著死亡。

誰也無法阻止人類的這些空想。

「不行，見不到朝陽。無論從哪個車站走多遠都沒關係，我就是想要個照得到朝陽的房間。夕陽嘛——，不成。」

看著他在那兒堅持己見也是蠻好玩的。他這人難得表現出拚死拚活的樣子，除非碰到這一類的事情，還眞不容易見到這樣的一面呢。

奇巧的是好不容易找到個理想的套房，竟是弟弟離家的那天。人世總是有寂寞有悲傷，也不乏順心的好事。更巧的是那個套房就在我那次滾落的階梯一旁的那幢老公寓裏。從窗口可以望見那座階梯。

想必也看得到拾級而上的我這個人。

「我要是看到你站在窗口，肯定又會只顧著揮手，再度跌下去的。那麼一來又要喪失記憶，果眞那樣的話，我的人生到底算什麼呢？」我對龍一郎說。

房地產經紀人就等在外邊。空曠的房間裏瀰漫著明亮的陽光和灰塵的氣味。地板冰涼，聲音響徹整個屋子。

「妳一定又會恢復記憶的。」他說。

「喏，你看看那邊。」

「什麼？」

「我的血跡還在哪。」

「騙人。快別這樣嘛，好嚇人。」

他眞就一副噁心死了的樣子。

東邊和南邊都有窗子。風一吹，前任房客留下的白色窗簾就像極光那般的搖曳。如若拿音樂來作比喻，應是音樂盒那種搖法。

「我看就這間算了。」龍一郎說。

「你身上還有錢麼？」

「妳眞失禮，我不是常說麼？以前那本書賣的很好，現在還在繼續賣。別讓我再這樣自吹自擂好不好？」

「有積蓄麼？」

「有啊。」

「有呀。」

這間套房無論採光的方式或是壁紙的顏色，都與塞班島那家旅館的房間很相似。我一提及這個，龍一郎就說：「眞的吔，總覺得窗外就可以見到大海哩。」
這時，我忽然感覺我倆不像是從前素不相識的兩個人。
其實，不久之前我們還在個別的地方長大成人，卻毫無這種感覺。只覺從久遠久遠以前，我們就已是這個樣子。百年知交。
置身空曠如遺跡的地方，這種感受也就分外清楚；只因生活的亡魂無影無蹤，唯有我倆的聲音清晰可聞。換上街頭，你不大可能置身於這種空間，也就不會去思考這些。
然而，在這兒一切都是白紙一張，「這人和我在這裏，原本是個別的兩個人，卻有些什麼色彩格外深濃的重疊在一起」的感覺，也就特別強烈了。

少了個弟弟的日子，宛如無聲電影，老使人感到缺少了什麼。
他的人並沒有死去，但每經過他的房前，就如同看到父親或是眞由的照片那樣的一陣酸楚；彷彿心頭落下了那麼一抹陰影。
好一陣子無論做什麼，心裏都記掛著弟弟。幹子也是無意中多買了塊蛋糕回來，然後大夥兒垂頭喪氣地分著吃。
「滿以爲要等到小由上了大學，還是交上第一個女朋友三天兩頭不回家，才會嚐到這種滋味的，這不是太早了麼？」
幹子天眞的一番話，刺痛我依然無法相信弟弟已然不在家的心靈。

在的話從不去在意的事物，只因不在了，反倒處處牽掛，時時意識其存在。猶似放棄了一個頂頂重要的人，一種近乎懊悔的苦澀。

一天，打完工的歸途，獨坐一家咖啡館的當兒，那個女子向我搭訕過來。

當時我正在看書，好大一張木桌當央擱了隻大花瓶，插滿了雪白的卡薩布蘭加啦、百合啦、蕾絲花啦、樹枝什麼的，因而完全沒有留意到那人已經坐在正對面好半天，並且熱切地望著我。

「對不起……」

聽到細細的聲音，從書本上抬起頭，發現那女子正隔著檯子看我。我看到花朵和枝條之間的她那張白皙的面孔，宛若混雜在大堆鮮花與樹枝之間，顯得人比花嬌。

「對不起，我在懷疑妳是不是我一個朋友的親人。」她快口地說。

此人一頭泛茶色的捲髮披肩，給人頗爲高雅的感覺。長睫毛、有些吊梢，深邃的茶褐色眼眸。好薄好薄的嘴唇。潔白的肌膚。普普通通的白毛衣底下穿了條普普通通的黑色窄長裙

好像英國的貴族喔，我無所謂知識無所謂意思，只憑著印象這樣地想著。

「啊？」我反問她。

難不成又是個怪人麼？怪鳥嘛，免了吧，我身邊已經多得可以成把賣了——要說我沒有這麼想，那是謊言。

然而，人說好奇心的力量之大，足以殺死一隻貓，正是這份好奇心令我綻開了微笑。

「妳說的也許沒錯……是個什麼樣的人？」

聽我這麼問，那女子答道：「是讀小學的小男孩。」

「那大概是我弟弟罷。」

我接著讓請她：「要不要坐到這邊來？」

她這才微皺著鼻頭笑笑，露出整齊的皓齒。那是很惹人憐愛的一副笑容。她於是端起裝有皇家奶茶的杯子坐到我身旁來。多合乎她這個人的飲料啊，我想，儘管這還是第一次見面。

「妳是在哪兒碰到我弟弟的？他叫做由男。我的名字是朔美。」

「原諒我沒有先介紹自己。我是個大學生，學校裏大家都管我叫寬麵條，因爲中飯都吃寬麵條，咈咈咈。」果然是個怪鳥。我這人平日是否常開放怪鳥專用的會話頻道？

「我是在白天的公園遇見由男小朋友的。他好像是蹺課溜出來，一副很空閒的樣子。我那天趕巧停課到公園來散步，就向他搭訕。我們覺得蠻投緣的，東聊聊西扯扯，末了決定做朋友，之後又在公園裏見過幾次面，不過，他已經有好久沒來了。我擔心他不曉得怎麼樣了，那麼個小朋友，沒地址、沒電話，就連名字都不曉得。」她說。

「妳怎麼會知道我是他姊姊？長得並不怎麼像，年齡也差很多。」我說。

「我就是能夠曉得，由男君不也有這個本事麼？剛才在那邊喝茶，妳從那扇門進來，坐到我的正對面，該說是人不經意地待在那兒罷，卻給我一種非常特殊的印象，感覺上很像他所說的那位『失去記憶的姊姊』，我就想瞭一瞭看看。」

「原來這樣。」

我不由得同意她所說的：由於弟弟和塞班島那些人的關係，我已經對這一類的話具有免疫力。

「那孩子休了學，跑到附設有宿舍的一家私立兒童學園去了。那所學校的課程和活動好像從早到晚排得滿滿的，敢情因爲這個緣故，沒法再出來了。」

「眞的？我一點也不知道。不過，只要他過得好就行啦。我只是擔心他可曾再去上學、還有，是不是搬家了。」

她笑笑，接著說：「我寫下我的住址和電話號碼，麻煩妳交給他。」

她在店裏的紙巾上唰唰唰唰地書寫著。「鈴木加奈女」，極其普通的一個姓名。

「我會交給他。」

我把紙巾接了過來。

「還是不該讓他去的。那種作風，簡直就是軍隊嘛。不上學也沒關係，倒不如留在家裏的好。」

有天從弟弟的學校面談回來以後，母親歇斯底里地大發脾氣。因爲才進去沒多久，弟弟還沒能獲准於周末返家。

「爲什麼？那麼不自由麼？還是那裏的人都很討厭？」我問。

「沒那回事，他們人都很好。可就是緊釘著離婚前後的事問個沒完，眞是難以相信。煩死了，已經忘掉的事情還要打破砂鍋問到底。」母親抱怨說。

「他本人怎麼樣？」

「很好呀。說比上學快樂得多。好像也有了新朋友。」
「那不是很好麼？」
「可我不喜歡。幹嗎連我也要接受他們的面談？」母親嚕道。
「媽要是一堅持，就很難說服啦。」我說。
母親一向是在一些莫名其妙的地方很寬大，碰上類似這樣的事情，就又變得任性而專橫。
正在一旁看電視的幹子插進嘴來。
「我能了解阿姨所說的。本來嘛，小由根本就沒有什麼問題；既不是自閉症，你說拒絕上學嘛，他可以蹺課到處去玩，所以也不是精神上想不開。他跟鑽牛角尖走上了死胡同的那些小孩還是有點不一樣。」
「可不是麼？」母親說：「以他那種年紀，果眞想離家住在外面，或者不想上學，敢情只有採取那種方法。可他不是啊，我認爲一定有最好的方式，只是那孩子還沒有腦筋去想到罷了。」
「也許罷。」我接下去說：「好比全天候住校的私立學校啦、或是送往國外去念書什麼的。」
「哪兒來的錢呀。」母親嚕道。
「那就起碼轉個學什麼的。」
「這一著我倒是想過。」
「可他怎麼會想要到那兒去的？我可是從來沒有接觸過那種地方。」
「不知道啊。」
「我去見見他怎麼樣？面談時候，做姊姊的跑了去行麼？」

「事先打招呼的話，應該沒有問題。」母親說。

經過一連串的旅行，如今這個家趨向於把關乎弟弟的一切交給我「負責」。我摸索著口袋裏「寬麵條」所留下的住址，心想：對了，去看看小傢伙罷。

面談時間是星期六下午。

我無來由地想像姊弟倆將隔著一層鐵紗網……事實是那兒並非監獄，根本不是那回事。

這家兒童學園就設在一幢極其普通的大廈底樓。敞亮、整潔、具有適度的生活感，還有孩童們可能喜歡的一些海報和玩具，絲毫沒有窮酸陰暗的感覺。從接待室望過去，可以看見裏邊來來往往的孩子們。他們吱吱喳喳如一羣快樂的小鳥，看來並沒有什麼特殊的地方。

我表明身分，說想帶弟弟出去，負責接待的小姐於是嫣然笑道：「可以呀，如果要在外面用晚餐，請妳在七點半之前把孩子送回這裏。」

好歹和我預定的差不多，我總算鬆了口氣。

在家裏得不到休息、又處處碰壁的情況底下躲到這裏來休養的，恐怕也有罷。不過，相形之下，我不認爲弟弟會比那些孩子更嬌嫩。他只是沒有說出來，你無從知道他的小腦袋瓜子裏在思想些什麼。不定像從前被心靈學上的問題困擾得夜不成眠那樣的一片混亂，拿這些去解釋給母親聽，也不可能獲得了解。他是明知道這種情形，才自己決定要到這兒來的。

一個看似很親切的人，領著弟弟出來了。小傢伙笑著說了聲「我走啦」，便越過接待室走向這邊。

「阿朔，好久不見。」

「我們吃東西去吧，有沒什麼想吃的？」
「蛋糕。好想吃個夠。」
「這兒的伙食怎麼樣？」
「還可以，蠻好吃的。」
「哦。」
兩個人不自覺地說了陣悄悄話之後，這才離開。
「外頭世界的空氣眞好。」
來到樓房外邊，在柔和的陽光底下，弟弟笑了。氣人的是他眞的比以前穩定了些，好像備受呵護那樣，被一種輕鬆自在的氣氛所圍繞著。
「快樂麼？大夥兒都是很好的人麼？」
「嗯，我也有了新朋友。也有自閉症的小朋友，可跟他在一起，並不覺得心靈上沒辦法溝通。再就是會忽然發飆哭鬧起來的、跟誰都可以交談，就只是不跟老師說話的；還有，剛剛還在跟大夥兒有說有笑，爸爸媽媽一來，馬上就不再開口的。」
「每一個都眞要命啊。」
「嗯，臨睡覺前，大夥兒時常談到各人家裏不順遂的一些事情。」
「經過那個所謂懇談什麼的，他們給你作了什麼樣的診斷？」
「說我感受性太敏銳了。」

「那倒是眞的。」

「反正我暫時先對他們強調父母親離婚使我感到非常悲傷。」

「欸，那敢情有效。」

「可是，往後他們只找家長懇談時候，不曉得會不會責怪媽？」

「那也有效，不是蠻好麼？」我安慰他。

「好在我在這兒待不久。」

「這樣麼？」

「我是打算這樣。」弟弟說。

我們坐上電車，馳向吾家所在的那一站；因爲附近一帶只有那兒還有個像樣的鬧區。問他要不要順便回家看看，他說不要。了不起啊，我想。小小年紀不可能不想母親的。

窗外的景色柔和如蒙了層雲霞，街上處處點綴著春天的花朶。星期六當午，搖晃得你渾身舒暢的車廂裏，乘客稀落，瀰漫著陽光。

「也不曉得什麼緣故，我覺得跟大家很合得來。我好像能夠明白他們在想什麼。他們比一般學校的小朋友來得怪或者畸形發展，甚至叫人擔心下一分鐘不曉得會講出什麼話來。可我還是無來由地喜歡他們。」弟弟說。

「你比同年齡的孩子早熟，腦筋多半也比較好，也就難免比旁人想得多，這麼一來，氣氛就被你帶出來了。再說，一般孩童用不著去思考的事情，這兒的小朋友偏偏就會不覺間滿心去感受，所以你和他們才這麼投緣的罷。」

我姑且作了番分析，但與這孩子親身體驗的相形之下，就變得毫無說服力了。

弟弟點點頭：「我相信一般學校裏肯定也有合得來的小朋友，只是目前沒能找到而已。我實在沒有勁兒去找。」

原想告訴他不要勉強，想想還是算了。對於此刻把整個的自己綳得這麼緊的他，我能說什麼呢？沒辦法說。

直到進入經常光顧的這家咖啡館，坐到那張大檯子以前，我粗心大意把「寬麵條」這個人忘得精光。

弟弟一口氣要了四塊蛋糕，令我大吃一驚。想著上回來這裏時候到底吃的哪一種蛋糕，不想那女子忽然從記憶深處冒了出來。

「抱歉，我忘了件事。」我說：「上次我在這裏碰到一個人，要我把住址和電話號碼交給你。」

「那人是男的麼？」

說這話的當兒，弟弟現出難以言喻的一種僵硬而又奇怪的表情。我認爲那是恐懼。

「不，是個女的。」

我說著，將紙條遞了過去。

「這個，是不是叫做寬麵條的那個人？」

弟弟一邊看，一邊問。字條上只寫著本名，這似乎使他苦惱了半天。

「沒錯，正是那個人。」

這回弟弟滿臉喜色。從他情緒的起伏上，我嗅到了一絲隱秘的氣味。

「是朋友麼？」

「嗯。我在公園裏碰見她，人非常好，我們成了好朋友。可她的男朋友是個很可怕的人，我後來不吭氣兒就跑到兒童學園來了，她大概是在擔心我。」

「你說可怕，怎麼個可怕法？」

「說不上來，就是很可怕。他好像很喜歡我。」

「同性戀麼？」

「不是這回事。」

「那末，是怎麼一回事？」

「他每天晚上故意跑到我夢裏來。還有，老是傳送電波給我。」

「哎，哎，你講的簡直是典型的圖畫故事，該不會覺得這個店裏的人是間諜，正在監視你的一舉一動罷？」

他終於害上精神分裂症了？想著，我拿這個去問他。

弟弟敢是突然冒火，噌道：「什麼嘛，那是?!」

他接著說：「我有點怕了，又沒有到學校去上課，前一陣子還想找爸爸商量，看看能不能讓我到他那兒住段時間。」

我完全不知道這回事，現在聽他這麼說，頗覺難過。

「這樣啊。」

「可一想到他那邊有個小嬰孩，已經夠他傷腦筋，我提出以後大概也不至於拒絕，我就說不出口了。」

「你眞了不起，懂得用心思去思考自己的事情。」

「嗯。」

弟弟貪饞地吃起端上來的蛋糕。我只喝了咖啡，望著花瓶裏異於前番的鮮花。除了鮮艷的橘紅色唐菖蒲之外，便是用來搭配的彎彎曲曲的茶褐色樹枝。上次插的是白色的百合花和蕾絲花，那女子……剛剛想到這裏，弟弟開口了。

「我喜歡『寬麵條』。妳不覺得那個人有點奇特？」

「嗯，我知道。上回她坐在我正對面，從花朵之間露出白白的臉，該怎麼說……」

說著說著，宛如兒時的記憶，又像是一個古老的影像，那女子的倩影芬芳的蘇醒過來了。當時的印象浮現眼前，讓我酸楚得猶似跌入情網的人。

「我們來打個電話給她好不好？」弟弟說。

「你好積極呀。」

「朋友嘛。」

他跑去打電話，很快就回來說好像不在家，沒人接聽，然後繼續吃他的蛋糕。

我也不經意地繼續喝我的咖啡，一邊觀賞著排列窗口的陶磁柔和的線條。這家咖啡館全用的日式器皿，供應的是用烤得很透的咖啡豆磨出來的濃咖啡。檯子都是木頭的，很寬很大。地板也是木質的，走在上面會發出悅耳的聲響。蛋糕並非堆滿了鮮奶油的大塊貨色，而是精緻的歐洲式甜點，是我挺喜歡的一家咖啡館。下了工到這裏來喝杯咖啡，是一種很大的樂趣。都市人小小的喜悅。

一周總要光顧好幾回,卻很少去留意周遭的人,那個女子是不是以前就常來這裏……正在這樣想的當兒……門口的鈴聲輕輕響起,和著女侍的「歡迎光臨」,吱吱喳喳湧進來一夥學生,隨後,那女子悄如影、輕如風的「溜」了進來。

「寬麵條!」

弟弟打暗號般大嚷一聲。

那女子臉上先是一驚,接著綻開笑容。

那副笑容開朗燦爛,意味著「果然在這裏」,也可以解釋作「我就知道遲早還會碰見你」。

一九　弟弟潛回

和寬麵條交談的時候，我發現自己的心情異常複雜。因而憑著過往的知識，即便動員所有的詞彙，也無從表達我這種心情；我對她所抱持的情感就有這麼樣地難以解說。即使對龍一郎，我也從未有過這種心情，我甚至懷疑自己是否陷入初戀了。

這種心情與個性如何以及是否喜歡對方的容貌完全無關。我的確也喜歡女性，例如認為挨壓子和榮子都長得漂亮，而且喜愛她們，可就從沒有如此超乎必要的跌入迫切的心境裏。

只要她在就好了；她的人不可能不在這人世、沒有道理不在同一個天空下——近乎安心的這種心情。

又如古老街上的一座大教堂。屢次在照片或是電視上看過的燦然生輝的寺院。湛藍的晴天底下，清新的空氣之中。乍看之下，想必會產生這種似曾相識的心情。她果然已經在那兒，在我認識她之前，以及來到此地的此刻。而我對她的存在備感尊敬。

她讓我感到懷念與甜蜜的鄉愁。猶如兒時聽到的歌謠，只有旋律在流洩，輕微、美妙，模糊得好像在光芒之中。

我到底是怎麼了？幹嗎要感動成這個樣子？

內心混亂成一團。人一碰到未知的東西，就免不了混亂。

「對不起，由男君，那個人給你找麻煩。」

寬麵條一坐下就這麼說。

「不，這不能怪妳。我剛才把情況說給阿朔聽，她不當回事兒，說我腦筋有問題。」

「你們講的可是那個可怕的人？」我問。

「是的，他是我男朋友，人有點怪，他好像非常喜歡小由男。」寬麵條答道。

「怎麼個怪法？」

「我想，這恐怕要見了面才曉得……」

他倆居然異口同聲，而且飛快地這麼回答。看來眞就是那麼個怪人啦。

「他是那麼樣的一種人；老是不知不覺之間硬要把別人拉向他自己。」

寬麵條這樣地補充了一句。

「壞人？」

「唔——，」寬麵條想了一會兒，然後說：「也不能一概這麼講。」

「可不是麼？妳一直在跟他來往不是？」我說。

「我猜他肯定眞的想夥著由男君創設一種新興宗教。」

聽到寬麵條這麼說，我忍不住把嘴裏的咖啡噴了出來。

「對不起，沒想到當眞嚇了一跳的時候，人還眞是會『噴飯』呢，我還以爲只有在戲劇裏才有這麼回事。」我一面致歉，一面看弟弟。

小傢伙皺著眉頭一言不發。

「他好像當眞哪。我就是被他一再戳哄，受不了他的粘纏，才吵了架分手的。」寬麵條說。

基本上我是個局外人，也就沒有誠心誠意地去聽這話。只是每當寬麵條開口說話，我就覺得好像會想起什麼。

一種很重要又始終忘記的什麼。

那無關戀愛，心情上卻又格外浪漫。

「即使分開兩地，他也想把我拖進去。」弟弟說。

「依我有限的腦筋推測，你所謂害怕，不就意味著你心裏有個準備接受的托盤？」我說：「因爲我肯定不怕那個人。歸根究底，你內心裏準有那麼點想要拿自己的異稟去向別人炫耀的心理。」

「會是這樣麼？」弟弟說。

「我明白，因爲我就有過。我一直認爲他是個強人，也是了解我的人，所以多年來始終沒辦法離開他。我能夠跟他分手，該說是託由男君的福。如今，我總算恢復了我自己啦。謝謝你。」寬麵條對弟弟說。

「妳也有這一方面的本事麼？」我問她。

「那點本事算不了什麼，也不過是有時去去別人的疼痛啦、能夠透視箱子裏裝的什麼，就只是這種程度而已。」

寬麵條說著笑笑。

就只是這種程度而已，可我連這些本事都沒有。

寬麵條今天把頭髮編成兩條麻花辮垂在肩膀上。黑色毛衣放底下配了條綠裙子。穿著儘管隨便，卻顯得很正規，有一種準備出席正式場合的整潔味道。任誰也無能破壞她的風格、比任何人都活得長，可又單薄得使人哀憐、她並沒有特別找著妳攀談或是親熱的對妳微笑，卻讓你覺得自己被她這個人所熱愛——她給人的感覺正是如此。

「奇怪，我對朔美小姐——」寬麵條說。

「叫我阿朔就行了。」我打斷她。

「我對阿朔有一種非常強烈的懷念感。妳不覺得奇怪麼?」

我感到無從回答。原來如此，彼此的所思所想既然相同，下一步該做什麼好?做愛?不。

想必做朋友就行了。這就是朋友。

許久以來都沒有思考過這麼簡單的問題了。從小同著一堆素不相識的人給關在一間教室裏，被迫從中挑選合得來的好朋友。如果這是命定的交友之道，那該是狹窄得多令人難受的事啊。長大成人有了自主權，本來很可以到大街上憑著自己這雙眼睛和耳朵自由選擇朋友的，偏又擺脫不掉給關進箱子裏時候所養成的習性。不定蓄意擺脫那種習性的弟弟，才算健全。

「我們做個朋友吧。」我說。

「怪啦。」弟弟道：「我今天的時間不多，我們玩兒去吧。」

說的也是。

「要不要到我家去？」寬麵條問。

「有什麼吃的麼？」弟弟反問回去。

好了啦，眞丟臉。

聽到我制止小傢伙，寬麵條就笑笑說有什麼關係？叫客披薩來吃吃可好？

她是一笑，四周的空氣都像在顫索，微微皺起鼻子，彷彿隱藏著什麼甜蜜的秘密似的，這麼樣的一張笑臉。

孩提時候，一到黃昏就覺得寂寞難耐，恨不得一直玩耍下去，不止一次與小朋友一起離家出走。只是到了晚上還是感到害怕，回到家後總是挨一頓好刮。而每次出走的時候，搖擺的綠叢總顯得異常深沉。黑暗將未來遮隱起來，明日的陽光遙遠得難以相信還會有重現的時候。因而時間的密度變高，你就益加喜愛廝守一旁的好朋友了。

巴不得多待在一起，永遠一塊兒玩下去。

是否小小心靈已經曉得不可能和這位小朋友長相廝守到長大成人、有朝一日彼此的想法和人生的途徑也將有所不同？

我認爲不然。是因爲小小年紀就已切身領略到「此時此刻就只有這麼一回」。他們非常敏感於「此時此刻」的飛逝之快，猶如本身的四肢噼啪作響地快速成長。

他們感受到這份惆悵。

像這樣與有了新朋友的弟弟待在一起的當兒，兒時那種惆悵的心情似乎又蘇醒過來了。

在寬麵條獨居的這個雪白裝潢的屋子裏吃著披薩，讓我有一種奇異的違和感——同她一見如故，對她這個人卻是毫無所知。

而還沒有談及任何重要的事情，時刻便已到了六點半，這使我好生悲傷，儘管乍乍相見，並沒有什麼應該談論的要緊事。弟弟更是一副寂寞淒涼模樣。小時候，每逢暑假幹子到家裏來住段時間，到了要回去之時，眞由總是大哭大鬧，我也止不住悵惘得什麼事也不能做。類似這樣的氣氛開始左右我們三個人。

收音機裏流洩出「米雪」這首歌。我開始聯想：啊，當初披頭四所以成立，肯定只爲了大夥兒難以分離。而約翰與洋子談了一整個通宵的那個命定的時刻也是如此。世界自古以來便是這麼輪轉的。

告辭出來，搭電梯下到一樓，抬頭一看，寬麵條正在四樓房間的窗口對著我們輕輕揮手。由於背著光看不清她那張臉，但我相信必定滿面笑容地直送到看不見我們爲止。

拐過彎，直到寬麵條窗口的燈光與浮現黑暗裏的另幾盞燈光混淆不清了，我這才開口。

「最近經常被人家相送不是？」

晚風很涼，惆悵也消失了，倒是有點神清氣爽的感覺。

「嗯。」弟弟應道：「起初，我一天二十四小時都在怕寬麵條的那個男朋友，住進兒童學園，一半也是爲了要躲避那個人。可現在有點不一樣啦；我又有了新的朋友。」

弟弟的口氣不像在說給誰聽，倒像在自言自語。

而一聽到他這句話的剎那，也不知爲什麼，我滿頭烏絲頓時變白。弟弟不再是弟弟，只是一個「人」，我也不再是姊姊。我眞的不明白；在這個夜裏，我同著這個人走在一起，那是何年何月何日？我又是幾歲？只覺這一類的問題已經不具任何意義。

唯有那些影像鮮烈的浮現在黑暗中，而滿腔情感也是鮮烈的。

那天，我一如往常，入夜下了工後回到了家。

打開玄關門，只覺周遭瀰漫著一股奇異的靜謐；那是與平日不同性質的一種夾帶著死亡氣息的岑寂。彷彿家中有什麼事情宣告結束了。由於這種感覺太過淸楚，我不由得害怕了。碰到這種時候，我就能夠曉得因著過往所發生的種種事故，自己的感覺已然被磨鍊得敏銳如稚童。

具體上來說，也不過是玄關沒亮燈這種平日不可能有的現象所使然，可又覺得不單是如此，我於是比往常更加靜悄地走進廚房。

無意中發現那一邊漆黑一片的起居室裏，母親坐在沙發上獨酌。電視上正在播放一部黑白片，卻不知爲什麼沒有聲音。只有那些模糊不淸的畫面隱隱約約照出母親的影像。黑暗的房間、烏亮玻璃杯裏的紅色酒液、那紅酒映出母親白晳的面頰。

怪美的一幅光景，恍若置身夢境。

無論從任何角度看來，在每天每天的日常生活裏，根本就沒有什麼是確實可靠的。

儘管在黑暗中，我仍不忍破壞這幅完美的光景，可又不知道究竟發生了什麼，姑且招呼一聲再說。

「發生了什麼事？」我問。

母親說了聲「妳回來啦」，那雙大眼睜望向我。我從中看到的是該稱之爲憤怒還是失望的東西與氣急敗壞交織而成的有趣的神情。

「純子跑掉啦。離家出走啦。」

聽到母親這麼嚷嚷，我驚詫地閉上了嘴巴。提起純子女士，早晨不是好端端地在家麼？就像理所當然那樣？我和幹子慢吞吞地吃著她所張羅的早餐，她就有說有笑的對我們描述她所看過的綜藝節目，記得臨出門還看到她在洗洗刷刷。當時還笑著說聲「路上小心啊」，將我們送出門，而她那句家常客套裏並沒有夾帶任何的感慨或是弦外之音。

菜單是菜肉蛋捲、味噌湯、和涼拌青菜。她所做的涼拌菜有個特徵，甜而柔軟得太過柔軟。冰箱裏八成還有吃剩的。不可能再吃到了麼？一經這麼想，所有關乎她的景象全鮮活起來了。那雙潔白的手。昨日還看到的穿上睡衣的模樣。拖鞋聲。半夜裏與母親聊天時候她那唏唏嗦嗦的聲音。

「怎麼會呢？」我問。

母親失望之餘，有點不勝其煩的的樣子，但還是答道：「我怎麼知道！敢情過了這一陣，總會來封信、打個電話什麼的罷。行李大都帶走了，意想不到的是把家裏的錢也帶走啦。」

「啊?!」

我沒辦法相信。

聽是聽了，只是耳朵和心靈拒絕接受。

「眞有這回事？她從哪兒拿的？」我問。

「衣櫥裏。那是我的私房錢，總共有八十萬。」

「幹嗎要把這麼一大筆放在家裏？存進銀行不就結了麼？」我嚕道。

「可是，銀行靠不住。把現款放在家裏，雖然沒有利息，旣不必變成定存，又犯不著提提存存的，碰到突然要出去旅行的時候，還可以以輕鬆的心情上路。」

母親的話頭又開了。

看來彼此都不想再談這件事。

事實本身就已足夠了。

「她可曾表示有什麼心事？」我問。

「妳這麼一提醒，我倒是想起來好像有過，可具體上的事兒就不淸楚了。」

母親繼續說：「其實，只要她開口向我借，我一定會答應的。」

「說的也是，眞奇怪。」

「我猜是不是有了什麼突發性的事故。可她很可以跟我們明講啊。」

「這就不知道了。不過，錢呢？有什麼證據足以證實的確是她拿走的？」我說。

對於眼前的這種現實情況，思考總算開始習慣過來了。

「她留下了這個。」

母親指指桌上。我開燈，在空氣總算流動起來的這個房間裏看純子女士留下的字條。

「我一定會奉還。　純子」

字條上以純子女士的筆跡這樣地寫著。

「我天！人眞是深不可測，誰曉得別人的腦子裏在想些什麼。」

「可不是麼？」

這便是我們母女倆談論半天所得到的結論。

良久，我們各自沉默而又一如往常地做著各自的事情。母親繼續喝她的酒，我吃我的麵包晚餐，內心卻是沒辦法釋然。果然冰箱裏還剩的有味噌湯和涼拌青菜。它們給我很寶貴的感覺，而一覺得寶貴又不免要心生惆悵，只好勉強自己不要去多想。對幹子解釋，也告知弟弟之後，這種非比尋常的異事，是否就能夠化入日常裏去？

像母親這樣只憑著朋友這層關係就讓別人住到家裏來，反倒可以說異乎尋常。

無論如何，擺在眼前的就只有個事實。

那人不再居住此地，想必彼此之間的情誼怕也不可能恢復了。

沒辦法再修復了罷？

想起她那個人而能夠展顏一笑，其間也不知要經過多少時間。

這件事以眞實的現實，帶著衝擊人的聲響，撞上我仍然無法苟同而又不平的心頭。

「啊——，煩死我啦。我不願意再去想，所以準備找他喝酒去！」

母親說著走出去了。

「難怪呀，您就盡情地喝個痛快吧。」

我以這句話將母親送了出去。

我把事情的原委說給放學回來的幹子聽，她於是老老實實的大驚小怪，並且眞就像個大學女生那樣作起了各種各樣的推理。什麼男女之間的情感糾葛啦、女兒搭上流氓淪入花街賣淫啦、要嘛就是她以前的男人扯上地下錢莊，不得不求她設法周轉……種種，反正幹子多的是這一類的假設，聽她吹著吹著，心中的悶氣多少獲得了排遣，甚至幾覺這樁意外事故是件樂事。

我們興奮起來了，有如在異常狀態中熬夜聚集在一起的一羣災民那樣，亢奮得電視也不看了，只管圍著餐桌吃吃喝喝地直耗到半夜。

末了，幹子率先上樓就寢，我則洗了澡之後又在起居室喝起了咖啡。

我把照明弄暗，以極低的聲量收看著午夜節目。

時刻已經過了兩點鐘。想著母親極有可能到天亮才會回來，遂給玄關門上了鎖。

打算塗好指甲油就上床，塗著塗著，一股難耐的寂寞海嘯般襲上心頭。

再也見不到、再也不可能一起在這裏生活了。

從言詞上來說，剛才就已知曉的這麼個簡單的事實，何以沒能成爲實感？自問之下，才曉得此刻我所以有此實感，乃是因爲只剩下我一個人之故。

在此深更半夜，一個人獨處之下，始才覺察到這個家的氣氛已然完全不同。這跟父親過世那夜、母親離了婚的頭一夜、以及眞由離家出走的那天晚上頗爲近似。

荒悽、冷寂的感覺；

人不在時，那種無依無靠的感覺；

生離死別所帶來的絕對的孤獨感。

沮喪之餘，你會留意到此一空間那份不自然的沉默所帶來的意義。空氣吸收了生離死別的意象，靜靜地沉澱著。直到昨日，在這段時間裏還在同一屋頂底下睡眠的人，只怕永不再回到這種生活裏來了。

無論我多麼渴望以言語表達，還是敵不過排山倒海洶湧而來的那股子寂寞的力量。在孤寂擊打之下，我好想哭。如能放聲大哭倒也罷了，只因事情發生得太快，你就只有憋住氣發愣。

屋子裏仍舊殘留著純子女士的氣息。

只怕得花上相當長的時日，所有關乎純子女士的回憶的能量，也才會像她本人那樣的自這個家裏消失罷。寂寞覆蓋我的思考，充滿這個房間，把除我之外唯有幹子在睡眠的這個家，柔和地包裹了起來。前不久還有五個人擠在一起煩不勝煩的度日，如今卻變得一片空曠。

其實我已然習慣於這種變化，不，該說正因爲這樣，才會早早就感受到這份空虛。

這種唯有時間始能解決的痛苦。

沮喪得動也懶得動了，勉強洗刷完畢，準備就寢，伸手關掉廚房燈光之際，只見黑暗的起居室窗口有個人影。

我大吃一驚，凝神望去。

接著，幽暗的毛玻璃那一邊，有隻淡肉色的手正在輕敲窗子。

是忘了帶鑰匙的母親看到廚房的燈光，轉到起居室的窗口這邊來了？還是純子女士？

我悄悄地摸向窗口。

「誰？」我輕聲問道。

「是我。」

傳來的是弟弟的聲音。

刹那間，我陷入一種虛幻的心境裏。弟弟此刻照理應該在那所學校的宿舍裏睡大覺才對。不過，這可不像塞班島那次那樣魂遊回來了，而是眞正振動空氣響在夜暗中的現實裏他那貨眞價實的肉聲。

我慌忙開窗。

只見弟弟踮起腳尖站在那兒。

「怎麼了？逃回來的麼？」

我恍若置身夢境的問他，自覺聲音不屬於現實。

「不，不是的。我只是有點擔心。」

弟弟接著問道：「是不是純子阿姨出了什麼事了？」

「先不管這個，你趕快繞到玄關去。」我說。

站立夜晚庭院裏的弟弟，輪廓很模糊，令人感到要不是非常單薄，便是比什麼都來得穩健。

打開門鎖，弟弟進來了。

我一面爲他沖可可，一面問道：「爲什麼不按叮咚？你這樣貿貿然跑去敲窗子，嚇死人啦。」

「正想著也不曉得睡著了沒有，就看到這邊亮著燈，我便繞過來看看了。」弟弟說。

「怎麼溜出來的？」

「那還不簡單？半夜裏全都睡了，我就瞅準機會飛快溜回來的。」

仔細一看，果然他夾克底下穿的是睡衣。

「可可好好喝，再給我一杯好不好？」

他笑著央求。

我還是沒辦法適應這個時刻，心裏仍舊殘留著一種奇異的感覺。只因正置身寂寞的谷底之際，由於深夜的脫逃而意氣昂揚的弟弟飄然飛入。

「你怎麼知道純子阿姨出事了？事實上她的確是出了岔子。」我說。

「因爲她今天一整天都在向我傳送什麼；好強烈、也很悲傷。」

他說得很果斷。

「你眞就能夠感應到別人的意念啊。」

我不由得重新感到驚訝。

「告訴你，純子阿姨離家出走啦。」

我說明給他聽，卻沒有提及有關金錢的事。不過，我推測他必已感覺到金錢給整個事件憑添幾分複雜的陰影那種氣味。

因爲他從頭到尾以一副眞的了解個中原委的神情傾聽。

「好像是她女兒拐跑了老爸一大筆錢，離家出走了。感覺上好像是這一類的事情。」

弟弟繼續說：「純子阿姨正在循著只有她自己才知道的線索尋找女兒的下落。她好像很爲女兒闖的禍責怪自己。」

這是幹子程度的推理，你不知道是否屬實，不過，在他的感覺上八成就是這種感覺罷。

「感覺好強烈喔，強到頭都痛起來了，不得不跑醫務室。」

「她對你訴說什麼來著？」

「不清楚，只看到她那張臉老浮現出來。我就心想：再也住不下去了。還有，我就是趕回家，也已看不到她了。」

弟弟接下去說：「有點寂寞，想到家裏不曉得怎麼樣了，就再也睡不著啦。還擔心純子阿姨萬一死了怎麼辦？還有，媽是不是在哭什麼的。」

「她沒有哭，倒是喝悶酒去啦。」

我笑笑。

「等一下就會哭的，我敢說。」弟弟斷言。

倒是弟弟一副哭喪臉。順著他的視線看過去，只見純子女士那件圍裙團成一團，順手塞在廚房專用的推車裏。

「我怎麼辦？回來會不會比較好？」弟弟問我。

「隨你自己的意好了。純子阿姨所留下的空洞只有純子阿姨自己才能夠塡補。短時間內，無論怎麼著，家裏都免不了要陰沉一陣子的。」

「媽會再婚麼？」

這才我明白弟弟最在意的便是這個。

「有可能。」我回答。

比母親年少的她那位男友，極有可能藉機住進這個家裏來。

「媽再婚的話，阿朔怎麼辦？」

「這麼一把年紀了還要跟那麼年輕的老爸住在一起，挺不是滋味的。到時候我只有搬出去住。」

「去跟龍哥住一起麼？」

「不知道。多半不會罷。」

「那我呢？」

這鐵定非常非常地使他不安了，這種年紀簡直就跟不得不爲飼主的環境所左右的寵物沒什麼兩樣。

「媽還不至於那麼傻，她管保會考慮到你的問題的。雖然她跟那個人到巴黎去玩過，可婚姻比相偕出遊重要得太多了。她一定得先弄清楚自己到底想要做什麼。敢情現在正是你還沒辦法進一步去設想什麼的時候。」

「嗯。」

弟弟好似稍稍穩定下來了。他點頭表示同意之後又說：「沒想到一個人做任何事情，都會像波浪那樣的影響到大家。」

我笑了，他事不干己似的這番感慨著實好笑。

我問他要不要住在家裏，等天亮後我再送他回學校，順便向校方好好兒解釋一番？他答以用不著，八成可以不穿幫地溜回去，萬一有什麼差池，再打電話到學校去印證一下他的說詞就行了。他倒是央求我帶他去吃拉麵，因而儘管已經三更半夜，我還是決定送他回校的路上，順便請他吃碗拉麵。

深夜裏，姊弟倆在播放著收音機的拉麵店吃著大碗的麵條，看在旁人眼裏，不定還以爲是哪個夜總會還是酒家的公關小姐，帶著年少時候生下的兒子在吃消夜呢。——我以疲倦的腦子這樣地胡思亂想著。

「哎，眞要命，你可是滿嘴的大蒜臭吔。」

準備回兒童學園的路上，我笑著說：「哪有九點鐘上床的孩子好端端變得滿嘴大蒜臭的？肯定會穿幫。」

「這樣啊？這眞是糟糕了。」

「嚼嚼口香糖瞞混過去好了。」

我把提包裏的口香糖和軟黏糖全掏給他。唏唏嗦嗦剝開鋁箔包裝紙的聲音在黑暗裏作響。

夜路平靜無事，宛如這一天就要在安然無事中進入夢鄉。

然而，帶著一份完成了某件事的好心情回家途中，忽又會不經意地回想今天到底做了些什麼來著，而每次這麼一想，腦海裏就會掠過純子女士的臉龐。心頭頓時一陣刺痛，無來由地就只覺得痛楚，眼前也隨著一陣發暗。

「啊！」弟弟驚叫。

我慌忙抬頭。

只見他的目光所及——正前方的天空當央，一顆流星拖著長長的尾巴劃了過去。那是細長、光亮如珍珠的那種白。沒錯，好長一道白線，足夠你許下任何心願。

雖然我並沒有對著流星許下什麼願。

流星消失以後，澄淨的夜空就只剩幾顆星星在靜靜地閃爍著。

「阿朔，剛才看到的是流星不是？」弟弟問我：「不會是幽浮罷？」

我爆笑了出來。

「你還倒過來問我這個，你是這方面的專家呀。」我說。

「可是，看起來好漂亮，又拖這麼長。」

弟弟接著說：「原來如此。」

「什麼原來如此？」我問。

「原來，只要跟自己喜歡的人在一起，像現在這樣心情很愉快的時候，看到的管他是星星也好，幽浮也好，都只會讓你感到那麼樣美得驚人。」弟弟說。

二〇 午夜的灰姑娘

有天下午，發現信箱裏有人寄給我謎樣的郵件。

那是裏面只裝了捲錄音卡帶的信封，沒有信，也沒署明寄件人的姓名。看看所寫收件人的筆跡，字體大而穩健有力，像是出自男性的手筆。

儘管內心有點毛毛的，還是敵不過好奇心，終於放來聽。滿以為收錄的八成是類似色情電話俱樂部那種聲音，因而冒然衝入耳膜裏來的竟是樂曲時候，還眞嚇了一跳。曲子只有一首，以女聲四重唱激情地唱出有點陰暗而又優美的搖滾樂。其餘全是空白。這麼一來，更是丈二金剛摸不著頭腦了。

其實，搞不清所以然也就罷了，偏又尋思這其中是否暗藏著什麼玄機，便拚命地去聽取英文歌詞中聽得懂的部分。我把從中所得大意記了下來。而那大意給我的感覺並不討厭。

閉上雙眼想像看
妳不再是從前的妳
脫衣舞秀裏頂頂苗條的女郎

深諳如何扭動款擺好露臀
說說瘋狂的旅遊故事可好？
說一些亂七八糟的明星軼事、或者難以啓齒可怕的陰謀

閉上雙眼想像看
那兒已然景物全非
山崗上那幢巨大的玻璃屋
抽大麻、又蹺課
布魯斯貝里昨日前來
好個粗獷狂野的小伙子，多酷啊，我想

閉上雙眼想像看
事情應該作何了斷？
午夜的灰姑娘
左右不分
飢餓如狼虎
連刀叉都已忘卻

既不知何人在記分
也不知誰在門前吠

緊抱我吧，有點怕

那已是古早往事，今非昔比
每當看到我的作爲，你遂想起講過此話的女子
無論如何緊抱我，即或一時的逢場作戲，我已滿足。
我記得黑暗。我來自那兒，憑著玩笑。

聽也聽過，記也記下來了，我還是搞不清到底是怎麼回事。我想到所有我能想到的人，也考慮過會不會是小住君那個搖滾樂狂的傑作，還特地打電話到賽班島去問人家，答案卻是否定的。他同挨壓子輪流接電話，短短的一瞬，重又帶給我依舊不變的藍天和海潮味兒，如此而已。

在莫名所以的情況之下，唯有一連聽了好幾遍的那首旋律，依然殘留耳膜裏。

儘管這樣，我還是從這首歌曲感受到一種迫切的某種什麼。

一種近乎信息的東西。

想法與我相當接近的某一個人，正在急著想傳達給我某種信息，這種印象的餘韻，在我腦海裏不停地鳴響

著。

在純子女士仍無音訊中，時間一天又一天地過去。

對於這個家來說，她就像是楔子。我們從她身上感受到的「母親」這個印象，毋寧要比母親眞切得多。

自從她離開這個家以來，母親很少在家，幹子本就與同學們到處瘋，幾拿這兒當過夜的旅館，我則待在龍一郎房間的時候要比留在家裏的時間多。龍一郎的房間沒什麼情調可言，只因漾滿了沒人管你的空氣，使人覺得自在而好過。

我把那捲錄音帶放給他聽，問他可曾聽過這首曲子，他只說聽過，而且是很早以前就已存在的一個樂團。

「是不是從前的男朋友寄來的嗽？」他好像有點吃味兒地說。

「就是想不起來是誰寄來的嘛。果眞是老情人，才不會選這種歌詞的曲子呢，完全不適合拿來當愛的表白。」

「妳果然仔仔細細地聽過了。」

「沒想到閣下還是個醋罈子呢。」

我這樣地調侃他，覺得怪有趣的。

看看四周，眞個就是家徒四壁的房間裏，大皮箱上搭了些衣物，讓你覺得他的人隨時都有可能收拾好行李，說走就走到天涯海角的國外去。

奇怪的是想像著他的遠走高飛，倒也沒怎麼感到惆悵和寂寞。

只是到此地來玩兒，眺望窗外，傍晚時分，遠遠的那一頭夕陽西下，天空微紅，不多久金星閃亮出強光，天空的顏色變濃了。

於是左鄰右舍開始傳來眾媽媽阿姨們出外購物和孩子們返家的動靜，家家戶戶的窗口各自亮起了燈。這時飢腸轆轆，時間……一想到自己的身體也在刻度著時間，忽覺又惆悵、又寂寞得簡直受不了，但同時也感到自己在活著。

我想，要不是與龍一郎同在一起，感受應不至於如此強烈。人與人偶然同在一處，眼看著時光流逝過去，單憑著這一點便足以喚起某種影像。

如綿延到遙遠而又遙遠的那頭，茂密蒼鬱得透不過陽光的一大片森林、乃至清晨，漾滿旭光的湖面和鏡子般倒映出來的羣山的顏色。

類似這樣的情景。

仰望天上的銀河，牛郎、織女、天津四三星連成三角，哪怕脖頸看痠了，還是在腦子裏描繪出好大好大一隻白色的天鵝。

近乎這樣的感覺。

你能夠痛切地感覺到時間好似停止了的瞬間，依然有什麼在繼續流動著。

會覺得兩個人似乎能夠脫離這一切，唯獨靈魂與靈魂跑到無所謂時間的地方，永遠相依相偎；也能遠走高飛到遙遠而又遙遠到分辨不出方位的一個美麗的地方；一個杳無人跡，只有山呀海呀向你傾訴衷懷的仙境；你以一個人類行將消失的地點。

然而，回過神來，你所觸及的是肚子餓了、明天將從幾點鐘上班打工，所以再跟你電話連絡種種，盡是這一類的瑣事。你所能做的也只是我可不可以看這本雜誌？嗯，可以呀，我已經看過啦。這肉體、這嗓音。能去的地方、以及不能去的地方。去思考受到限制與沒有受到限制的事情。

你只能做這些，而這些正是涵蓋了一切。

時光帶走所有這些空間，奢侈的一日於焉宣告結束。

「那首歌說的是妳。妳可曾連歌詞也聽了？」

你能否想像一下，當你在街角貿貿然被一個陌生人，而且是年長許多的生人喚住，拿這話來相問的時候，會是什麼樣的心情？

我訝異之餘，禁不住覺得自己又成了另一個次元的人；彷彿一不小心一腳踏入與我往常的所作所爲不同的另一個次元。

我以這種心情回過頭去，看到了傍晚澄澈得怕人的紅色天空，和個子修長的那位年長者的眼眸。將近四十？將近五十？稱呼歐吉桑略嫌年輕，說是朋友又未免老了些，一個單薄、落寞、而又纖細的人物。擁有會令人想到小住君的一雙透明而又奇異的茶色眼瞳。

「什麼事？」我說，心想招收怪鳥的活動已經截止啦。

「我說，滿久以前，妳不是收到了一捲錄音帶麼？那是我寄的。」

他說得很平靜，但也相當地明確。

「啊，那個，你說的是那個呀。」

我接著問他：「可你又是誰？」
「妳認爲講我的本名會不會比較好？」
「尊姓大名比較無所謂，我想知道的是你怎麼曉得我這個人？幹嗎突然寄給我錄音帶？還有，你到底想說什麼？」我解釋道。
「我的綽號叫做梅斯瑪。只要講這個名字，大家都知道。」他說。
寬麵條，再來是梅斯瑪，我暗自心想。
「從令弟那兒聽說妳之後，我就無來由地想起了那首曲子，心想，要是用那種方法能夠引起妳興趣的話，不定妳會肯聽我的說詞。我馬上就要出遠門，我是因爲完全被令弟所誤會，很希望好好兒解釋一下。」
「你會不會就是寬麵條的那位朋友？」我問。
「妳指的是加奈女？」他反問過來。
我點點頭。
「是的，我是她情人。」他說。
「我聽她提過一些。」
我這樣地說著，心裏不免質疑，這麼文靜的一個人，到底有什麼地方值得弟弟害怕的？想像裏應該是個更年輕更強悍的蠻橫小子，沒想到竟然是這麼個文弱的歐吉桑，如此一來反倒叫我混亂了。不過，先寄錄音帶來引起注意這個伎倆，倒是自然而高明得讓你沒法小看他。這可得好生提防。
「可有時間找個地方坐下來談一談？」他問。

我原本預定到龍一郎那兒去，遂告訴他要是個把小時就可以。我擔心到常去的那一家可能會碰上寬麵條，便決定到站前大廈的啤酒屋去。

由於時間尚早，店裏人還算不多。

即使這樣，還是一副生意興隆模樣，穿一身廉價制服的服務生們，正在忙碌地分送著帶握把的大杯啤酒。浮現夕景中的大廈羣，襯托著蒼茫的天空，猶如蟲蛀的拼圖那般，鮮明的燦亮著窗子。

我與梅斯瑪氏坐到最裏邊的檯子上。

我不知從何問起；關於眼前的這個人，所得資訊只有不好的風評，且他們又不願意多說，可以說所知有限。

「關於我這人，妳聽到的都是壞話罷？」他說。

「該怎麼說？因爲大夥兒——其實就只有我弟弟和寬麵條兩個人——都不大肯談到你，所以，我知道的不多，也不清楚你們之間到底有過什麼。」

「我本來想把令弟帶到加州去的，爲了這件事跟他們沒能談攏，把事情搞砸了。」

「加州？你是說加利福尼亞？」

我大吃一驚。

這時，服務生好似不勝負荷地端來了生啤酒和有點發乾的毛豆，我們的對話遂告中斷。

看在旁人眼裏，我們八成像一對上司下屬的外遇情侶。兩個人舉杯作了初晤的致意，我算是入夏以來第一次喝下大杯的生啤酒。

我聞到夏日的氣味。異於塞班島，它帶著比較淡的影子降臨，卻又是具備深沉陰影的夏天。這夏日的氣味不覺間混入飲料和羣樹的綠叢之中，觸及你裸露的臂膀，等你留意到的時候，已然鋪滿整個天空，且強而有力的充斥在街頭巷尾之中。

「聽你這麼說我倒是想起來寬麵條說過，你準備和我弟弟共同創立一個新興宗教。這就是你所謂誤會的部分麼？」我問他。

「什麼創立宗教，我沒那個意思呀。」

他一臉驚訝地繼續說：「我只是看到他待在日本好像很不好過，才想到不如帶著他一起走的。」

「帶往加州？那是爲什麼？」

「那邊的大學設有研究機構。也就是說，那兒專門收集某些特殊能力特別發達的人。他們給你安排好住的地方，並不像科幻小說裏所描述的，把你拿實驗材料或是一種人身武器，也沒有牽涉到宗教信仰什麼的，每天只管一面參加實驗，一面輕鬆地發揮自己的長才，所以我才認爲蠻適合他這種青少年。而且那邊也不缺乏熟人和朋友，對他可能滿好的，我是打心底裏這麼想。」

「梅斯瑪先生去過那兒？」

「嗯，我是從很年輕的時候就開始在那兒出出入入了。因爲父母親的關係，我一直住在那兒。和加奈女……寬麵條，也是在那個機構裏認識的。」

我吃了一驚。

「這倒是第一次聽說。」我說。

「事實上她好像並不喜歡自己具有所謂的超能力，爲這個自我掙扎了半天，在那邊害上了神經衰弱。這麼一來，我也只好打消留在研究室裏繼續鑽研的計畫，陪著她一起回國。她鬧著說再也不想插手那些事情，只想過普通一般的日子；因爲她所從事的部門是比較憂鬱一點。」

「怎麼說？」

「妳完全沒有聽說？」

「沒有。」

「她敢情想都不願意去回想一下。她有一種異稟，能夠根據行蹤不明的人或者死人的所有物，引出各種各樣的情報來。也曾經協助那邊的警察破過案。由於感應過太多死人，尤其是失蹤末了慘遭殺害的人，她變得身心俱疲。況且她這種異能好像小時候比較強，年齡越長，能力也跟著減弱，等到從神經衰弱康復以後，似乎完全消失了。這一類的異稟就是這樣，隨時都有可能因爲某種契機消失得一乾二淨。不管怎麼說，她大概是不可能再回那兒去了。她一直說她已經受夠了那個地方。再說，那裏面的人話題又都偏向新時代，味道也跟普通一般的留學有點不同。」

「我完全不知道這事。」我說。

關於寬麵條年齡與學年不符合這一點，我當是第一次考大學時沒能順利上榜，當了一陣失學的浪人之後才又重考及第，要不然就是曾經留級，也就沒有深入地問她。

「你呢？擅長的是什麼？」我問他。

「該說是催眠罷，我專攻的是這個。可知道梅斯瑪這個人？」

「名字倒是聽過。是個醫師不是？據說在古時候的歐洲，利用磁石給人治病什麼的……。詳細的情形我是不太清楚。」

「對、對，大致上沒錯。我的綽號是從那兒來的；因爲我一直在研究他、拿他作論文的題材。他於一七〇〇年代利用催眠和魂迷狀態爲人治病，在那個時候算是劃時代的一種治療法，到現在還留的有梅斯瑪主義這個名詞呢。」

他說這番話時神情相當愉快。

眞個是人人各有所好啊，我不禁佩服地想著。海的那一頭竟然有那麼一夥人聚在一起，日常生活裏拿一些特殊的事故不當回事的高談闊論，一想像這副情景，我就覺得宛如在做一個奇異的夢。直到弟弟變成那樣之前，這可以說是與我的人生完全無關的另一世界。

「哼，所以你才叫梅斯瑪先生囉。」

「對啊，一點兒不錯。」

「你準備回到那邊去做什麼？」我問。

「那邊有個協助精神科醫師的機構，利用懇談、輔導、催眠之類的方法。我打算到那兒去工作。必要的話，不定再回到醫學院去重修；目前我想探究催眠的可能性，再說，我自己也還非常的不足。」

「這樣的？」我點點頭。

屋頂上人越來越多。從公司下了班的上班族，三五成羣地湧入，佔滿了四處的檯子。臨時結成夥的一羣人的傻笑聲也處處可聞。風很大，檯子上的豆莢眼看著就要給颳跑。儘管如此，天空仍是太過透明的一片湛藍，自管一點一點的加深濃度。

同著這個人茫然地望著這些情景，忽然有一種奇異的感覺：彷彿置身國外、又好似天地洪荒，獨我孑然一身。

想起了從前見到一隻棄貓，因爲無法收養，只好裝作沒看見，但直到半夜，那貓叫聲依舊粘在耳膜裏久久，久久。再就是班上有個小朋友轉學到別處去了，第二天有個素不相識的孩子佔據了他原來的座位。還有，與交往過一陣的人分手，雖然沒哭，傍晚的歸途卻顯得漆黑一片；如果現在馬上打電話還能相見，但打了也是於事無補，可明知這樣，還是渴望與那人通話，而在這種矛盾中，道路飛快地被夜晚侵佔，心中好苦。

此時此刻想的盡是這一類的往事。

啊，還是趕快到龍一郎那兒去吧。那個一無所有的溫暖小天地；趕緊投入在那永遠那麼明亮的房間裏等候的他的懷裏。

「就說跟不跟你去加州在乎他本人，」我說：「可我弟弟爲什麼會怕你？」

「那是因爲他太過敏感，對我這個人知道得太多的緣故，我想。」他悲戚地說。

他眞的是好一副傷心欲絕的模樣。弟弟是太過傷痛了，我心想。我明白了小傢伙何以要躲避這個人；是因爲這個人所有的一切都令他感到傷痛，以至不知如何是好。

「加奈女誤會我在軟硬兼施的引誘令弟。其實我不是那樣，我只是覺得好像很能了解他的心情，希望對他有所幫助、跟他做朋友而已。因爲我小時候就有過近似的心路歷程。看看能否幫他一臂之力，這種意願非常強烈。」

「那是什麼樣的一種感覺？」我問。

他愣住了，呆呆地望著我，顯然沒有想到我會有此一問。

「因爲我不很清楚我弟弟到底在哪一方面感到痛苦。」我這樣地解釋著。

「你絕對沒辦法了解別人的感覺，哪怕你倆再投緣、哪怕你們住在一起、或者具有血緣關係。」

他笑了，宛若綻開一朵小花那般謙虛的笑容。

「我小時候待在美國，鄰居有個大叔是位催眠術大師。我時常到他那兒去玩，也許是無形中學會了訣竅什麼的，思春期之前就已經有過許許多多的事情。那就是情況演變成只要我對著某人發出一種強烈的意念，就能夠影響他。最厲害的時候是在紐約讀高校時期，我的個性一直都是傾向安靜，在同學們當中很少出頭出角，可就是八成感性特別強，不覺間發現我身邊竟有五個人自殺，又有很多人變成神經衰弱，或者拿我當宗敎信仰一樣尊敬追隨，弄得我不知道該怎麼辦才好。那眞是個要命的時期。正値思春期，沒辦法抑制能量，根本就沒法叫自己不要去感覺、不要去思想。」

「眞的？」

「眞的，因爲是我自己的親身體驗。幾經考慮，也想到過自殺，末了，終於到加州的那個硏究機構去了。那兒有很多同病相憐的人，管我這個近乎魔鬼的一面叫才能。我也知道了小時候親近催眠術、和母親一再結婚，輾轉全美國這兩個因素成爲心靈的創傷，火上加油的增強了我那股魔力。我還更進一步的曉得了只要加以適當的訓練，就能夠將這種能力運用在醫學上，治療人類身心兩方面的疾病。這麼一來，我心理上就輕鬆得多了。」

「那是幾歲前後的事？」

「好像是十七歲罷。」

「大夥兒具體上來說，都在做些什麼？還有，做了以後會變成怎麼樣？他們給人催眠麼？」

「不，厲害的時候，並不是這種感覺；總是自以爲沒有做什麼，事實上卻已經做下了什麼了，根本沒辦法控制自己。跟自己心愛的女子也是沒法正常的談情說愛，到頭來總免不了傷害人家。我只要多想一點什麼，就會夜夜跑到那個人的夢裏，太過強烈的去影響那人的意識。」梅斯瑪氏一本正經地說。

我半信半疑。就拿戀愛來說，人一旦墜入情網，還能保持「正常」的精神狀態麼？像他這種單薄纖弱偏又擁有特殊毛病的人，老想認爲自己對別人具有影響力，是常有的事。那末，弟弟又如何？如果說他這邊始終自認能夠影響別人，那邊確實又托盤一樣的存在著如弟弟那種很容易接受暗示的敏感人物，則是否意味著這是一個事實？那是否跟戀愛一樣，經由兩個人相輔相成的創造出某種特殊的花樣？會談論這種事的人們，是否個個想得太多，甚至變成鑽牛角尖？他們不是很可以過得幸福一點麼？

「我沒辦法說得很清楚。不過，我時常想，如果過往的一切只是一場夢，該有多好。」他自言自語地說。

我很想哭，因爲他的口氣讓我覺得他眞的那麼想。我同時明白了他必是打心底裏不願意詳細地談及過往所發生的那些膨脹的事故，而且想忘記它。

「對不起，我想知道你跟寬……鈴木小姐又是怎麼樣的？能夠正常的談情說愛麼？」

我這樣地問他；要命的是我胸中一大堆質疑當中，比較好一點而不至於構成失禮的竟是這個問題。

「可以。她比我小那麼多，卻是個十足的強人。我還沒有碰過像她這樣的人。」

他不勝懷念地繼續說：「只有她那個人不怕我，不受我影響。無論我發出再強的意念，她也無動於衷。所以，我這才第一次經驗了眞正的戀愛，感覺到好幸福。這也才體會到大家的心情，懂得不帶著畏懼去愛一個人，是多快樂、多麼能夠受到鼓舞的一件事。」

「這樣的？」

乍看之下，寬麵條絲毫不爲戀愛而又分了手一事所動。永遠一成不變的一個奇怪的女子。無所謂前塵往事，也沒有可以期待的未來——她就有著這麼樣的一雙眼睛。她彷佛長生不老的活過太久太久的時光，把人世所有的一切都看穿了。

「目前，她好像過的是一般大學女生的生活。」我說。

「那是她所希望的。要是跟我在一起的話，無論如何都會跟她所討厭的世界和人脫不了關係，所以我倆只好分手。這一點我們都已取得了共識。就只是爲了由男君的事有所誤會。」

「這樣的？」

「麻煩妳把我的心意好好地轉達一下。我只有拜託妳啦。在誤會沒能澄清的情況之下就此分開，我非常難過。」

他一臉落寞地這麼說。

「我認爲能夠的話，最好大家碰個頭好好地談一談……我來問問他們的意思，起碼問一問我弟弟。相信寬麵條定也能夠了解；我想她並不是一個拘泥於小節的人。」我說。

我還想跟這個人多待一會兒。這人所具有的寂寞程度與人類史同樣地深厚，吹過其上的風，也與颳過不再有人回顧的墓碑上的悽風同樣的蕭瑟寒冷。而他這份寂寞，本質上又與人類原有的那種孤寂有著一脈相通的地方，因而我捨不得離開他；原本寂寞，偏又假裝沒事瞞混過來的過往幾千個夜晚的心頭之痛，於是一舉爆發了出來。爲了免於被這股洪流所沖走，似乎只有跟這個人待在一起。

我是否已經被他所催眠？

惆悵極了。大廈的窗子、眾人的笑聲、乃至燈籠的光亮，都讓你感到悲傷而孤苦無依。

「對不起，我能不能再問個問題？」我說：「你怎麼會認爲那首曲子的歌詞說的是我？」

梅斯瑪氏直視著我點了點頭，然後說了。

「對不起，我能不能說一說今天見了妳之後弄清楚的幾點事情？雖然不知道能不能算是對妳這個問題的答覆。」

「請儘管講。」

「當我從令弟口裏聽說妳的種種時候，馬上怪清楚地想到了那首歌有關『午夜的灰姑娘』那一段。我對妳的印象敢情就是那麼樣固定下來的。不過，今天見了面之後，我明白了。妳這人是飢餓得要死，而且孤獨。在妳碰傷腦袋以前，不是已經和好多個親人死別過麼？接下去八成是輪到妳了，妳的血緣讓妳很容易走上這條路。」

我想起了挨壓子講過的「死了一半」那句話。

「幸好妳大概有什麼a^+，讓妳九死一生地撿回了一條命。我不是宿命論者，對占星學也沒多大興趣，可我就是有這種感覺。碰傷過頭部以後，妳的人生變成不折不扣的白紙一張、多出來的一本附錄，那是出乎意外，而且是沒有任何劇本的，而妳又有點曉得這個。爲了不叫自己寂寞或者空虛，妳一直非常留意。妳眞個孤獨到了極點。情人嘛，頭腦相當不錯，人也好，也在近距離的逼近妳的孤獨，但一碰上妳個人內心的混亂，他的存在也只是聊堪安慰而已。一個人要達到眞正的絕望是非常簡單的。妳目前最要緊的就是不要走上絕望之途。妳已經死過一次，從前的人生所預備的花與果實，全都改變了。
想必妳們家母系那邊擁有相當奇特的血統，令弟也受到了影響。
半夜裏不是經常搞不清自己是誰，急醒過來麼？
那就是妳。
那是一種異常脆弱的狀態。
訣別、邂逅，分分合合，都只是一晃而過，你只能在一旁觀望。
人生在世，只有不停地徬徨再徬徨，只怕死後還是一樣。爲了眞的不要去覺察到這個，妳內心正掀起一場慘烈的奮鬥和混亂。
慘烈到我應該多多誇獎妳的地步。」
「這就是我？」
我繼續說：「人人都一樣的孤獨，會覺得自己比較特別的人，永遠需要一羣喝采的觀眾。」
說著，眞由的影子在腦海裏輕淡地一閃而過。
「我不希望採取那種生存方式。」
我這樣地補上一句。
「支撐妳的不是意志力，而是妳那思想裏面的某種什麼，某種美好的東西。好比生下來第一次笑的嬰孩、使勁扛起要命的重擔那一瞬間的人、還有快要餓昏時候聞到的麵包香，類似這種東西。妳的外祖父也擁有這種思維，而妳自然而然的繼承了這份特質。令妹就沒有。小弟弟是有的。究竟是什麼呢，那種東西？」

「也許是一種秘訣罷。」

我笑了。

「妳笑起來好美，有一股希望的氣息。」他說。

寂寞復寂寞，他眼中的我、同樣的夜晚、淡淡的星空、吹過的風。還有樓房、檯子、沉重的鐵製椅子這份觸感、手端好幾隻握把大酒杯，懶洋洋忙裏忙外的服務生，由他的立場看來就是不一樣。

看穿一切，是何其可憐可哀的一件事啊。

我（即或不像他所講的那樣）未敢擱入心中的一切事物，看在他透明的眼瞳裏，都成了風景。

平日不大願意同情與憐惜別人的我這個人，居然百分之百被擺平了；和弟弟以及寬麵條一樣，完全被這個夜晚和他可悲的半生所征服。

太沉重、無救。看得太穿、了解過多、無法躲避、無法搪開。

儘管面帶笑容地別過他，卻是以備受孤寂打擊的心情回到了龍一郎住處。

「妳回來啦——。」

他迎了出來：「妳這麼晚都還沒有回來，我就拍照玩兒，喏，妳看看。」

他自我解嘲地笑著遞過來一張派立得快照。

照片上，穿上了我那件衫連裙洋裝的龍一郎，微笑著站在那裏，沒有經過化粧，給人陰森可怖的感覺。

「這是什麼？怎麼回事？」我問他。

「是這樣，衣服就掛在那兒，本來準備穿上它迎接妳回來的。偏偏等了半天還是沒回來。我以這副模樣左等右等，忽然覺得空虛起來了，索性把它變成具體的形象保留起來。
「名堂眞多不是？」我說。
「我們吃飯去啦──！」他嚷著。
碰上這種日子，做情侶的心情總是格外的好。
也罷，這樣就行了。
人生啦、你所擔任的角色啦，這一類的事情最好不要形諸語言。不要還原成被限定的資訊。
頂好不要去碰它、任由它保持原狀，你只能從一旁靜靜地觀望。那個人必定也知道這一點。然而，他還是想說、渴望傳達；因爲寂寞、因爲活在寂寞的布景當中。
龍一郎如廁的當兒，我再度拿起照片來看，見他有些作態地嬌笑著。這與從前在照片裏看過的他母親頗爲相似，想到他以這副模樣在這兒愣等了半天，止不住好笑得呱啦呱啦大笑。
而大笑中，我、我的思維、我的臉全沒了，一股腦兒溶入笑裏。無所謂拯救、無所謂孤獨，笑引發笑，我就這樣地化成了大笑。
短短的一瞬。
我好像知道那種感覺。無論發生任何事，我所擁有的那種寶石般的什麼，到頭來都未嘗晦暗模糊，而永保晶瑩剔透。

二一 CRUEL

這天晚上，我發燒了。

我認爲與其說長時間待在屋頂上寒冷的啤酒屋著了涼，毋寧說是梅斯瑪氏那番話所給我的衝擊使然。

平日我是盡可能不去在意那一類的事情，事實上當時也沒有去在意。不料，上了床閉上眼睛以後，只覺四周的黑暗在旋轉，想睡也睡不著。加上頭隱隱作痛，某些強烈的感情接二連三洶湧而來，有一種欲哭而又透不過氣來的奇怪感覺。

等到覺得不對勁兒，人已經整個陷入「發燒」的世界裏。所以才會沒有發覺。半夜裏一度起身如廁，竟然踉踉蹌蹌難以舉步。這麼一來，畢竟感覺情形怪異，於是把龍一郎叫醒。

「你看我是不是不大對勁兒？」

「什麼不對勁兒？」他驚訝地反問過來。

「頭好燙，腳又冷得跟冰塊一樣。」

他摸摸我的頭和腳，然後說：「眞的吔。」

他起身取來體溫計。

「來，量量看。」

量過之後，發現體溫高達三十九度C。

「哇塞，這還得了！高得嚇人哪。」

他嚷著，把冰塊裝進塑膠袋做了個冰袋子。

「這麼一來，世界倒是顯得很有趣呢。」我說。

肉體上儘管很難受，只因一切都顯得鮮艷而又生趣盎然，我禁不住感到高興。

「會不會很不舒服？想不想喝點什麼？」

「喝點水罷……」

水喝下去身體拒絕接受，差點嘔吐，過了一會兒總算安定了下來。腳也暖和起來了。冰塊凍得割手，臉卻燙得灼人。

「像這樣有高低抑揚的世界也是蠻不錯的。」

聽我這麼說，他答以「妳是被高燒燒迷糊啦」。

而與這番對話進行的同時，腦海裏一再地掠過梅斯瑪氏的影子和他所說的話。被人拿來「描繪」這事對我是一樁相當大的打擊，也不是我不服輸或者逞強，其實，一切並不如他所講的那麼糟：發燒、一雙腳冰冷得不像是自己所有、同床共枕，睡在身旁的這個人可是十足的健康狀態，對我這副慘狀居然毫無所覺，而所有這一切我都喜歡。我覺得好玩有趣。這是平時不容易領略到的一種罕有的感覺。

「好像吃點藥睡個覺比較好。」

聽我這麼說，他就爲我取來阿斯匹林。

在敏銳的感覺當中，阿斯匹林通過身體好好地發揮了作用。

這使我想起有時同住過一個屋子，再怎麼被稱作親人，你還是想不起那些人，只覺他們是一干素昧平生的外人，即使這樣，我也不覺得孤獨。

敢情就是這樣了，想著，我就這樣地自我化解。

孩童不也是如此麼？

出生的地方不見得是他想居住的國度，屋子裏的佈置和裝潢也未見得合乎其意；餵他奶的人同樣不見得是他心目中所希望的那種母親。

他是那麼樣唐突地降落到了別人的「盒子」裏。

我想我那種感覺頂多就跟這種心情差不多。

人人都喜歡我，相形之下，我自己並不那麼想，但也不認爲這樣有什麼不好。嬰兒不也是如此麼？他們如果會說話的話，肯定會這麼講的。

而你如若認爲那便是孤獨，管保是事後才想到，而不是從靈魂油然而生的一種情感。

我並不想回到過去。

只是想像中當初缺乏「記憶」作後盾的自己，那輪廓總是被一層淡淡的色彩所籠罩，顯得孤單而寂寞。

也不知爲什麼，內心變得好難受。

看起來就像隻完全不知道自己明天就要給送往別處去的小小貓。

我牽掛的只有這個。
儘管意識仍在馳騁個不停，肉體卻咚——一聲以墜落的感覺跌入夢鄉。

早晨起來，精神愉快極了。
燒完全退去，整個的人浴火重生一般的清爽。
枕邊有一張龍一郎留下的字條。
「給妳們家打過電話。妳儘管好好兒休息。我出門去了，傍晚回。冰箱裏有吃的。」
只覺日光耀眼，空氣清新可餐。
呼吸輕鬆許多，在空中和窗框上躍動的日光，比平日要刺眼得多。
唯獨身體仍然有些搖晃不穩，感覺上軟綿綿、虛飄飄的。有一種萬事萬物對我來說，都極其順當妥切的錯覺。
想必是發了大量的汗水之後反而好了。
仰臉倒在棉被上望著晴朗的天空，心想今天做什麼好呢？
也不知道有多久沒有像這樣靜止下來思忖、不曾如此輕鬆地去感受一切了。
單單想到淋個浴、吃點什麼、再到外邊去喝杯咖啡，就覺得好幸福。
自由，對了，好像變得無比的自由，能夠感覺到從高燒的煉獄解脫出來之後，整個身子正在歡欣雀躍。
偶爾發發燒也不錯啊，我感慨系之地呢喃著，像個傻瓜。

先且喝了冰水之後，爲梅斯瑪氏之事打了個電話給弟弟。

弟弟好一副精神飽滿的狀況。

一聽我的聲音，立刻問道：「怎麼，感冒了麼？聽聲音好像在發燒哩。」

是啊，我說，接著告訴他有關梅斯瑪氏的種種。同時也把梅氏就要出國、臨走之前希望跟他重修舊好的意思轉達給他。

「啊——？妳見過他了？心裏會不會很難受？」

他接著說：「我本來不想讓你們碰面的。他是不是講了一堆叫妳不得不深思的話？跟他碰了面以後我心裏一直很不好過，可現在已經沒事了，也覺得對我來說還是好。不過，他眞的講了好多別人不可能對我說的話。我認爲那個人的性格和才能？什麼的，都好叫人難受。」

「我知道我知道，你要講的我都明白。雖然跟他見面以前完全搞不清你們到底在怕什麼。」

「我只是擔心阿朔對自己完全了解以後反倒會受到傷害，所以才不想讓你們碰面。既然已經見過，也就無所謂了。寬麵條也是有點後悔，所以我猜會想見他的。」

「那就大夥兒一塊碰個頭吧。叫他一個人就那麼樣牽牽掛掛地遠走海外，未免太慘了，還是有點不忍心。我來招呼寬麵條一聲。」我說。

「好，我知道了。我眞的不在乎。什麼怕不怕的，其實我有點兒想去呢。」

「加利福尼亞？」

「嗯。」

「眞想去的話，去不就行了麼？」

「有那麼一天也許會去，現在就不行；目前只是在逃避。即使去，也好像不是出於自己的意志，被什麼硬拖著去一樣。到了那邊，也只會變成那個人的跟屁蟲。在不曉得自己想要做什麼的情況之下，我沒辦法和那些人生活在一起。」

「你要是這樣想就算了。」

「可能是因爲我太過善感的關係，聽那個人談到加州的時候，就好像在講好遠好遠的一個幸福的星球似的，讓我覺得好懷念，好想去。我知道加州，可並不是我感覺裏的眞正的外國。沒辦法像高知或者塞班島那樣，變成我的不折不扣的回憶。不過，要是同他一起去的話，只要他那個人待在身邊，我鐵定能夠逗留在他所講的外國的。他背後始終可以看到讓人家感到做夢一樣自在舒適的海呀、天空呀、朋友什麼的。即使在東京也有這種感覺。那個人的身邊有一種要命的空氣，光是有他在一起，就能夠住下去。可我覺得這麼一來就沒什麼意義了。偏偏一開始想去以後，就再也止不住啦。妳不曉得有多想去，好像除了那兒以外，再也沒有地方可以去。起初，蠻以爲是他的魔力使得我這樣，覺得好討厭，可現在我明白過來了；那是因爲我自己想去，他的意念才有機會進到我腦子裏來。」

看到他那種禁慾勁兒，我甚至感到憐惜。

「不過，日本這個地方倒也還沒有好到值得你付出這麼大的忍耐也該留下來。還有日本的教育也不見得對你有好處。所以，想去的話，就到那邊去看看呢？」我說。

「嗯，所以我才想再見他一次。對別人的心情了解得不能再了解，睡著了都還要跑到人家的夢裏來，哪有連繫到這麼緊密的，我以前從沒有經歷過這種事，當然要慌亂不知所措啦。根本搞不懂究竟是怎麼回事。」

弟弟接著說：「所以我想見見他。」

因此，四個人碰頭這事，倒是出乎意外輕而易舉地實現了。

「好啊，反正要相聚的話，索性出遠門玩兒去。車子我來出。」

寬麵條這句話並沒有說反話的意思，感覺上像是用不著等你明說，她就已經知道整個的詳情。

又像是只想朝著前方邁進的感覺。

一個熱死人的下午，大夥兒決定由寬麵條開車前往鎌倉。

四個人約好在東京站會合。原該是個送行的訣別之會，同著請了假出來的弟弟一起趕往車站途中，一路上竟然興高彩烈，甚至預感到即將發生什麼快樂的事情。像這樣夏日又熱又長的一天即將開始的時候，你根本沒法想像這樣的一天也有結束的時候。陽光太強，綠叢太濃，使得你無從產生這種心情。

銀鈴底下的梅斯瑪氏，看似比第一次見面時快樂一些。和寬麵條兩個人「嗨」、「好久不見」的互相寒暄之後，便開始毫無芥蒂地交談了起來。

正因爲如此地了解自己，也就曉得離別乃是一種決定性的約定，約好大夥兒從此分道揚鑣、各奔東西。

因此，今天這一天是多饒的一場夢、浮現空中的一首詩篇。

大夥兒亢奮地又笑又鬧，我則望著車窗外的藍天想著這些。

由於不是假日，交通很順暢，我們於是在當午白花花的馬路上開足馬力飛馳。

我片片斷斷地回顧著在塞班島飛車兜風的日子，和近半年來所見過的那些人以及發生過的種種事情。這些片斷不像失去記憶之時的空間那麼樣的不可靠，它們畢竟像首詩、像句美妙的成語那般，閃亮地舞動於日本的青山綠水與夏日的海濱之間。

「上回眞是對不起。」梅斯瑪氏說：「冒冒失失講了一大堆失禮的話。」

「就因爲那些話帶來的衝擊，我還發了場高燒呢。想來想去，除了這個以外不可能有別的原因。」

我笑笑。

「眞的？」

「眞的呀。」

「抱歉。」

「不過，那是一場快樂的發燒。人長大了以後很難得發高燒的。」

「我是有點著急了，恨不得趕緊讓你們明白我的心意。那天要是鬧翻了的話，等於三位都在翻了臉的情況之下跟我分手的。心中一急，話就講過了頭，眞是太失禮啦。」

他用老老實實的口氣說。

寬麵條若無其事地搭了腔：「敏感的話題就是容易說過頭。」

她的駕駛技術相當高明。開起車來，有在國外取得駕照的人特有的大膽，卻又熟練得不至於叫人感到不安。

「你呀，太在意了，梅斯瑪。只不過許許多多的事兒趕巧碰到了一起不是？」寬麵條慢條斯理地說：「告訴你那是碰巧。我和小由男不是沒事麼？」

她這話是因爲梅氏一直在抱歉不該那麼樣毫不保留地說那些話，使得我受不了以至發高燒。

「寬麵條講的一點不錯，只怪我感應力太好。」

「我也是。因爲我們是姊弟嘛。」弟弟說。

雖然不是出於安慰，但我知道他這話是假的。

而大家都知道這一點。

只覺這個時候只要這麼說，就能夠像點石成金的國王那則故事那般，過往屬乎黑暗面的一切都得以被這鮮烈的陽光所漂白，而消失如波浪。

總覺得講出來會變得比較眞實。

對話沒什麼多大意義，動輒變成大爆笑。腦袋有了問題囉，怕是。

咦？回過神來，發現我們又置身此地啦；我們姊弟倆老是在這種陽光底下相聚。

這種有大海、有陽光的地方。

此時，被時光什麼的洪流割離的自己，面對著大海，無意中往側邊一看，總見到小傢伙廝守在旁邊。即使天各一方，每次來到這種地方，站在這麼個熱不可當的天底下，腦子眞空得心曠神怡，還有濤聲、海砂、遠海、以及不時在空中閃亮的雲彩；你甚至覺得連自己都皓亮的即將化入大氣裏去了。此時，總不免相互去思念在這麼樣的海邊全神貫注地眺望叫做「一天」的這個活物之時，廝守在一旁的那個人罷。

這場聚會沒有下週或者下下週，有的是大海、天空、和離別的強烈預感。每一個人各自的道路如同從雲端裏放射出來的條條金光，淡淡的、筆直的分岔到遠遠的彼方。
每當歡笑了一陣繼而沉默下來的時候，大夥兒都在感受著這些。
黃昏說來就來，以深藍與金色將四周統統框了起來。
我們沿著海邊走了好長一段路。
夜晚的氣息靜悄悄地加濃，給錯身而過的人與奔跑過去的狗兒勾畫出一幅模糊的剪影。
梅氏提起在加州飼養過的一隻大狗。寬麵條說「好可愛不是，那隻傻大個兒？」同梅氏對話時，寬麵條顯得有點輕佻。倒眞是魅力十足。
好想吃燒烤的東西喔，弟弟說。
燒烤的食物？大夥兒全感到頭大。
喏，阿朔，以前跟媽到伊豆去的時候不是吃過麼？拿肉片啦、蛤蚌之類的東西到鐵板上吱——幾下烤熟了吃的那種。
我明白了，總之是跟「御好燒」十錦煎不一樣的鐵板燒？
聽我這麼問，他笑笑說對啊、對啊。
好吧，晚餐就吃這玩意兒。寬麵條附議。
橘紅色與金色的鮮艷光條，等到飯店的窗子反射出來，再想挽留也挽留不了的這些光線完全消失的時候，也不知誰率先歎了口氣。

「我們在海外的時候，經常站在海岸上，像禱告那樣的對著一天說再見不是麼？」寬麵條說。

「嗯。」

梅氏晃來晃去地說著點點頭。

寬麵條接著說：「不過，也不覺得寂寞，心想夜還長著呢，玩呀玩一整個晚上，累到根本無暇去想寂不寂寞，倒頭就睡。可一到了早上，這麼燦爛的陽光，還是爬起來了。所以要跟一天說再見嘛，也只有這個時刻。算是空隙罷，好像透口氣一樣靜悄悄的，萬事萬物都讓你覺得好生疼惜。」

「嗯。」

一家大飯店裏有個高級的鐵板燒專賣店。

梅斯瑪氏表示爲了酬謝我促成今天這場聚會，他要請大夥兒吃那一家的鐵板燒。

潮濕的鞋子上沾滿了海砂的我們這一夥四個奇妙的組合，吱吱作響地烤了好多東西來吃。蛤蚌的汁液流出來也笑，把烤焦的大葱推過來推過去也笑，看在旁人眼裏，只怕還以爲我們正在從事什麼危險的勾當。

末了，梅氏一句「我說這『第三號機器戰警』，到底要怎麼飛法呀——?!」，大夥兒無來由地笑翻了天，寬麵條竟然把桌上的小醬油瓶打翻了。

眞個是沒什麼道理的只覺快樂得要死。

回程的車子裏，大夥兒都有些沉默寡言。

寬麵條對駕駛座旁邊的弟弟說你可以睡一會兒，小傢伙搖搖頭表示睡覺太可惜，不過，他加了個但書，要求在下一個休息站喝杯咖啡。

我與梅氏在後座聽了他倆的對話，心情變得出奇地柔和。

我的心情已有許久沒有這麼柔和了，止不住想感謝使得我如此溫柔似水的這些人。因此，當車身上寫著「流星」二字的一部龐大而又笨重的卡車，亮著金光閃閃的燈飾，以震天價的聲響從我們一旁超越過去的時候，我連忙許了個願：「但願在場的這幾個人每日能夠稱心如意的過日子。」

夜晚毫不容情地飛馳過去，霓虹燈廣告代表了眼熟的東京風景逐漸逼近前來。

車子毫不減速地馳過首都高速公路複雜的彎道。

「什麼時候出發？」寬麵條終於開了口。

「後天。」梅斯瑪氏回答。

告訴我們地址喔、別忘了打電話呀；大夥兒你一嘴我一舌地叮嚀。

「我已經不再怨恨你甩掉我了。」寬麵條笑笑說。

「誰甩掉誰又有什麼關係？反正就要各奔東西了嘛。從今以後是純朋友啦。」寬麵條說。

「胡扯。被甩的是我。」

「嗯。」梅氏表示同意。

「只要有朋友，」寬麵條認眞得令人心動地說：「無論什麼樣的人做過什麼樣的事都沒有關係；因爲防衛力和絕不讓自己愧對朋友的意志比較強。」

「嗯。」

「今天快樂極了，眞的！」弟弟說。

大夥兒在澀谷站那兒宣佈解散。

「今天不想回學園的事，我不會忘記的。」弟弟說。

「你隨時可以到加州來。」梅氏對弟弟說：「等到再大一點，就犯不著硬著頭皮留在日本。」

「嗯。」

「你們大夥兒也是，可以一起來玩。」

梅氏說著，向夜色裏消失而去。

望著他向陸橋那一頭消逝而去的瘦弱的背影，我心想，午夜裏徬徨飢餓的灰姑娘應該是他，而不是我。

寬麵條把我們送到我們所居住的街上，然後滿面笑容地揮手拜拜。

姊弟倆回到了母親與幹子正在等候的家。從澀谷打電話回家時候母親就說：「我們正在等著哪。幹子買了一大堆零食，所以你們什麼都不必帶。」

這時，惆悵之情與海邊的回憶，等量地稍稍減輕。

儘管被陽光曬了一天的胳臂依然發紅發熱、鞋殼裏滿是那個棒極了的場所留下的海砂。

儘管剛才閉上眼睛之際，那些人燦爛的音容，猶自和著濤聲那麼強有力地響進我的心頭來。

好童稚的心情。

想起了兒時到遠方的親戚家玩，因爲太快樂捨不得回家，於是在歸途的電車上嚎啕大哭。
正是那種心情。
而想起那種心情的瞬間，比記起當年所經歷的其他任何回憶，都要令我的心頭發熱。

梅斯瑪氏離日那夜，我正置身龍一郎屋裏。
兩個人一起觀賞龍一郎租來的「亂世佳人」錄影帶，本來只拿當代替用來提高工作效率的ＢＧＭ音樂隨便看看的，卻不知爲什麼竟然一頭栽了進去，等到拱進被窩已是四點多鐘。
說到上床，其實是龍一郎睡床上，我則睡在床下地鋪的被窩裏，兩者之間有段落差。
「好睏。」
「可不是麼？怎麼一看就看個沒完？以前沒看過麼？」
「不，看過三次哪。」
「果然不出所料。」
「太睏了，連想做愛的勁兒都沒有啦。」
「這就是時下流行的無性愛情侶罷！」
「不，該說老夫老妻才對。」
「不對，我們只是睏了。」
「可話又說回來，怎麼偏偏就是『亂世佳人』呢？這部片子有這麼好麼？」

「倒是具有名片的味道。」

瞌睡懵懂中口齒不清的作著這樣的對話，講著講著不覺間已經進入夢鄉。

夢裏，我置身於陽光普照而近乎一家飯店大廳的地方。

只有房蓋與立柱而沒有四壁的寬大的天花板是玻璃的，可以清清楚楚地望見藍天。

陽光普照整個大廳，使在附近走動的金髮人士的肌膚顯得個個透白。

眞是好看啊，我想。

就連搖曳的金髮、和音樂般竊竊私語的英語，在感覺裏都美好無比。

我穿一襲夏季洋裝，坐在籐製的檯子跟前。檯面是玻璃板，小小的水晶花瓶裏插了枝紅花。

那邊那個晃眼的東西究竟是什麼呢？

仔細看看，切割成方形一般面向外邊的陽台那一頭，竟是大海。

海面一片鎧亮，如不凝視注視，還不知道那一片閃閃發亮的居然是海洋。

「多殘忍啊，剛才飄落手中，立刻又給硬生生地拿走。」

心頭忽然掠過這麼樣的一絲感觸。

也不知什麼緣故，這是頂合乎這個優雅涼爽的午後光景的一種感覺。

我環顧四周。

有個被太陽曬黑的人，從那一頭走向這邊。細長的個頭、文靜的舉止。

我認得這個人……剛剛這麼想，但見他綻開笑容，快步地走過來。

是梅斯瑪氏。

「梅斯瑪，這兒到底是什麼地方？」我問他。

「這兒是妳的腦子裏，是機場、加州、和外國的印象混合起來的一個地方。」

他坐到我對面，笑著這麼說。

「你看起來好健康。看樣子日本到底不適合你。」

「是啊，敢情陽光不足。」

梅氏笑嘻嘻地接著說：「那天快樂極了，眞是謝謝妳。」

穿上泳衣的孩子們跑過我們身邊，一路奔向海灘。

服務生銀托盤上端了杯某種美觀的飲料，穿過我們身旁。

好一陣子，我們以平靜的心情，默然地眺望著大海。海面太過炫眼，看似銀又像金，也像是光芒的結晶。

「跟寬麵條之間的芥蒂，沒事了麼？」我問：「要不要帶什麼話給她？」

梅氏搖搖頭。

「行啦。好快樂。雖然已成過去，其實我眞的好喜歡她，包括她的孩子氣和細膩。

「即或她現在仍舊屬於我，可時間過去，每一個時候有每一個時候的好事在等著她。有朝一日她要是跟另一個誰在一起，哪怕那傢伙看一眼她裙子上的皺紋，我都會心痛。她那個人是花朵、是希望、是光芒，最嬌弱，也最堅強。可她很快就會爲別的某一個人所有了，她所有的一切，包括那美好的睡容、溫熱的手掌。

想到這樣的一天遲早會來，這是多麼殘酷的一件事！

不過，對目前的我來說，那份殘酷就像美好的福音那樣的溫柔悅耳。時光之流所帶來的人生之美、之殘忍。你一鬆手，手裏馬上又滿是新的某種美好；世上再沒有比這更美妙的結構了，那正是我活下去的原動力、療傷法、也是最眞實的朋友。」

「嗯。」

我漫應著，想到了寬麵條。

印象裏的寬麵條永遠笑容可掬，且穿著長裙待在那房間裏。

梅氏又說了。

「好快樂，謝啦，眞的太謝謝妳了。我人無論在什麼地方，還是一樣地喜歡你們，愛慕你們每一位。」

夢進行到這兒就醒了。

這是半夜裏黑暗的房間。

想到梅斯瑪氏特地跑到夢裏來辭行，忽覺旣心酸又悵惘。巴不得將剛才的夢鉅細不遺地記錄、刻印、密封起來，永遠珍藏。

然而，不對。

不斷地抓取，放棄、抓取，放棄，那種闊達之美。切勿握得太緊太死，無論是那大海，還是走向遠方的朋友的笑容。

無意中仰望一下龍一郎，發現他正張大眼睛俯視著我。
「怎麼了？你不是睏死了麼？」
我訝異地問他。
「不曉得怎麼搞的，忽然醒了。妳剛剛做了個很美的夢，是不是？」
「嗯，你怎麼知道的？是因爲我的睡容很好看？」
「不，不是的。」他說。
「啐！是我說夢話了麼？」
「不，我覺得屋子裏好像充滿了光，就醒過來了。發現妳睡在那裏，仔細一看，眼前的光景像是海濱一家大飯店棒極了的大廳。」
「了不起，你個具有超自然能力的通靈者。」我說。
「才不是呢。我是作家，也是某人的情人。」
「說得也是。」
我同意他的說法。
既已醒來，於是喝了杯熱咖啡，又吃了些鹹餅乾。
等到陽光隔著窗簾照射進來時分，睡意再起，重又躺回被窩裏。
而這回降臨的是深沉如泥沼的睡眠，夢未再出現。

二二 THIS USED TO BE MY PLAYGROUND

某日，我在龍一郎房間裏等候他，因爲閒得慌，一時興起，於是邊看電視，邊把這些年來所發生的要緊事寫了下來。

●妹妹之死
●碰傷了頭開刀
●記憶混亂
●弟弟變成靈異小子
●與龍一郎交好
●去高知
●去塞班島
●打工的店關門大吉
●新工作
●記憶恢復

●弟弟住進兒童學園
●純子女士出奔
●與寬麵條、梅斯瑪氏成為朋友

將這些事情形諸文字，看起來很覺奇怪。
猶似記下了在你眼前展開的美妙精彩的無限時光，又像是來了又走、水過無痕、無謂無聊的每一日。
如若將這張紙擱放桌上，就只是桌上一張四方形的白色字條（儘管理所當然），即使揉成一團扔掉，或者被風吹跑，也不具任何意義。
縱然如此，你還是會對那張紙條感到疼惜，甚至覺得它有如一部微縮影片，輯滿近幾年來令人眼花撩亂的眾多資訊，不時氾濫出來渲染空間。
一顆心足以將白紙化為映像。
我就在那映像裏徘徊，不覺間來到了這個地方。
此地是情人家的桌旁。
然而，在這趟旅行當中，這兒不定明日即將變成仇敵之家，記錄了我至愛歷史的這張紙條，到了明日或許將給忘得一乾二淨。
也有可能歸途中遭遇車禍因而結束了此生，直到剛才還能夠輕易碰面交談的人，也都永遠羽化而去。
沒有人告知你明年此時，將身在何方。

而明曉得這樣，大夥兒竟都還能夠好好地活下去！

人人或是巧妙地加以模糊、錯開，或是正面對抗，以啼笑怨懟來瞞混過去。

這無關乎什麼時候死去，只是擔心別因爲對整體感覺太深，以至破壞了它。

輕輕地裏在記憶柔軟的面紗裏，只管仰望金色的陽光和兀立了幾千年的神木。反映著夕照無窮無盡連綿下去的山脈、還有古人所建造的龐大的建築物，你讓自己陶然地委身於這些景物的影像，從中獲得心安。

明天，也在天底下的什麼地方睡醒過來吧，我這樣地告訴自己。

務必活著，在某一個幸福的地方，以一種嶄新的心情，以就寢時所擁有的那顆靈魂，神清氣爽地睡醒過來；千萬不能在夢中與那種確實的感觸失散掉。

感覺裏，這些事煩瑣欲死，可又覺得蠻好玩，所以想繼續遊戲下去。

誠如漫畫裏自己心中的天使和魔鬼交戰的場面那般，那兩種慾望以均等的力量相拔河，將我綁到這片大地的重力上。

致家裏的各位：

做下了那種大不諱之後，實在無顏與各位連絡，只因難耐飛書之情，只有厚著臉皮執筆。

我目前與小女一起居住在家母處。

不告而借的錢，有朝一日誓必奉還。

與各位同居的日子眞是快樂極了。正因爲如此，我經常迷惘的心想：和沒有血緣關係的外人生活在一起尚且這麼愉快，如能跟自己親生的骨肉相廝守，該有多幸福快樂啊。

如今夢想固然實現，只是現實難如理想，和分離多年的小女依然有隔，因而格外想念小由男、阿朔、幹子你們這幾個年輕人。

如能永遠住在你們那個家，由我權當主婦，由紀當家長做我的丈夫，大夥兒同以往一樣和和樂樂地生活在一起，該有多好！

可爲了要斬斷這個意念，我只有採取這種下策。我並不奢望各位能夠諒解，但我眞的是非常難過。

不過，無論如何，我都一心想同著家母、小女，祖孫三個人共同營造像我在你們家所過的那種幸福快樂的生活。

祈望各位永遠幸福。

但願有重聚的一天。

祝你們大家健康、壯大。

純子

我一向不輕易在人前落淚，母親更是只會認爲「哭就是吃虧」，然而，只有那個時候，竟然哭得唏哩嘩啦的；這該稱作「傻母姊的護犢淚」罷。

所謂「那個時候」，指的是弟弟離開兒童學園那天。

一個烈日高照的暑熱上午，我與母親同去接弟弟回家。

在接待處，老師對我們說：「少見這麼常請假外出的小朋友呢，不過，小由男這一走，我們大家都會感到冷清啦。」

說著話的當兒，弟弟右手提著個小行李出來了。

有個小女孩與弟弟手牽手，臉上笑盈盈的。

「那個小妹妹從不理別人，只跟小由男一個人說話哪。」女老師這樣地告訴我們。

然而，不光是這個小女孩，許許多多的孩童爲了和弟弟話別，紛紛從屋子裏飛奔出來。

其中有不會說話的、個頭很大卻還包著尿布的、眼神既暴戾又陰暗的、骨瘦如柴的、以及胖得出奇的；這些孩子或是同聲哭泣、或是默然凝視、或是緊握弟弟的手，竭盡所能的表達他們內心的依依不捨和寂寞。弟弟在園童們包圍之下接下了一大堆信函呀、圖畫呀、小玩意兒種種的紀念品，險些兒給擠扁。

不過，弟弟並沒有哭，自管很是平常地一一回應：「我會給你寫信」、「我會來看你們」、「下次我們一塊兒釣魚去。」

我天！簡直是基督再臨嘛，母親開了個玩笑，但看到這話別的一幕沒完沒了，老師從教室裏一再催促「要開始上課啦」，孩子還是不捨得離開弟弟，她老人家終於掉淚。

我是打心底裏領略到我有多喜愛我這個小弟弟。

於是近些時來所發生過的種種，非以回想的方式，而直接變成氣流，以驚人的快速排山倒海湧上前來。它們全都充滿了與弟弟共處的空間所特有的光芒，比風景或是事件的回憶要切實幾萬倍的使一切復蘇過來。

正是這個使我落淚的。

弟弟終究也哭了，一行人於是半哭著搭乘電梯。小朋友們一直想跟來。

「你在那兒到底做了什麼好事來著？傳福音麼？」母親用哽塞的鼻音問弟弟。

「我第一次交了朋友，就像在塞班島、還有認識寬麵條那樣，跟他們變成眞正的好朋友。從前在學校裏我就沒有過這樣。」

弟弟接著說：「我要永遠跟他們做好朋友，而且往後還要交更多的新朋友。」

「可不是麼？」母親應道：「朋友是很重要的。」

我和弟弟沉默了下來。

我至今仍能歷歷如繪地想起純子女士與母親在深夜的廚房促膝長談的情景。

每回睡眠惺忪地起身如廁，總見一對老女人像高校女生那樣地分享彼此的煩惱，有說有笑地嘁喳個沒完。

致阿朔：

連我自己都沒想到居然會這麼鄭重其事地執筆寫信。

那會兒多謝啦！

之快樂的，眞是樂歪了。

樂得我直想活著太好了。

坦白說，我對自己具有超自然的靈異能力而能到美國留學這事，其實蠻自豪的。

有那種異稟雖然很討厭，但另一方面也不無感到驕傲的地方。

沒想到那種能力越來越薄弱，自覺不便再在那邊繼續待下去，跟梅斯瑪的關係也觸了礁（他那個人是全副精神都放在那個世界），索性回到日本來。回國之後與梅斯瑪也分了手，以來，我一直就在思考：這麼一來，我的人生到底算什麼？我到美國去爲的是什麼？可是自從那天跟大家一起去過海濱以後……。

面對大海、天空又是這麼藍，天氣好熱，身邊是昔日的男友和一票新朋友，眞個快樂極了，樂得我禁不住深深地心想，萬事萬物也有完全沒有問題的時候，你只要好好地活著就行了。

我這還是生平第一次有這種感覺。

覺得一切都沒有錯。

眞是多謝妳啦。

像這樣樂哉樂哉在自己所喜愛的衆多好友環繞之下奔馳在幸福的街道上。無奈有朝一日突然倒地而亡。

我這麼寫也許太過直截了當，可是眞的就是這樣。

無論如何，我還是覺得太好了；

那天。

生平第一次！

往後也請多關照囉。

加奈女　敬上

「我說呢，我好像到過這裏，現在可想起來了。」我說。

「什麼嘛？還有什麼忘記的麼？」龍一郎問道。

兩個人跑到很遠的地方去買龍一郎房間擺設的書箱，歸途中繞進去小坐的咖啡廳，就在溫室構造的一幢建築物裏。夏日強烈的陽光潑灑在植物上，由於風很大，可以看到路上行人的衣裙、頭髮，以及路邊的羣樹在激烈地飄揚搖擺。

弟弟便是在這麼個颳大風的日子離家到兒童學園去，收穫了這麼多的友誼，進而培養了十足的自信回來的；正在這麼說的當兒，忽然有一股感覺襲上心頭——咦？我好像來過這座咖啡廳。

半野外設計、底下是混凝土、圓形檯子、跟某一個人……許久許久以前的事了。我喝果汁，那人卻是大白天就喝啤酒……

聽我這麼說，龍一郎擺出索然的神情：「八成是前任男友罷？」

「可是，既然跑到這麼遠的地方來，就不該忘記才對呀，可我覺得我這還是第一次在這一站下車……。」

「會不會是在哪本雜誌上看過，就產生好像來過的錯覺了？這家咖啡館老早就有，好像經常出現在書本雜誌上呢。」

「我知道了！」

一個模糊的記憶，循著這個記憶聚精會神地一路追尋下去，當年在我眼前喝啤酒的人模糊的影像逐漸清晰起來，終於變成一張笑臉。

「想起來了，我跟我爸來過。」

「妳是說過世的——？」

「沒錯。啊，心情總算舒暢多啦。」

「那大概是幾歲時候的事情？」

「十歲前後罷……」

「這樣啊。」

龍一郎瞇𥇦起眼睛，彷彿在追視十歲大的我。

沒錯，當時父親和我也不知爲了什麼緣故，撇開母親與眞由，兩個人單獨來到了這裏。

對了，我想起來了。

父親曾經像船隻進船塢作歲修那樣，住進附近一家醫院作全身健康檢查，他就是帶著我前來領取健檢結果記錄的。

也不知當時是否已經出現血壓過高、乃至過勞的死亡陰影，抑或只是似能保持「女兒永遠是個小女孩，他本身永遠是個健康的父親」這種美好的一個尋常無恙的下午？

我無從知道。

不過，父親是從那個時候開始異常地發起胖來，工作方面也弄得一團糟，時而住宿公司不回來過夜。

總之，當時他也不知有多甘美的乾掉裝在大玻璃杯的金黃色啤酒，令小小年紀的我也跟著心想：啤酒這東西，看起來還眞是好喝呢。

此刻在同一家咖啡館裏，我繼續回想著。接下去……總覺得還能追思出一些什麼來，一些重要的什麼。

「來這家咖啡館的，盡是成雙成對的情侶或夫妻哪。」

父親笑著繼續說：「妳我也算是一對不是？」

正值敏感年歲的我，好像以「討厭，少來！」還是扮鬼臉作了個嘔吐狀以示抗拒。

「簡直沒辦法想像哩。」父親瞇睫起眼睛（正如龍一郎追思十歲大的我那樣地試著從十歲大的女兒身上去想像長大成人之後的我）。

他接著喃喃自語地說：「想到妳或者小眞由變成這些成雙成對的情侶當中的一方，婚禮啊、和對方那個男的住在一起啊，到時候我這個做老爸的該怎麼說，在一旁看著會覺得好沒意思囉。」

他的神情異於平日，有如在做夢，又顯得很落實。

到時候一定得告訴我喔。

原想這麼說，卻是怎麼也講不出口。

一想到要說就很難過，心頭哽塞，分明不想哭，也變得馬上就要哭出來。

有朝一日當爸爸要遠離的時候，務必要告訴我喔。

父親開口了，彷彿針對著我回答。

他說：「到時候，只怕已經不在這人世啦。」

「我才不要聽這個。喏，我們到剛才那家店裏，把玩偶買回家好不好？」我說。

其實，我並不想要什麼玩偶。我只不過假藉這個來打混、來終結這種可怕的意念。

「眞拿妳個小丫頭沒辦法。」

父親站起來，接著道：「也給眞由買一個罷，那個小傢伙可囉嗦得緊呢。」

「我要再寫小說啦。」龍一郎說。

被一股懷思緊緊勒住的我表示要請他喝啤酒，剛剛吩咐完送來兩客，龍一郎突然冒出這麼一句。

「啊？你準備到國外收集資料去？」

我接著說：「那就租個套房。」

「妳怎麼說風就是雨？我不——出國。」

「在日本寫？什麼樣的小說？銷得出去麼？賺了錢準備買什麼給我嗎？」我一疊連三地問他。

「唔——，誰知道會怎麼樣。」龍一郎沉吟著說。

與當年一樣，裝在大玻璃杯的金黃色啤酒端上來了。兩個人乾了杯。

陽光同樣的照射著店堂、外邊的通道、和百日紅，也給椅子、玻璃杯、鏡子、與托盤造成反射。

「我會付妳模特兒酬勞的。」

「付給我？」

「沒錯。我要寫的是關於一個喪失又恢復記憶的女子的故事。」

「那肯定銷路不好。」

「也不是完全以妳作藍本。是妳給了我靈感。上回妳到我那兒去，不是忘了帶走一張紙條麼？上面摘要記的有最近幾年來發生的種種事情。看了以後給了我很大的感觸；逐條逐條記下來以後，這才發現這裏面涵蓋了多少東西！驚愕之餘，心想是不是能夠把它寫成小說。」

「標題呢？類似《一個美女的故事》？」

龍一郎也不管我的調侃，自管回答說：「標題叫做《阿姆里他》。」

「那管保銷不出去。」

「會那樣麼？」

「跟你開玩笑的。這阿姆里他到底是什麼意思？」

「就是神仙喝的水的意思。不是經常有人提到甘露甘露什麼的麼？就是那玩意兒。我想到生存就像是大口大口地喝水一樣。沒什麼理由，就只是有這種感覺，所以才想到用甘露作標題，很不錯罷？雖然銷路可能不會好。」

「眞到了混不下去的時候，我再到麵包店打工去。」

大口大口地喝水……我好像在哪兒聽誰說過這句話。

有個人曾於某時，在某一個微亮的空間，帶著純潔、天然的笑容，以甜美的嗓音告訴過我這句話。那人置身於一切事情的源頭，如今已然不在，我多麼愛她、多想見她！

那個女孩。

朔美：

好嗎？我挨壓子很好。

前番好不容易接到妳違隔許久的電話，偏偏只談到別人惡作劇寄給妳的一捲錄音帶。

我和小住很不甘心，打算也給妳寄捲莫名其妙的怪帶子，兩個人翻遍家裏所有的唱片、聽遍所有CD，不知爲什麼，竟然變成一場懷念老歌大會。

妳說妳給我怎麼辦？

找了一個晚上找不到合適的，結果，兩個人聽聽、唱唱、跳跳、懷念老歌，直熬到天亮。這麼一來，再也睡不著了。

兩個人索性到黎明的海邊去散步。

海面一片蒼茫，天空是茄紫色，遠處則爲粉紅色。要不了多會兒就會有壯麗的金光從那邊射出，新的一天即將開始。昨日過去了。你倆在塞班島的時候，對了，還有那位小傢伙令弟，我們不是經常一塊兒像這樣地玩一個通宵麼？好想念你們。

好想見阿朔、好想見龍一郎。

在你們臨回國的時候，我本來很想挽留你們，要你們長住此地，大夥兒一起玩樂。

因爲，實在是太快樂了。

單單同妳在一起，每一天都變得興高彩烈，尋常日子也變得多彩多姿。

我甚至巴望妳親口答應願意長期逗留下來，哪怕說的是假話。

可是你們太年輕，除非像我們這樣歷盡滄桑、太過蒼老，才會打心底裏選擇在此安頓下來。

此地無所謂時間，人在這兒彷彿活在夢境裏。

那些會讓我和小住感覺到活著很艱苦的事物，已經不再追逼我們。

這兒什麼都有；時間、空間、幽靈、活人、死人、最近才死的人、多年前死了的人、日本人、外國人。還有，海、市街、卡拉ＯＫ、山林、歌謠、和三明治，也是多得不得了。這全是夢。夢中，你不是要什麼有什麼嗎？你剛剛想好想吃蛋糕喔，蛋糕立刻出現眼前，剛剛思念母親，想見她，馬上就見到了。就是這種情形。我目前的生活就是這樣。

我和小住因爲歷經太多的滄桑，以至比旁人年邁好幾倍，所以決定在此地休息、飄盪。我們就在這塞班島上。隨時歡迎你們來玩兒。眞的，由衷地歡迎你們，任何時刻。

至於我爲什麼想起來要寫這封信嘛——

今天早晨，在海灘上看到一個美如天仙的女孩在那兒撿貝殼。

因爲那女孩很陌生，我和他就默默地邊走邊看她。

那女孩垂著兩條麻花辮，看起來好生率眞，眞是個驚人的大美人兒。皮膚潔白得幾近透明，眼睛好大，她直視著這邊笑笑。

我們也報以一笑，走過去以後再回頭看看，朝霞滿天的海灘上已然不見伊人的倩影。

在塞班島這個地方，這是常有的事。

小住君告訴我，那女孩是朔美的妹妹。

只因我們邊走邊思念朔美，她就跑來那麼一下下。

也許罷，我想。

好漂亮的女孩子！楚楚可憐得恨不得一把摟進懷裏。

且不管好壞，此地總之就是這麼樣的一個地方；一個很接近人稱涅槃的地方。

我時常想：

朔美到底是什麼？

是生存本身？還是一種活物？

看著妳在那兒活著，我會想哭；不因爲悲傷，而是出乎高興和不可思議。

我也想到妳我得以相逢、以及生於這個時代的種種，儘管平時並沒有留意到這些。

總覺得妳始終確確實實與我們長相左右。

此刻妳在思考什麼？怎麼個想法？這一類的迷思老讓我們期望和振奮。我們無法預測妳將採取何種行動、怎麼個鬆懈法，又好像有點曉得，所以才會有「活著」的感覺。

這就是最好的禮物啦。

我時常在獨自午睡之後的下午尋思：朔美這個人的存在，會不會也是做夢哦？

醒來，窗簾搖曳，窗外陽光普照，可以望見大海。

可是一場夢麼，與朔美共度的那段時光？

在夜晚的海邊歡笑鬨鬧著抱成一團、或是並排躺臥午後的沙灘沉沉入睡。

那是眞的麼？

抑或只是一場夢？

果眞是夢的話，這場夢可眞是太美妙了。

然後，我閉上眼睛想起朔美那張笑臉。

把擋在前頭的一切全給推展開去的一副象徵強勢命運的笑容。

潔白的虎牙、月眉。亮晶晶的茶色眼瞳、睫毛。挺拔修長的腿、比想像粗壯許多的手。粗大的戒指。那隻已經磨損的皮包。再就是顯得有點嚴厲的側臉、和挺直的背脊。

妳的一顰一笑、妳所有的一切都歷歷在目。

好想見妳喔。

那段時光也眞是特別。

分分秒秒都珍貴如灑出的水滴，也道出了許許多多的事情。

它讓我懂得陽光、水、和其他的一切，屬於今天的雖然只有這麼一回，一旦逝去，再不復返，但此時此刻全都毫不吝惜地氾濫充斥。

即使單純的走在路上。

這是否也算是戀情？

或者只是一種感念？

儘管平日常聽 hard rock，其實我並沒有那麼喜歡，可我熬了個通宵，總算找到了一首甜蜜蜜的懷念老歌，現在將我最喜歡的這首歌錄起來隨函寄給妳，並且就此擱筆，準備就寢啦。

寄給妳錄音帶，是因爲我無法將自己的整個心意，用言詞表達出來。

挨壓子

一個晴朗的傍晚，我在生銹的信箱裏發現了一封航空信。裏面裝著一封美好的信和一捲錄音帶。信封裏飄漾出陽光充足的房間那種氣味，使我備感惆悵悽苦。放上錄音帶，甜美悅耳的音樂立刻充滿整個屋子。

歌詞的大意如下：

你是那般遠，而又這般近。
能感到你的目光長相追隨。
我將我的夢裝入信封，
我的言詞怕要在空中飛翔七天了。
我從彼岸呼喚你。
呼喚你、寄給你來自遠東的愛情。

我也給我這顆心裝上翅膀；
飛向你、飛向你，飛向你溫暖的懷抱。

這時，時間悄悄地停止了運轉，以強烈的速度和氣勢將我帶往塞班島的黃昏。我整個的世界，唯有挨壓子的噪音、一舉一動、以及背著夕陽亭亭玉立的纖細身影，以無微不至的光輝，和著歌聲漫天潑灑下來。
活過人生的瞬間恩寵、光輝燦爛的日頭雨的甘霖。
從前有過，往後必定也會有。
那並非記憶或者未來，而是近乎遺傳因子所做的遙遠的夢。

如此這般。……總有那麼一種東西是隨處可見，且又多如石子，卻是不容易觸及的；一種輝煌的至寶。
而我能夠感覺到它時時包裹著我。
從右到左、從彼時到此地。如淙淙流水，取之不盡，用之不竭；用得越多，來得更多——甜美無盡的氧氣。
誠如傳說中能夠隨手從空中取出寶石的聖者那般，我隨時感覺到自己體內確實具有抓取那種至寶的方法。
因而，就讓我來作一番斷言罷：碰傷頭部未嘗不是件好事。

後記

雖是一部幼稚拙劣的小說，我還是沒法討厭它。

爲了完成這部小說，曾蒙許多朋友有形無形的襄助。

雖屬個人私事，我還是要在這兒一併感謝創作此書時大力幫助過我的以下各位朋友。

長谷川洋子小姐。嚮導我認識高知的公文家一家人、公文結子小姐。提供我一些小插曲的小田中志帆小姐、村上佳子小姐、柴田溶子小姐。

爲塑造「寬麵條」這個角色，曾經助我一臂之力的窪目美香和富田道代兩位小姐。

把我寫給他們的部分信函，原原本本供我使用的井澤成彥先生和原增美小姐。

接受採訪並提供我資料的理查、艾克頓、強貝克三位先生、VOICE的喜多見龍一先生和其他各位。大阪市立兒童學園的全體師生。大神神社的各位同仁。

爽快地答應我引用他小說的笠井潔先生。

還有我事務所的工作同仁田出寬子、金島陽子兩位小姐。

再就是美化了這本書的兩位功臣，一位是負責裝釘的增子由美小姐，另一位是福武書店的根本昌夫先生。

甘露

創作本書期間，提供我種種靈感的各位朋友、而在漫長的這段創作時間裏，於構想上出了力，卻因物理上的因素，或是陰差陽錯，以至現實裏沒能再見到的朋友也很不少，也在這兒一併表達我由衷的謝意。

眞是太謝謝各位了。

我認爲這部小說寫的是手足之情。

書中不曾出現的另一主角「眞由」，是我心儀的漫畫家佐藤眞由小姐（目前好像不常活動）的理想化。昔日艱苦時期，受到佐藤小姐很多的鼓勵，遂以這種方式聊表謝意。

還要感謝年歲與我相差很多的家姊，儘管形式完全不同於這部小說，但姊姊讓我領略到姊妹之情的美好與珍貴，謹以此書獻給我敬愛的姊姊。

末了，最是感謝讀完這部小說的各位讀者。特別在此祈望此書或多或少能夠把我強烈的所感所思傳達給親愛的讀者。

一九九三　晚秋　吉本芭娜娜

吉本芭娜娜作品集 802

甘露

著　者—吉本芭娜娜
譯　者—劉慕沙
主編—鄭麗娥
編輯—高桂萍・黃嫣羽
校對—劉淑君・陳淑惠
總 編 輯—余宜芳
發 行 人—趙政岷
出 版 者—時報文化出版企業股份有限公司
10803台北市和平西路三段二四〇號三樓
發行專線—（〇二）二三〇六—六八四二
讀者服務專線—〇八〇〇—二三一—七〇五・（〇二）二三〇四—七一〇三
讀者服務傳眞：（〇二）二三〇四—六八五八
郵撥—一九三四四七二四時報出版公司
信箱：台北郵政七九～九九信箱
時報悅讀網：http://www.readingtimes.com.tw
電子郵件信箱：liter@readingtimes.com.tw
印　刷—盈昌印刷有限公司
初版一刷—一九九五年六月十三日
二版一刷—一九九九年七月二十五日
二版十七刷—二〇一八年一月十八日
定　價—新台幣二五〇元
時報文化出版公司成立於一九七五年，並於一九九九年股票上櫃公開發行，
於二〇〇八年脫離中時集團非屬旺中，以「尊重智慧與創意的文化事業」爲信念。

Printed in Taiwan

ISBN 957-13-3863-X

國家圖書館出版品預行編目資料

甘露 / 吉本芭娜娜著；劉慕沙譯 -- 二版-- 臺北市：時報文化，2003[民92] 印刷
面； 公分. -- （藍小說；802）（吉本芭娜娜作品集；802）

ISBN 957-13-3863-X（平裝）

861.57 92002516

編號：AI 802	書名：甘露
姓名：	性別：______ 1.男 2.女
出生日期： 年 月 日	身份證字號：
______ 學歷：1.小學 2.國中 3.高中 4.大專 5.研究所（含以上）	
______ 職業：1.學生 2.公務（含軍警） 3.家管 4.服務 5.金融 6.製造 7.資訊 8.大眾傳播 9.自由業 10.農漁牧 11.退休 12.其他	
地址：______縣（市）______鄉鎮區______村______里 ______鄰______路（街）______段______巷______弄______號______樓 郵遞區號______	

（下列資料請以數字填在每題前之空格處）

______ **您從哪裡得知本書／**
1.書店 2.報紙廣告 3.報紙專欄 4.雜誌廣告 5.親友介紹
6.DM廣告傳單 7.其他______

______ **您希望我們爲您出版哪一類的作品／**
1.長篇小說 2.中、短篇小說 3.詩 4.戲劇 5.其他 ______

您對本書的意見／

______ 內　　容／1.滿意 2.尚可 3.應改進
______ 編　　輯／1.滿意 2.尚可 3.應改進
______ 封面設計／1.滿意 2.尚可 3.應改進
______ 校　　對／1.滿意 2.尚可 3.應改進
______ 翻　　譯／1.滿意 2.尚可 3.應改進
______ 定　　價／1.偏低 2.適中 3.偏高

您的建議／

______
______
______

請沿虛線撕下後對折裝訂寄回，謝謝！

請沿虛線摺下裝訂，謝謝！

廣	告	回	信
台北郵局登記證			
台北廣字第2218號			

時報出版
CHINA TIMES PUBLISHING COMPANY
尊重智慧與創意的文化事業

地址：10803台北市和平西路三段240號3樓
讀者服務專線：0800-231-705・(02)2304-7103
讀者服務傳眞：(02)2304-6858
郵撥：19344724 時報文化出版公司

請寄回這張服務卡（免貼郵票），您可以——
●隨時收到最新消息。
●參加專為您設計的各項回饋優惠活動。

寄回本卡，掌握藍小說系列的最新訊息

揮發感性筆觸：捕捉流行語調—淺藍的、海藍的、灰藍的……

藍小說

無限延伸藍色想像空間——無國界的小說新地帶。